Expiation

Patricia J. MacDonald

Expiation

Traduit de l'américain
par Roxanne Azimi

ÉDITIONS FRANCE LOISIRS

Titre original : THE UNFORGIVEN

Édition du Club France Loisirs,
avec l'autorisation des Éditions Albin Michel

Éditions France Loisirs,
123, boulevard de Grenelle, Paris
www.franceloisirs.com

ISBN : 978-2-298-01075-6

À Beans et Carlito

Prologue

La froide clarté de la lune projetait l'ombre des barreaux sur le visage de la jeune femme étendue, raide, sur le sommier métallique. Elle entendait le bruit régulier du robinet qui gouttait et les soupirs des femmes prises au piège de leurs propres cauchemars, se répercutant à travers les murs en béton de la prison. Tout était presque paisible maintenant.

Cette nuit, comme toutes les nuits, ses compagnes de cellule se débattaient dans les camisoles de force de leurs rêves. Mais cela ne la consolait guère. À l'aube, elles seraient délivrées de leurs terreurs secrètes. Telles des goules, elles se faufileraient hors de leurs cellules, à sa recherche. Vampires déambulant en plein jour. « Maggie, mon lapin, qu'est-ce que t'as ? T'es trop bien pour t'amuser avec nous ? Va te faire foutre, salope ! On va te botter le cul ! » Tantôt cajoleuses, tantôt agressives, elles la harcelaient, se moquaient d'elle. Elle avait essayé de garder ses distances. Cela leur avait suffi pour vouloir la détruire.

Un sentiment d'amertume mêlé de soulagement s'empara d'elle. Demain, quand elles l'interpelleraient, elle ne serait plus là. Elle serait déjà partie. Il faudrait qu'elles se cherchent une autre victime.

Maggie se laissa glisser jusqu'au bord du sommier et s'accroupit à côté. Elle souleva le maigre matelas et fouilla à tâtons en dessous, prenant soin de ne pas heurter le métal. Au bout d'une minute, elle trouva ce qu'elle cherchait. Elle saisit la bouteille en plastique et la tira vers elle, en la faisant rouler légèrement sur le cadre. Lorsqu'elle l'eut rapprochée du bord, elle rabattit le matelas et se leva, flageolante.

Dans un coin de la cellule, sous l'étroite fenêtre à barreaux, il y avait une chaise pliante. Elle la souleva et la plaça face au lit. Sur l'étagère au-dessus du lavabo, elle trouva son gobelet en fer-blanc et le posa sur la chaise. Ensuite, elle fouilla à nouveau sous le matelas et sortit la bouteille. Une toux rauque venant des lits superposés d'en face la prit au dépourvu. Elle se figea. Mais la dormeuse se racla la gorge sans se réveiller.

Maggie serra la bouteille sur sa poitrine. Elle avait eu du mal à se la procurer. Elle l'avait volée après le dîner sur un chariot à l'entrée des douches. Tôt ou tard, quelqu'un allait s'apercevoir de sa disparition. Il fallait faire vite. À la lueur de la lune, elle distinguait l'étiquette sur laquelle on lisait « Désinfectant ». Elle dévissa le bouchon.

L'odeur du détergent lui emplit les narines et lui souleva l'estomac. Sans se donner le temps de réfléchir, elle le versa dans le gobelet et posa la bouteille à côté, sur la chaise. Elle s'assit et la fixa, comme hypnotisée.

La configuration des objets sur la chaise ranima en elle un souvenir depuis longtemps oublié : un autel, ou bien une table dressée pour la Cène. Un rire douloureux lui monta à la gorge. C'était assurément sa Cène à elle. Elle s'apprêtait à commettre un péché mortel. Quelle importance, de toute façon elle était damnée. Sœur Dolorita ne manquait pas de le lui rappeler à chacune de ses visites.

Ce matin-là, elle était venue la voir à l'improviste, mais il n'y avait là rien d'inhabituel. Elle n'apportait aucun message de la mère de Maggie, ce qui, bien sûr, était tout aussi peu inhabituel. Maggie se rendit compte qu'elle n'espérait même plus recevoir un mot d'elle.

La gardienne était arrivée au moment de la promenade, pendant que les autres sortaient en rang dans la cour, pour lui annoncer que la religieuse l'attendait au parloir. Après presque deux ans de ces visites intermittentes, Maggie savait à quoi s'en tenir. Elle avait failli refuser d'y aller, mais un sens du devoir mal placé la poussa à se rendre à l'entretien. Sœur Dolorita resta debout ; ses yeux, noirs comme les grains d'un rosaire dans son visage blafard, transperçaient Maggie. Comme toujours, elle lui ordonna de se confesser, et Maggie répéta avec lassitude, comme elle le faisait de temps à autre, qu'elle n'avait pas tué Roger. Ce crime-là n'était pas au nombre de ses péchés.

De retour dans sa cellule, elle découvrit le journal qu'elle tenait étalé sur son oreiller. Il était trempé. Imbibé d'urine, Elles n'avaient pas perdu leur temps en son absence. L'encre délayée avait coulé sur les pages comme si on y avait versé un million de larmes. L'odeur du journal souillé était immonde.

Maggie leva les yeux du gobelet et de la bouteille sur

le cahier mouillé qui gisait dans un coin de la cellule. Elle avait vingt-deux ans et endurait cet enfer depuis presque deux ans déjà. Avec un peu de chance, il lui en restait encore dix à tirer. Elle n'y survivrait pas. Elle en était certaine. Le plus cocasse était que, si Roger avait été en vie, si seulement elle avait su qu'il était là, dehors, et qu'il croyait en elle, elle aurait probablement été capable de le supporter. Les larmes lui montèrent aux yeux. Elle n'y fit pas attention. Elle ne voulait pas se sentir triste. Elle ne voulait rien éprouver du tout. Il lui vint à l'esprit qu'en apprenant la nouvelle, sa mère s'estimerait totalement rachetée.

Maggie contempla la chaise en face d'elle. Puis elle se pencha et saisit le gobelet. Elle le porta à ses lèvres. L'odeur lui donnait envie de vomir. Elle détourna les yeux, prit une profonde inspiration, puis, retenant son souffle, elle avala d'un trait le liquide infâme.

Presque instantanément, elle se figea. Les yeux exorbités, elle lâcha le gobelet qui rebondit à ses pieds. Maggie plaqua une main sur sa bouche ; plusieurs filets de liquide noir coulèrent entre ses doigts. Elle se releva à moitié et bascula en avant, voulut se rattraper à la chaise. Emportant la chaise dans sa chute, elle s'écrasa sur le sol. Le détergent s'échappa de la bouteille et ruissela à travers la cellule jusque dans le couloir.

Le fracas de la chaise résonna dans le dortoir silencieux où se manifestaient déjà les premiers signes d'agitation.

1

Les mouettes battaient des ailes à une cadence régulière qui les maintenait à un ou deux mètres de la proue. Elles guidaient le bateau à travers le brouillard, vers la terre qui venait tout juste d'apparaître à l'horizon. Seule sur le pont, Maggie Fraser serra étroitement son imperméable autour d'elle et se pencha par-dessus le bastingage pour essayer de distinguer les contours de Heron's Neck. L'île avait l'air plus grande qu'elle ne le pensait : de loin, on eût dit une longue traînée charbonneuse. La brume empêchait de voir les constructions : le seul édifice visible était le phare à une extrémité, pointé vers le ciel tel un doigt osseux.

Le ferry tanguait sur l'océan gris-vert et crachait de l'écume blanche de part et d'autre de la proue. Plissant les yeux, Maggie scrutait du regard son nouveau lieu d'habitation.

Son lieu d'habitation. Au bout de douze ans, cette expression lui paraissait étrangère. Elle tenta de l'appliquer à cette île dans l'Atlantique, à une heure des côtes de la Nouvelle-Angleterre. Pour la première fois de sa vie, elle allait habiter au bord de la mer.

Une rafale de vent cingla le visage de Maggie. Elle

frissonna. Pour la dixième fois de la journée, elle regretta de ne pas avoir mis quelque chose de plus chaud que son imperméable. Bien que l'on fût seulement en octobre, l'air était déjà glacé. Cela la perturbait, comme si, se rendant à une invitation, elle s'était aperçue qu'elle s'était trompée d'adresse.

L'idée de s'être mal équipée pour affronter les intempéries lui apparut comme un mauvais présage. Elle s'était pourtant livrée à des préparatifs tellement minutieux en prévision de cette arrivée. Elle chercha à se rappeler à partir de quand elle avait commencé à y songer. II lui semblait que l'idée avait germé lorsqu'elle avait reçu la première lettre du directeur du journal, un an plus tôt. Il s'agissait d'un simple mot de félicitations, assez formel, après qu'on lui eut remis son diplôme universitaire lors d'une cérémonie en prison. Un homme très occupé avait pris le temps d'accomplir ce geste plein d'attention. Mais entre les lignes, elle avait deviné l'ombre d'une opportunité pour elle-même. Maintenant qu'elle y repensait, elle comprenait que l'idée de sa venue ici l'avait effleurée au moment même où elle rédigeait avec soin sa réponse.

La correspondance qui s'était engagée entre William Emmett et elle avait un parfum journalistique. Elle assouvissait la curiosité d'Emmett concernant la vie en prison, tandis qu'il lui donnait des détails sur le petit journal qu'il dirigeait. Le résultat final dépassa toutes ses espérances. Instinctivement, Maggie plongea la main dans la poche de son imperméable. L'enveloppe, tel un talisman, était toujours là. Aujourd'hui, elle allait prendre ses fonctions dans le journal d'Emmett.

Le claquement d'une porte métallique interrompit le cours de ses réflexions. Se retournant, Maggie vit un homme émerger de l'escalier qui menait sur le pont inférieur, les mains sur les mollets d'une fillette dodue juchée sur ses épaules. L'enfant piaillait de joie en gigotant ; les embruns faisaient briller son ciré jaune.

« Hop là ! » cria l'homme, faisant glisser la petite fille de son cou et l'attrapant par la taille. II fourra un morceau de pain dans ses menottes, « Émiette-le », ordonna-t-il.

La petite s'exécuta en gloussant ; lorsque son père la souleva, elle tenait un bout de pain dans sa main tendue. « Tiens, la mouette, gazouilla-t-elle.

— Plus haut, lui enjoignit l'homme.

— Elle viendra le chercher aujourd'hui ?

— Bien sûr qu'elle viendra », acquiesça-t-il.

Quel jeu dangereux, pensa Maggie, mal à l'aise. L'enfant pouvait glisser de ses bras et tomber à la mer. Maggie jeta un coup d'œil dans leur direction. La petite fille riait et s'agitait dans les bras de l'homme. *Ah, mais elle adore ça.*

« Nous sommes bientôt arrivés, papa ? demanda-t-elle.

— Presque. »

Presque arrivés. Malgré la bruine, Maggie en eut la bouche sèche. Les autres, qu'allaient-ils penser d'elle ? Elle lissa la robe qu'elle portait sous son imperméable. Couleur abricot, elle lui avait paru très seyante dans le magasin ; elle moulait son corps et mettait en valeur la blancheur de sa peau. Des années durant, elle n'avait pas eu le droit de s'habiller en femme. En revêtant cette tenue pour la première fois, elle avait connu un moment d'allégresse. Cette robe-là la rendait séduisante. Jolie même. À présent, tout d'un coup, Maggie la trouvait trop voyante.

L'enfant sur le pont roucoula de plaisir quand une mouette fondit sur elle et saisit le pain entre ses doigts minuscules. Elle brandit aussitôt un autre morceau, et une deuxième mouette plana brièvement, puis piqua vers le pain. La fillette battit des mains, se tourna et, nouant les bras autour du cou de son père, le couvrit de baisers mouillés. « Elle l'a pris », gazouillait-elle.

L'homme la serrait très fort, la tenant par une cuisse qu'on devinait potelée sous le ciré, les lèvres tendues pour recevoir ses baisers.

Maggie se renfrogna en les regardant. *Quelle inconscience!* Elle aurait voulu s'approcher d'eux et crier : « Attention, ne faites pas ça ! » Au lieu de quoi, elle leur tourna le dos. Cela ne la concernait pas. Elle avait ses propres préoccupations.

Laissant errer son regard sur l'eau, elle repensa à sa robe. *Elle est trop courte.* Peut-être était-il encore temps d'en changer. Elle ferma les yeux et essaya de visualiser le contenu de sa valise, mais une autre image surgit dans son esprit. L'espace d'un instant, elle se représenta le visage de sœur Dolorita : ses yeux chargés d'imprécations lançaient des éclairs.

Non, pensa-t-elle, agacée, secouant la tête pour dissiper cette image, *je porterai ce que je voudrai.* Bien que sœur Dolorita fût morte depuis des années, son souvenir continuait à la hanter. Avec effort, elle chassa ces pensées pénibles et tenta de se concentrer sur ce qui l'attendait. Elle allait au-devant d'une nouvelle existence, où personne ne la connaîtrait, où son passé serait un secret qu'elle préserverait jalousement. Elle se demandait s'il lui avait laissé des marques, comme des zébrures après un coup de fouet. Maggie réfléchit un instant, puis rejeta cette idée. Même les zébrures, se rappela-t-elle, s'estompent sans laisser de traces. Elle frotta ses mains gelées et se reprocha son appréhension. Elle serait fixée bien assez tôt.

Une voix l'interrompit dans ses ruminations. « Sale temps pour rester sur le pont. »

Se retournant, Maggie vit un jeune matelot en ciré kaki avec une corde dans les mains,

« Ça ne me dérange pas, répliqua-t-elle, sur la défensive.

— Ma foi, fit-il avec un haussement d'épaules, faudra bientôt redescendre. Nous y sommes presque. »

Maggie regarda autour d'elle et se rendit compte qu'il avait raison. Absorbée dans ses pensées, elle n'avait pas remarqué la rapidité avec laquelle ils se rapprochaient de l'île. Déjà, on distinguait le débarcadère et, tout autour, des maisons soignées aux toits de bardeaux gris bordés de blanc. De part et d'autre du débarcadère s'étendait le sable clair et crayeux.

Tandis que les machines s'arrêtaient et que le bateau glissait vers la jetée, Maggie aperçut deux enfants qui jouaient sur les planches usées par les intempéries. Ils étaient accroupis l'un à côté de l'autre dans leurs anoraks assortis ; le vent soulevait les cheveux couleur de blé du plus grand et ébouriffait les boucles brunes du petit. Cette scène lui procura un étrange plaisir mêlé de regret. Voilà bien longtemps qu'elle n'avait pas assisté au spectacle d'enfants en train de jouer ensemble. À vrai dire, autrefois, elle prêtait à peine attention à de tels moments d'innocence.

Le bateau accosta lentement, et Maggie se pencha sur la rambarde pour mieux voir les enfants. Soudain, elle pâlit devant le tableau qui s'offrait à ses yeux.

Entre les deux garçons, sur les planches de la jetée, une grosse tortue gisait sur le dos. L'animal agitait ses pattes cornées en l'air, luttant pour se redresser. L'aîné des garçons, le blond, saisit un bâton taillé en pointe. Il piqua les pattes de l'animal sans défense et, quand la tortue rentra ses membres meurtris dans sa carapace, il planta le bâton dans son sanctuaire, l'enfonçant sans merci, pendant que son petit camarade poussait des cris de joie. Le grand fouilla tous les orifices et arriva finalement au trou où la tortue avait rentré sa tête. Doucement, il tâta l'ouverture, puis retira le bâton pointu et le ficha de toutes ses forces à l'intérieur.

L'estomac noué, Maggie étouffa un gémissement. Elle se mit à trembler, comme si elle ressentait dans sa chair les souffrances de la bête. Quelques minutes plus tôt, pensa-t-elle, elle devait ramper paisiblement sur le sable. Et maintenant, on la torturait,

« Hé, les gosses, fichez le camp d'ici ! Et laissez cette bestiole tranquille. » Levant les yeux, Maggie vit le jeune homme vêtu de kaki menacer les garçons du poing. L'aîné donna un grand coup de pied à la tortue qui tomba à l'eau, le bâton toujours planté sous la carapace. Les deux enfants détalèrent le long de la jetée.

Entre-temps, l'homme s'était tourné vers Maggie.

« Dites donc, ma petite dame, faudrait y aller. Vous croyez qu'on va passer la journée ici ? »

Elle secoua la tête et passa une main tremblante dans ses cheveux. *Doucement,* se dit-elle. Une vague d'appréhension la submergea. Elle s'obligea à se remplir les poumons d'air humide et salé jusqu'à ce qu'elle se sente plus calme. *Tout ira bien.* Elle prit ses bagages et se dirigea vers l'escalier.

L'homme et sa fille descendaient déjà. L'enfant se cramponnait au cou de son père qui lui parlait tout bas, le visage enfoui dans son ciré jaune. Maggie les regarda disparaître, puis, les jambes en coton, les suivit dans la pénombre du pont inférieur.

Les bureaux des *Nouvelles de la Crique* étaient situés au bout d'une petite rue pavée, dans une bâtisse en bois qui aurait eu bien besoin d'un coup de peinture blanche. D'un côté, elle était flanquée d'une grande maison qui paraissait sombre et mal entretenue, et de l'autre, d'une petite boulangerie dont la vitrine vantait les mérites de son pain, cent pour cent naturel.

Maggie longea le trottoir en direction de la façade écaillée, passant devant la petite enseigne des *Nouvelles.* Elle poussa la porte et entra. Elle se retrouvait dans un hall obscur tapissé de papier peint défraîchi, face à un escalier en bois. Sur sa droite, il y avait un portemanteau avec des crochets en fer forgé. Maggie se débarrassa de son imperméable trempé et l'accrocha, après avoir retiré la lettre de la poche. Elle posa ses sacs à côté du portemanteau, lissa la robe légèrement humide qui lui collait au corps et s'approcha de la première porte ouverte.

Derrière, elle découvrit une vaste pièce éclairée, avec des fenêtres à petits carreaux, presque entièrement obscurcies par les arbres touffus qui poussaient dehors. Il y avait trois bureaux dans la pièce, mais un seul était occupé pour le moment. Une femme d'aspect banal, la quarantaine, cheveux courts, châtains, striés de blond terne, et lunettes cerclées d'argent, tapait sur une machine à écrire antique.

Maggie s'arrêta, hésitante, sur le pas de la porte. Absorbée par son travail, la femme semblait l'ignorer.

« Excusez-moi », dit-elle enfin.

La femme se redressa et la considéra d'un air peu amène. Sans sourire ni se lever de sa chaise.

« J'ai rendez-vous avec le rédacteur en chef. »

La femme s'essuya les mains sur sa jupe en tweed et quitta lentement son siège. Elle retroussa les manches de son cardigan et s'approcha de Maggie.

« Je ne crois pas vous connaître. »

Son ton irrita Maggie, mais elle réussit à garder une expression parfaitement neutre. L'île était petite. Cette femme devait connaître tout le monde ici.

« Je viens d'arriver, répliqua Maggie posément.

— C'est bien ce que je pensais, opina la femme,

— Je suis là pour affaires », annonça Maggie d'une voix contrainte.

La femme ne dit rien, mais inspecta d'un regard critique la robe soyeuse de Maggie et ses chaussures à hauts talons.

Maggie sentit son visage s'enflammer. « C'est

Mr. Emmett qui m'a fait venir. Pourriez-vous prévenir le rédacteur en chef de mon arrivée ? Je suis Margaret Fraser.

— À quel sujet ? » s'enquit la femme.

Maggie soutint son regard. « Au sujet d'un travail.

— Venez avec moi. »

Maggie la suivit à travers le hall empli de courants d'air, jusqu'à une autre grande pièce au fond. Là aussi, il y avait plusieurs bureaux jonchés de papiers et de journaux. Un homme de trente-cinq ans environ, en chemise de flanelle à carreaux et cravate, assis sur l'un des bureaux, expliquait quelque chose à une fille maigre, aux allures de garçon manqué, qui devait avoir dix-huit ans. La fille avait des cheveux couleur feuille-morte et des yeux clairs rappelant le bleu pâle des œufs d'oiseau que Maggie enfant avait trouvés un jour dans la grange. Elle semblait plus intéressée par les traits ciselés, expressifs, de l'homme que par ce qu'il disait.

« Jess », dit la femme à côté de Maggie. Il leva les yeux.

« Oui, Grace.

— Cette jeune personne désire vous voir. Quel est votre nom, déjà ?

— Margaret Fraser. »

L'homme lui lança un regard absent. Cependant, à la vue de la femme crispée mais séduisante qui se tenait devant lui, un sourire se dessina sur ses lèvres puis remonta jusqu'à ses yeux. Une lueur de plaisir illumina son visage tandis qu'il se penchait pour tendre la main à l'inconnue. « Bonjour, fit-il chaleureusement. Heureux de vous rencontrer. »

Perplexe, Maggie saisit la main offerte. « Vous êtes Jess Herlie ? »

Il hocha la tête, retenant sa main plus qu'il n'eût été nécessaire.

« Vous ne m'attendiez pas ? demanda-t-elle. Je suis là pour prendre mon poste. »

Jess lâcha sa main à contrecœur. Son sourire se transforma en un froncement de sourcils. Confus, le regard de Maggie alla de lui à la fille avec laquelle il parlait. Cette dernière la dévisageait avec curiosité.

« Quel poste ? questionna Grace.

— Secrétaire de rédaction. Mr. Emmett ne vous l'a pas dit ?

— C'est mon travail, glapit Grace. Que fait-elle ici ? »

Jess posa une main apaisante sur son bras. « Marche arrière, dit-il, Reprenons depuis le début. »

Maggie s'efforça de parler d'une voix calme et mesurée. « J'ai été embauchée par Mr. Emmett pour travailler au journal. Je suis censée commencer tout de suite.

— Mr. Emmett n'est pas là. II est en déplacement, expliqua Jess.

— Je sais, rétorqua Maggie impatiemment. II m'a dit de venir et de me mettre au travail. Voici sa lettre. »

Jess prit l'enveloppe, en tira la feuille pliée et l'ouvrit. Grace se planta derrière lui et lut par-dessus son épaule la lettre qu'il ne chercha même pas à cacher à sa vue. La fille continuait à examiner Maggie.

Jess termina sa lecture et passa rapidement la main dans sa tignasse épaisse. « Que pensez-vous de ça ? Le vieux ne m'a jamais parlé de vous, pas un mot.

— Vous voyez pourtant bien que j'étais attendue. »

Maggie sentit sa voix vibrer de colère et d'anxiété.

Jess hocha la tête, observant son visage défait d'un air soucieux. « Evy, dit-il finalement, apporte un verre d'eau à Miss Fraser. »

Absorbée par la conversation, la jeune fille ne comprit pas tout de suite qu'on s'adressait à elle. « Oh, fit-elle, comme si on l'avait réveillée en sursaut. Bien sûr. » Elle alla vers l'évier situé dans un angle de la pièce et remplit un verre en plastique qu'elle tendit à Maggie à bout de bras.

Maggie but une gorgée et se reprit. Elle plongea son regard dans les yeux bienveillants et inquiets du rédacteur en chef. « Vous pourriez peut-être lui téléphoner pour vérifier.

— Je crains que ce ne soit pas possible, soupira Jess. Il a quitté l'île à l'improviste, laissant un mot pour dire qu'il s'absentait pour affaires. Nous ne savons même pas quand il reviendra. On peut toujours essayer de joindre son bureau à Boston mais… » Jess ne termina pas sa phrase.

« Elle ne va tout de même pas débarquer ici et me prendre mon boulot, protesta Grace.

— Écoutez, je ne sais pas quel est votre problème, déclara Maggie d'un air sombre, mais je suis venue de loin pour occuper ce poste.

— D'où venez-vous, déjà ? » demanda Jess.

Instantanément, Maggie fut sur ses gardes. « De Pennsylvanie, mentit-elle.

— Oh, vous avez travaillé dans l'ancien journal d'Emmett, à Harrisburg ?

— Harrisburg ? Non. » Leurs yeux étaient comme des spots braqués sur son visage.

« Je ne sais pas. » Jess soupira à nouveau et secoua la tête. « Qui sait ce que Bill avait en tête ? Il est un peu étourdi ces temps-ci. »

Maggie le regarda fixement. Ses pensées n'arrivaient pas à se couler dans les mots qu'il aurait fallu prononcer.

« Vous n'avez qu'à commencer, poursuivit Jess, et nous verrons ce qu'il a prévu quand il rentrera.

— Elle ne va pas me prendre ma place, répéta Grace, catégorique.

— Ne vous inquiétez pas, Grace, la rassura Jess. Personne ne vous prendra votre place. Il y a de quoi faire ici. »

Nullement convaincue, Grace le considéra d'un œil torve.

« Et puis, ajouta-t-il en riant, nous avons toujours de la place pour un joli minois. »

Evy se retourna et lui jeta un regard perçant. L'espace d'une seconde, ses yeux étincelèrent. Puis elle les baissa sur ses chaussures.

Maggie respira. Elle sentait son visage reprendre un peu de couleur. « Parfait, dit-elle. Je vous remercie. Que dois-je faire ? »

Jess balaya sa question d'un geste de la main. « Occupez-vous d'abord de votre installation. Vous avez un logement ?

— Pas encore, avoua Maggie.

— Eh bien, cherchez-en un. Et revenez après.

— Bien, répondit Maggie gauchement, en reculant vers la porte. J'y vais.

— N'oubliez pas votre manteau en sortant, lança Grace, sarcastique. Vous allez attraper la mort avec cette robe-là. »

Il n'y avait qu'une poignée de clients dans la salle à manger humide, lambrissée de chêne, de l'auberge des Quatre-Vents. Maggie choisit une table près de la fenêtre, le plus loin possible des autres consommateurs disséminés à travers la salle. Elle commanda du thé et un muffin à la serveuse qui portait ses cheveux nattés en couronne. Celle-ci prit sa commande et s'éloigna d'un pas souple.

De sa place, Maggie voyait les rares lumières des magasins encore ouverts dans la grand-rue. Elle ruminait la scène qui venait de se dérouler dans les bureaux du journal. Inexplicablement, les choses avaient mal tourné presque tout de suite. Grace, la plus âgée des deux femmes, contestait déjà sa venue. Elle lui donnerait sûrement du fil à retordre. Pourquoi Mr. Emmett ne les avait-il pas prévenus de son arrivée ? Elle lui avait demandé de garder le secret sur son passé, mais elle ne s'attendait pas à se retrouver dans une situation aussi délicate. Elle sentait également que la jeune fille n'appréciait guère la façon dont le rédacteur en chef l'avait accueillie. *Elle doit être amoureuse de lui*, pensa Maggie. C'est vrai qu'il est séduisant. Immédiatement, elle coupa court à ses réflexions. Elle n'avait vraiment pas besoin de cela.

Malgré les plans qu'elle avait échafaudés, tout allait

de travers. Elle aurait voulu se glisser dans le tableau discrètement, comme un plongeur dans un lac dont la surface se refermerait tranquillement au-dessus de sa tête, sans remous. Au lieu de quoi elle avait involontairement attiré l'attention sur elle.

La serveuse revint avec sa commande. Maggie fixa l'assiette sans le moindre appétit.

Tu devrais peut-être partir maintenant, pensait-elle. *Fuir avant que les choses ne se compliquent.* En un éclair, elle se rendit compte qu'elle n'avait nulle part où aller. Rester ici était sa seule possibilité et elle devait assumer le fait de se sentir mal à l'aise avec des gens normaux. Il fallait qu'elle apprenne à s'adapter. *Où que tu ailles, se* réprimanda-t-elle, *il y aura des problèmes.* « Il faut que tu essaies », dit Maggie tout haut. Gênée, elle regarda autour d'elle. Ici, ce n'était pas un endroit où l'on pouvait parler tout seul sans se faire remarquer. Ce n'était pas la prison.

Maggie ferma les yeux et enfouit son visage dans ses mains. Avec lassitude, elle se massa les tempes du bout des doigts. Cet air soupçonneux qu'ils avaient tous en la regardant ! Comme s'ils se doutaient qu'elle avait quelque chose à cacher.

« Pardonnez-moi. »

Maggie sursauta,

Evy, la jeune fille pâle du bureau, se tenait devant elle, les bras chargés de livres et de journaux. « Je ne voulais pas vous faire peur.

— Vous ne m'avez pas fait peur, mentit Maggie.

— J'étais presque sûre de vous trouver ici. C'est le

seul hôtel qui soit encore ouvert en ville, maintenant que la saison est finie.

— Vous voulez vous asseoir ?

— J'peux pas », répondit Evy.

Maggie ne comprenait pas très bien le but de sa visite. Le regard fixe d'Evy l'embarrassait. Elle aurait préféré la voir partir.

« C'est Jess qui m'envoie », expliqua Evy, comme en réponse à sa question informulée.

Maggie s'empara du couteau et commença à beurrer son muffin. « Ah oui ?

— Il s'est dit que vous aimeriez peut-être jeter un œil là-dessus. Ce sont d'anciens numéros du journal, des bouquins sur l'île et tout ça.

— Merci. C'est très gentil. » Maggie prit les journaux et les posa sur la chaise à côté d'elle. « Je les regarderai avec plaisir. » Les mots sonnaient tellement creux qu'elle se recroquevilla intérieurement.

« Je vous en prie, tout le plaisir est pour moi. » Maggie leva les yeux, cherchant une trace de sarcasme sur le visage d'Evy, mais cette dernière s'acquittait de sa tâche avec le détachement professionnel d'une hôtesse d'accueil.

« J'espère que mon arrivée au journal ne va pas poser de problème, bredouilla Maggie pour rompre le silence.

— Non, fit Evy, surprise. Pourquoi ? »

Maggie esquissa un sourire forcé. « J'ai l'impression que Grace n'est pas enchantée de me voir. »

L'ombre d'un sourire effleura les lèvres d'Evy. « Ah, Grace ! Il lui arrive d'avoir mauvais caractère. »

L'espace d'un instant, Maggie lui fut reconnaissante

de cette remarque. « Pourquoi ne prendriez-vous pas un peu de thé ? » proposa-t-elle.

Evy hésita, comme si elle réfléchissait à son invitation.

Puis elle secoua la tête. « Non. Il faut que j'y aille. » Cependant, elle ne bougeait toujours pas. Déconcertée, Maggie contempla le visage ovale au teint pâle.

« Qu'y a-t-il ? demanda Evy.

— Rien. » Maggie détourna les yeux. « Merci pour les livres. C'est très aimable de me les avoir apportés. »

La jeune fille posa sur elle son curieux regard scrutateur et soudain, de manière tout à fait inattendue, lui sourit. « Je pense bien. »

Déconcertée, Maggie eut un mouvement de recul. Mais le sourire s'évanouit aussi brusquement qu'il était apparu.

2

Le carillon tinta faiblement lorsque Maggie poussa la porte de l'agence immobilière. Dans le bureau exigu à l'atmosphère confinée s'entassaient des fauteuils géants, un canapé et un assortiment de tables basses. Sur l'une d'elles était posé un vase rempli de tulipes et de géraniums en plastique poussiéreux. Au fond de la pièce trônait un grand bureau croulant sous des piles de papiers et de classeurs. Assis derrière le bureau, un homme en casquette de capitaine au long cours mangeait un sandwich en étudiant une carte. Au son du carillon, il leva les yeux et scruta la visiteuse par-dessus ses lunettes à double foyer, essuyant du revers de la main sa moustache blanche pleine de moutarde.

Maggie jeta un coup d'œil sur les plaques placées sur le bord du bureau. L'une indiquait *Plan prévisionnel,* avec des lettres qui, en bavant, débordaient sur la marge, et l'autre, *Henry Blair.*

« Mr. Blair ? demanda-t-elle.

— À votre service », répondit le fringant vieux monsieur. Il posa son sandwich au fromage entamé sur une pile de papiers.

« J'ai interrompu votre déjeuner, s'excusa-t-elle.

— Aucune importance. Que puis-je pour vous? Asseyez-vous, Miss… ?

— Fraser. » Maggie s'assit. « Je cherche quelque chose à louer. Un appartement. Ou un pavillon, ici, en ville.

— Pour quelle durée? » s'enquit le vieil homme d'une voix râpeuse.

Maggie haussa les épaules. « Indéterminée.

— Vous comptez vous installer dans l'île?

— J'ai un poste au journal.

— Bien, bien, parfait. » L'agent immobilier déplaça quelques papiers, faisant tomber son sandwich au passage. « Où demeurez-vous actuellement?

— J'ai passé la nuit aux Quatre-Vents.

— Il vous faut donc quelque chose tout de suite.

— Le plus rapidement possible.

— Vous ne pouvez pas rester à l'hôtel. C'est trop cher. Il vous faut un logement. »

Maggie sourit faiblement en signe d'assentiment.

Le vieil homme se leva et se dirigea en traînant les pieds vers un placard métallique. « Vous connaissez l'île? »

Maggie secoua la tête.

« Mmmmm », murmura-t-il. Il sortit un classeur et revint à sa place. Les yeux plissés, il examina son contenu en tambourinant sur le bureau. « Je n'ai pas grand-chose ici, en ville. Rien de confortable, j'entends.

— Rien? » répéta-t-elle, alarmée.

Il fit claquer sa langue. « Pas grand-chose. Il y a un

petit appartement au-dessus de la cafétéria, mais ce n'est pas assez bien pour une personne comme vous. »

Maggie jeta un regard morose par la fenêtre, sur la pluie que le vent chassait le long de la grand-rue. « Ça irait peut-être, dit-elle.

— Vous trouverez beaucoup mieux en dehors de la ville. Il y a des tas de maisons vides par ici. Des gens qui possèdent deux ou trois maisons de campagne et qui passent ici seulement une semaine ou deux en été. Vous pouvez en louer une pour une poignée de cacahuètes. Arrangez-vous simplement pour prendre vos vacances au moment où les propriétaires sont là. Ça marche très bien. Nous avons pas mal de gens dans ce cas. »

Maggie soupira. « C'est très joli, mais je suppose qu'il faut avoir une voiture quand on habite un peu loin. Je ne peux pas. Je n'ai pas de voiture.

— Pas de voiture. C'est ennuyeux, marmonna le vieil homme. Vous ne conduisez pas, dites-vous ?

— Oh si, je conduis. » Maggie ignorait dans combien de temps le permis dont elle avait fait la demande finirait par lui parvenir. Elle ne savait même pas si elle était encore capable de conduire. « Simplement, je n'ai pas de voiture.

— Attendez, dit Henry Blair en tripotant sa moustache. J'ai peut-être quelque chose pour vous. » Il se leva, retourna en traînant les pieds près du placard métallique, remit le classeur qu'il avait sorti et en prit un autre. « Juste une petite minute. Aha ! » Il lui sourit gaiement, révélant deux dents manquantes.

« Qu'est-ce que c'est ? » Maggie se triturait les doigts.

« La maison des Thornhill. » Blair exultait. « C'est dans Liberty Road. Après le cimetière. Jolie maison. Très jolie. Pas trop grande, mais très confortable. Avec un grand terrain autour, donc pas de promiscuité. Et… (il fit une pause pour ménager son effet)… il y a une vieille Buick au garage qu'ils louent avec la maison.

— Ça a l'air bien, dit Maggie sans conviction.

— Vous voulez la voir ? On va faire un saut là-bas. » Sans attendre la réponse, il alla décrocher son caban dans le placard.

Maggie se leva. « Et les propriétaires ? Ils reviennent en été ?

— Les Thornhill ? Peut-être une semaine ou deux. En ce moment, ils sont partis en croisière. Nous verrons cela à leur retour, si la maison vous plaît. »

Le vieil homme avait déjà ouvert la porte de l'agence. « La pluie s'est un peu calmée, observa-t-il. C'est juste de la bruine maintenant. »

Maggie le rejoignit dehors.

« Ma voiture est par là, dit-il, désignant une vieille camionnette fatiguée garée le long du trottoir. Vous ne voudrez pas de cet appartement. » Il pointa le menton en direction de la cafétéria, située un peu plus haut. « La maison vous conviendra beaucoup mieux. »

Espérant silencieusement qu'il avait raison, Maggie suivit l'agent immobilier vers la camionnette.

La propriété des Thornhill se trouvait très à l'écart de la route. On distinguait à peine ses bardeaux écaillés à travers les sapins lorsque Henry Blair s'engagea dans l'allée. Les voisins les plus proches n'étaient même pas visibles de la maison, nota Maggie avec satisfaction. Elle était loin de tout. Exactement ce qu'il lui fallait.

« Nous y voilà », annonça Blair, s'arrêtant devant le garage. Maggie leva les yeux et examina la maison. Bien que délabrée, la façade conservait un certain charme mélancolique, avec sa peinture grise et ses moulures noires. Des squelettes de rosiers s'entrelaçaient autour de la porte d'entrée.

Blair descendit de voiture et fit signe à Maggie de le suivre. « Je vais voir si la voiture fonctionne, avant même de faire le tour de la maison. Inutile de visiter si elle ne marche pas, hein ? » Il sourit gentiment à Maggie qui hocha la tête en signe d'acquiescement.

Le vieil agent immobilier tira sur la poignée en fer qui ouvrait la porte du garage. « Allez jeter un coup d'œil alentour pendant que je bricole là-dedans. »

Maggie obtempéra. Elle passa devant la cuisine, regarda la porte et les fenêtres aux vitres obscures. La quiétude de cette maison semblait étrangement réconfortante, comme si elle était prête à protéger sa solitude. Maggie fit le tour du bâtiment pour continuer son inspection.

Le terrain, accidenté, était à l'abandon. Juste derrière la maison, il y avait un pré de hautes herbes qui commençaient à virer à l'argent, et une épaisse pinède bordait la limite gauche de la propriété. La lumière grisâtre du jour était trop faible pour y pénétrer et éclairer ses sombres profondeurs. Le bruissement des aiguilles de pin et de l'herbe ondoyante adoucissait la rudesse du paysage.

Maggie scruta le pré et le talus qui se dressait au-delà,

envahi par des buissons rabougris de douce-amère. Ses yeux se posèrent sur les branches nues d'un bosquet de pommiers sauvages, à peine visibles par-dessus le talus. Quelques pommes ratatinées s'accrochaient encore aux branches décharnées. Maggie se fraya un passage dans les hautes herbes et grimpa le talus en direction des arbres. De l'autre côté, la pente plongeait abruptement vers le ruisseau qui coulait en contrebas.

Debout sur un rocher plat, Maggie balaya le paysage du regard. L'eau glacée bouillonnait dans le lit caillouteux du torrent. En face, Maggie repéra une rainette juchée sur une pierre lisse qui la fixait paresseusement de ses yeux noirs. Elle retint son souffle pour ne pas l'effrayer. Une sensation de paix mâtinée de solitude l'envahit. Elle se sentait à l'aise ici. Le terrain était un luxe inespéré.

Le soudain vrombissement d'un moteur rompit le charme. La rainette bondit de sa pierre dans les eaux tumultueuses du torrent. Maggie fit demi-tour et reprit le chemin du garage en se faufilant à travers les herbes.

« J'ai réussi à la faire démarrer, annonça Blair, rayonnant, quand elle entra dans le garage.

— Formidable.

— Maintenant, on peut aller visiter la maison. » Il coupa le moteur et descendit de la voiture.

La maison n'était pas très grande pour l'île, mais propre et bien entretenue. La partie habitable était située au rez-de-chaussée, entre la cave et le grenier. Blair guida Maggie à travers les pièces, indiquant les véritables antiquités parmi les meubles hétéroclites, mal assortis mais confortables.

« Vous avez tout ce qu'il faut là-dedans, dit-il, ouvrant la porte du placard à côté de la chambre. La salle de bains est un peu vieillotte, mais tout fonctionne. » Maggie regarda à l'intérieur et vit une profonde baignoire sur pieds et des toilettes avec une chasse d'eau actionnée par une chaîne.

« La cheminée marche, observa Blair en traversant le séjour. Et la cuisine est équipée de tous les ustensiles nécessaires. »

Maggie interrompit son inventaire. « C'est parfait. Je la prends.

— Vous ne vous sentirez pas trop seule ici, vous en êtes sûre ? »

Maggie fit la moue et détourna les yeux. « Non. Ça me convient parfaitement.

— Ben, jolie comme vous êtes, vous ne tarderez pas à vous faire des amis. J'aurai juste besoin de quelques références, et tout sera réglé. »

Maggie ouvrit de grands yeux. « Des références ?

— Votre ancienne adresse, des choses comme ça. »

Maggie sentit la sueur perler à la racine de ses cheveux. Elle chercha désespérément une réponse. « Je vous aurais bien donné celle de mes parents, mais ils sont décédés.

— Un employeur, alors », répliqua Blair patiemment.

Je n'ai personne, pensa Maggie, fermant les paupières.

« Ça ne va pas ? demanda le vieil homme.

— Si, rétorqua-t-elle sèchement. Ça va très bien.

Que diriez-vous de Mr. Emmett ? Lui pourrait me fournir une attestation.

— Bill Emmett ? Mais oui, sans problème. »

Maggie poussa un soupir de soulagement. « En ce moment, il est en déplacement, mais à son retour... ?

— Ça suffira largement, opina Blair. Venez, on va rentrer ensemble, vous signerez les papiers, on fera rebrancher l'électricité, et vous pourrez vous installer dès aujourd'hui, si vous le désirez. »

Maggie hocha la tête avec gratitude. « Merci. Vous m'avez grandement facilité les choses.

— À votre service. » Le vieil homme souleva sa casquette de capitaine. Il se dirigea vers la porte de derrière. Maggie jeta un regard empli d'espoir sur les pièces sombres de son nouveau logis et lui emboîta le pas.

Le soir même, elle inspectait le contenu de la vieille valise en cuir posée sur le couvre-lit en chenille.

Quel attirail ! pensa-t-elle en secouant la tête. *J'aurais vraiment besoin de renouveler ma garde-robe.* Un à un, elle souleva les quelques chemisiers défraîchis et les pulls élimés entassés au fond de la valise. Elle les emporta vers la commode et les disposa dans le tiroir ouvert, tapissé de papier blanc.

Elle suivit du doigt le col du chemisier en coton orné de fleurs bleues, qui avait été son préféré au lycée. Elle l'avait retrouvé dans les cartons de ses affaires récupérées par une voisine, Mrs. Bellotti, lorsque la ferme avait été vendue par adjudication, trois ans après la mort de sa mère. Au début, Maggie n'avait voulu prendre aucun de ses anciens habits. Ils étaient d'un style trop jeune pour elle, démodés pour la plupart, et associés à de mauvais souvenirs qui leur collaient après telle une odeur de moisi. Mais le bon sens avait repris le dessus. Elle avait très peu d'argent, et elle allait occuper un nouvel emploi. Il fallait bien qu'elle ait quelque chose à se mettre.

Lentement, Maggie referma le tiroir et ouvrit celui du dessus. Puis elle retourna près du lit et entreprit de vider l'autre valise, plus petite, qui contenait son linge, quelques foulards et des gants. En une vingtaine de minutes, elle avait tout rangé et aménagé sa chambre exactement comme elle le voulait. Elle ferma les valises vides et les entreposa sur l'étagère supérieure du placard. Ensuite, elle s'assit sur le bord du grand lit mou. *Et voilà, le déménagement est fait,* se dit-elle.

Le lampadaire à côté de la commode baignait la pièce d'une lumière chaude. Maggie regarda autour d'elle. Elle avait un vrai lit où dormir. Sa propre cuisine. Une salle de séjour avec cheminée. Un travail où se rendre tous les matins. Tandis qu'elle énumérait tous ces avantages, une bouffée de bonheur la submergea. L'agent immobilier s'était montré compréhensif, et tout s'était déroulé sans accroc. Sauf l'épisode des références. Maggie grimaça au souvenir de son désarroi. Les choses les plus naturelles pour les autres lui apparaissaient comme autant d'obstacles insurmontables.

Assez, pensa-t-elle. *Tout a bien marché, et tu es enfin installée ici. Tu as une maison maintenant.*

Elle se leva brusquement et alla dans la cuisine, laissant le lampadaire allumé. *Tant pis pour la note d'électricité.* Elle avait besoin de lumière. De lumière et de confort. Elle avait passé trop de temps dans l'obscurité.

Elle ouvrit le réfrigérateur et sortit une bouteille de jus de fruit. Elle en versa dans un verre et but, savourant le luxe d'avoir son propre réfrigérateur qu'elle pouvait remplir à sa guise. Adossée à l'évier, elle songea au lendemain, à son premier jour de travail. *Tout ira bien. Tu y arriveras. Surtout, ne t'affole pas. Garde la tête sur les épaules.* Elle jeta un coup d'œil à l'horloge de la cuisine. Il commençait à se faire tard.

Son cou était raide des tensions accumulées dans la journée. « Une douche, dit-elle tout haut. Et ensuite, au lit. » Avec un hochement de tête déterminé, elle posa le verre vide dans l'évier et retourna dans la chambre chercher un peignoir. Puis elle alla dans la salle de bains et fit couler l'eau dans la baignoire.

Au début, l'antique pomme de douche ne laissa filtrer qu'un mince filet, mais peu à peu, la pression s'accrut et finit par donner un jet bruineux. Maggie enjamba le bord élevé de la baignoire, écartant le rideau de plastique craquelé par les ans. Après l'avoir tiré, elle leva le visage vers la douche. Des torrents d'eau inondèrent ses cheveux, ruisselèrent le long de son corps. Sous ce flot régulier, elle sentit tous ses muscles se détendre. Pendant quelques instants, elle ne bougea pas, s'abandonnant à la chaleur de l'eau. Puis, à tâtons, elle attrapa le savon dans la coquille Saint-Jacques posée sur le rebord de la fenêtre et entreprit de le faire mousser langoureusement.

Soudain, elle poussa un cri et lâcha le morceau de savon comme s'il lui avait brûlé les doigts. Elle regarda d'abord ses mains savonneuses, puis le savon recouvert de mousse, qui avait roulé dans la baignoire et reposait maintenant à quelques centimètres de ses orteils. Elle avait oublié de vérifier. Pour la première fois depuis des années, elle n'avait pas pensé à examiner le savon.

Maggie baissa les yeux sur son corps. Dans la vive lumière de la salle de bains, le réseau de cicatrices fines, de l'épaisseur d'un cheveu, s'entrecroisant en diagonale sur ses flancs, était clairement visible. Sa mémoire la ramena inexorablement à cette terrible soirée. Les genoux flageolants, elle se souvint.

Elle avait sorti le savon de sa maigre trousse de toilette et était entrée sous l'eau tiédasse des douches collectives de la prison qui sentaient le désinfectant et le moisi. Il était tard : elle avait écopé d'heures supplémentaires pour s'être battue avec l'une de ses tortionnaires. La surveillante restait dehors, attendant avec impatience qu'elle ait terminé. Maggie ferma les yeux et laissa l'eau couler sur son corps endolori. Lentement, elle commença à se savonner sur les côtés et sous les bras.

« Dépêche-toi un peu », aboya la matonne.

Elle eut soudain l'impression que l'eau la piquait sur tout le corps. Un instant, elle crut à une sorte d'éruption. Puis elle baissa les yeux.

Ses flancs étaient en sang. Des ruisseaux écarlates couraient là où l'eau avait giclé. Des volutes couleur d'orange sanguine tourbillonnaient sous la douche.

Trop horrifiée pour crier, elle se figea à la vue de sa peau lacérée. Son regard se porta sur le savon qu'elle serrait dans sa main tremblante. En bougeant, elle vit luire quelque chose. Elle regarda à nouveau. La lame de rasoir brillait, menaçante, sortant du morceau de savon où on l'avait enfoncée.

Malgré la chaleur de la douche, ce souvenir fit frissonner Maggie. Elle se pencha et, tout doucement, ramassa le savon gluant. L'eau rebondit sur son dos. Lentement, elle recommença à le faire mousser. *Tu n'as plus besoin de vérifier,* se rappela-t-elle. *Tu es en sécurité.* Elle frotta pensivement le savon entre ses paumes. *Tu n'as plus rien à craindre à présent.*

Dehors, l'orage s'était éloigné, chassé par le vent qui continuait à souffler en rafales, faisant trembler les vitres de la maison des Thornhill. Des nuages déchiquetés, pareils à des loques grises effilochées, s'étiraient en travers de la lune. Quelques étoiles éparses trouaient le ciel. L'air était imprégné du froid humide de l'automne.

La lumière de la lampe, à l'intérieur de la maison, projetait des taches jaune citron sur les hautes herbes brunes qui poussaient sous les fenêtres. À travers les carreaux, on apercevait la silhouette solitaire d'une femme assise sur le lit, elle s'était ensuite levée pour aller se désaltérer à la cuisine, avant de gagner la salle de bains où elle avait enlevé son peignoir pour prendre sa douche.

Sous l'épais branchage d'un sapin, juste à la limite de la bande éclairée de gazon, une paire d'yeux suivait Maggie de pièce en pièce. Leur regard ne vacillait pas. On eût dit que ces yeux pouvaient voir à travers les murs mêmes, transperçant poutres et bardeaux de leur farouche intensité.

Les mains de l'individu agrippaient une branche basse de l'arbre qui l'abritait, la serrant avec une force telle que les jointures semblaient briller dans le noir comme de l'os dénudé.

La respiration du guetteur était courte et haletante, pareille à celle d'un loup, tandis que ses yeux, immobiles sous leurs lourdes paupières, observaient leur proie. Le seul autre bruit, rendu pratiquement inaudible par les rafales de vent, était le grincement constant, ininterrompu, de ses dents.

3

Maggie hésitait dans le couloir sombre, rempli de courant d'air, devant le bureau du rédacteur en chef. Par la porte entrebâillée, elle entendait un murmure de voix provenant de la pièce éclairée. Elle se sentait comme un rôdeur derrière une fenêtre, toute grelottante, ses papiers à la main. Au bout de deux jours de travail, elle éprouvait toujours le même embarras chaque fois qu'elle entrait quelque part, comme si ses membres pouvaient la lâcher d'un instant à l'autre, trahissant le malaise qu'elle s'efforçait de cacher.

Le nombre d'erreurs qu'elle avait commises n'avait rien d'exceptionnel pour un début. Elle avait mal calibré la longueur d'un titre, classé les discours du maire au mauvais endroit et appelé l'imprimeur plus de fois qu'il n'était nécessaire. L'expérience qu'elle avait acquise en participant au bulletin de la prison lui était bien utile aujourd'hui. Même Grace, à l'affût du moindre impair de sa part, avait été obligée de changer de tactique. Mais cela n'apaisait pas les angoisses de Maggie. Là-bas, en prison, elle avait appris que les erreurs, même minimes, étaient passibles de châtiment. Le code, en fait, était très simple. Et il avait toujours le don de la déstabiliser, même maintenant que le portail s'était refermé derrière elle.

Maggie tendit l'oreille, guettant une pause dans la conversation. Elle n'avait pas envie d'entrer à l'improviste. Mais le moment propice n'arrivait pas. Elle frappa timidement.

« Entrez », cria Jess.

Lorsqu'elle pénétra dans la pièce, Jess et Evy levèrent les yeux. Se penchant par-dessus son bureau, Jess joignit les mains et lui sourit. Evy se tassa dans le fauteuil poussé tout contre le bureau. Elle pinça les lèvres et se mit à mâchouiller distraitement l'intérieur de sa joue.

« Navrée de vous interrompre, s'excusa Maggie. J'ai fini de corriger la rubrique pêche, et j'ai pensé que, peut-être, vous aimeriez y jeter un coup d'œil. » Elle tendit le manuscrit à Jess.

« Vous voulez vous asseoir ? » demanda Evy, se soulevant à demi de son fauteuil.

Maggie secoua la tête et lui fit signe de rester assise.

Jess feuilleta les pages du manuscrit. « Tout ce que vous avez toujours voulu savoir sur les clovisses, observa-t-il, amusé.

— Et plus encore », opina Maggie.

Il rit en secouant la tête. Puis il se mit à parcourir les pages dactylographiées, les annotant de temps à autre. Maggie chercha quelque chose à dire à Evy pour rompre le silence. Mais avant qu'elle n'ouvre la bouche, Evy leva le regard sur elle.

« Vous avez l'heure ? »

Maggie montra ses poignets nus. « Je n'ai pas de montre.

— Midi moins le quart, dit Jess en levant la tête. Joli travail, Maggie. Vous avez réussi à donner une apparence d'anglais à la prose nautique de Billy Silva. »

Le compliment fit rougir Maggie. « Il a un style plutôt inhabituel, dit-elle en souriant, les yeux baissés.

— Chroniques du cap'taine Bill, ajouta Jess.

— Jess, dit Evy, il faut que je sache combien de colonnes on réserve au courrier cette semaine. »

Il la regarda, vaguement surpris. « Comme d'habitude, je pense, trois sur une demi-page. » L'air absent, il prit la rubrique pêche sur son bureau. « Et voilà, Maggie. »

Maggie tendit le bras vers les papiers que le rédacteur en chef avait posés sur le bord du bureau.

Aussitôt, Jess se pencha et lui saisit la main. « Quelle bague ravissante, dit-il, scrutant la pierre violette qui scintillait sur son doigt.

— Merci, balbutia Maggie, prise au dépourvu.

— Où l'avez-vous trouvée ? s'enquit-il sans lâcher sa main.

— Jess, interrompit Evy, voulez-vous me parler de ces changements ? »

Il fronça les sourcils. « Plus tard, OK ? »

Evy hocha imperceptiblement la tête et se leva. « Prévenez-moi quand vous serez prêt, fit-elle avec raideur.

— Après le déjeuner, promit-il. Maggie, asseyez-vous une minute. »

Maggie voyait bien qu'Evy était vexée. Elle hésita, peu désireuse de prendre la place que la jeune fille venait juste de libérer.

« Cela ne t'ennuie pas », dit Jess à Evy. C'était une constatation.

Evy secoua la tête, mais Maggie devina sa tension à la raideur peu naturelle de son menton. La jeune fille quitta la pièce sans un regard pour l'un ou l'autre. Maggie s'assit.

« Puis-je la voir ? » demanda Jess poliment.

Elle le regarda, déconcertée. « Quoi ?

— La bague. On dirait que c'est de l'ancien.

— Ah ! » Maggie ôta la bague de son doigt et la lui tendit. Le fait qu'il s'intéresse sincèrement au bijou lui causa une déception momentanée. Elle avait espéré, s'aperçut-elle, qu'il s'agissait d'une ruse pour la retenir.

Jess inspecta la bague avec curiosité, l'approchant de la lumière du jour en plissant les yeux. « C'est une améthyste, décréta-t-il.

— Oui. Elle appartenait à ma grand-mère. Mon père me l'a donnée peu avant sa mort… » La voix de Maggie s'éteignit.

« Ah oui ? murmura-t-il. Ma mère a toute une collection de bijoux anciens. Sa passion est contagieuse. Mon père ne peut pas passer devant une vitrine sans aller jeter un œil à l'intérieur. D'ailleurs, je me souviens d'un pendentif en améthyste qu'il a convoité pour elle pendant un bon bout de temps… »

Maggie s'efforçait de suivre ses paroles, mais elle se rendit compte que son attention déviait. Tandis qu'elle le regardait tourner la bague entre ses doigts, l'angoisse monta dans sa poitrine et gagna sa gorge, en même temps que lui revenait un souvenir longtemps enfoui.

Ses yeux demeuraient rivés sur la pierre, mais son esprit la ramenait en arrière.

« Qu'est-ce que tu as là ? » La question cinglante de sa mère l'avait surprise alors qu'elle jouait avec son trésor sur le plancher du salon.

Promptement, elle le recouvrit de la main et resserra les doigts. « Rien, chuchota-t-elle.

— Ne me mens pas. J'ai vu quelque chose. » Sa mère l'empoigna par le bras, essayant de forcer le petit poing fermé.

« Non, c'est à moi », se récria-t-elle, tentant de libérer sa main. D'un coup sec sur les jointures, sa mère l'obligea à desserrer les doigts, et la bague tomba à ses pieds. Lentement, elle se baissa pour la ramasser. Le visage blême, elle regarda fixement l'enfant.

« Où l'as-tu prise ? interrogea-t-elle d'une voix tremblante.

— Je l'ai trouvée, répondit la fillette, en larmes, évitant son regard.

— C'est impossible. Elle était dans la commode de ton père. »

L'enfant se recroquevilla, croisant les bras sur la poitrine pour se protéger.

« Tu la lui as prise, cria sa mère, comme pour mieux se convaincre. Tu l'as prise après sa mort. Avoue-le. » Elle la secoua violemment.

« Non, s'exclama Maggie avec défi. Il me l'a donnée. »

Soudain, elle entendit le bruissement familier et menaçant d'un lourd tissu traînant sur le tapis. La silhouette sombre de la visiteuse s'arrêta juste au-dessus d'elle, lui cachant le rayon de soleil sur le tapis où elle était accroupie. L'enfant se tassa sans lever les yeux.

« Nous savons comment tu l'as eue. Vilaine, méchante enfant », dit sœur Dolorita. Elle éructait. « Tu es pire qu'une voleuse. »

La fillette se mit à trembler, mais elle refusait de croiser le regard accusateur de la sœur. « Non », geignit-elle. Tout à coup, du coin de l'œil, elle vit briller quelque chose. C'était la croix en argent, se balançant au bout d'une chaîne que la religieuse serrait dans son poing.

« Maggie ? »

La jeune femme tressaillit et regarda Jess qui lui tendait la bague, la mine perplexe. « Quelque chose ne va pas ?

— Non, j'ai seulement… Ce n'est rien. » Elle prit la bague et l'enfila sur son doigt.

« Elle est superbe, commenta-t-il.

— Merci. » L'espace d'une minute, le regard de Jess soutint celui de la jeune femme.

« Alors, s'enquit-il à brûle-pourpoint, que pensez-vous de tout ça ?

— De mon travail ? fit-elle faiblement.

— Du travail, de l'île… Avez-vous trouvé à vous loger ?

— Oui, oui. Je loue la maison des Thornhill dans Liberty Road. La location comprend même l'usage de leur vieille Buick.

— C'est confortable ?

— Très. La maison est spacieuse. Et la propriété elle-même est très belle. Tellement loin de tout.

— C'est ce que j'aime dans cette île. On a de la place

pour respirer. La tranquillité. Habitiez-vous en appartement avant ? »

Maggie évita ses yeux. « Oui. Enfin, je n'ai pas l'habitude... J'ai l'habitude d'espaces plus réduits. Mais j'ai grandi dans une ferme, ajouta-t-elle.

— En Pennsylvanie ?

— Oui. » Il semblait sur le point de poser une autre question. Précipitamment, elle changea de sujet. « Ce travail me plaît beaucoup. »

Jess hocha la tête. « Apparemment, vous vous en tirez bien.

— Je fais de mon mieux.

— Pas de problèmes particuliers avec Grace ?

— Grace ? Non. » La fausse note resta suspendue dans l'air.

« Tout va s'arranger, la rassura Jess. On réglera ça après le retour d'Emmett.

— Comme vous voudrez, répondit Maggie. Je crois que je ferais mieux de retourner travailler. » Elle se leva.

« Maggie, dit Jess en jetant un coup d'œil à sa montre. J'allais justement prendre ma pause déjeuner. Pourquoi ne pas vous joindre à moi ? »

Troublée, Maggie se mordit la lèvre. « Oh, merci. Mais non, je ne peux pas... »

Jess attendait.

« J'ai des courses à faire, vous savez, marmonna-t-elle.

— Très bien. Je comprends. Une autre fois, peut-être.

— Peut-être. » Elle recula jusqu'à la porte du bureau. « Je regrette. » Elle ferma la porte.

« Attention où vous mettez les pieds », gémit Grace.

Dans la pénombre du couloir, Maggie ne l'avait pas vue arriver. « Pardon, Grace. »

Son aînée afficha une expression de martyre. « Pendant que vous êtes occupée à bavarder, le travail s'accumule sur votre bureau. »

Sans un mot, Maggie lui emboîta le pas. Elle s'approcha de la chaise près de la fenêtre, prit son sac à main et se dirigea vers la porte. En passant devant le bureau de Grace, Maggie sentit qu'elle la foudroyait du regard. Elle rassembla tout son sang-froid pour lui répondre, le plus calmement possible :

« Je le ferai après le déjeuner. » Et elle sortit sans un coup d'œil en arrière.

Espèce d'idiote, se morigéna-t-elle en tournant dans la grand-rue. *Avoir refusé son invitation comme une collégienne rougissante. C'est ton patron. Il n'avait aucune idée derrière la tête.* Mais le mélange de crainte et d'exaltation qui lui nouait l'estomac démentait le discours qu'elle était en train de se tenir.

Elle traversa prudemment la chaussée pavée et commença à regarder les vitrines. À travers le maigre feuillage des arbres entre les boutiques, on entrevoyait çà et là les vagues frangées d'écume blanche.

Ce n'était pas uniquement professionnel, pensait-elle. Il voulait lui témoigner sa sympathie. Justement, là était le problème. Elle ne pouvait pas envisager un flirt avec lui, qui risquerait de la mener plus loin. À moins de lui avouer où elle avait passé ces douze dernières années. C'était impossible. Ce constat mélancolique tempéra son enthousiasme. Avec un soupir, elle décida qu'une promenade lui ferait plus de bien qu'un déjeuner.

S'arrêtant devant la vitrine d'un magasin de souvenirs, Maggie vit des sweat-shirts pour enfants avec l'inscription *Heron's Neck,* des serviettes de plage ornées d'un plan de l'île et un présentoir de cartes postales poussiéreuses. Elle contempla tristement les trottoirs déserts, essayant de les imaginer en été, remplis de vacanciers en baskets et casquette de marin, d'adolescents en train de manger des glaces, avec de la musique à plein régime. Ce qu'elle voyait devant elle, c'était une large avenue quasiment vide, avec quelques voitures et camionnettes garées devant les rares magasins ouverts.

Un peu plus haut, elle fit halte devant un glacier et scruta à travers la vitre la salle aux lumières éteintes. L'imposant comptoir en acajou, les tables en marbre et les chaises en fer forgé composaient un curieux tableau, comme un décor de théâtre pour une pièce de la Belle Époque, attendant dans le noir que les acteurs entrent en scène et que s'allument les feux de la rampe. *Attendant en vain,* pensa Maggie.

« Y a personne là-dedans. »

Maggie se redressa et vit un homme en veste à carreaux qui transportait un rouleau de fil barbelé. « Je regardais, c'est tout », protesta-t-elle.

L'homme la toisa avec suspicion. Sa main droite, nota-t-elle, saignait légèrement, sans doute à cause des barbelés. « C'est fermé pour l'hiver », déclara-t-il sur un ton sinistre.

Elle hocha la tête et s'empressa de le dépasser. Tandis qu'elle accélérait le pas, elle sentit son regard dans son dos. Au coin, elle remarqua l'enseigne du « Prêt-à-Porter Croddick ». Elle allait continuer son chemin, persuadée que c'était fermé également, quand une femme sortit de la boutique, portant un grand sac avec le mot *Croddick* en lettres fleuries. Curieuse, Maggie poussa la porte et entra.

La boutique, à l'éclairage tamisé, embaumait le cassis. Plusieurs clientes fouillaient parmi les vêtements, et dans un coin, un homme arrangeait un étalage de foulards et de ceintures. Se retournant, il sourit à Maggie. « Bonjour. »

Maggie lui rendit son salut et se tourna vers le portant le plus proche, où étaient suspendues des jupes.

« Je suis Tom Croddick, dit-il en s'approchant d'elle. Je ne crois pas vous avoir déjà rencontrée. »

Contrariée par cette atteinte à son anonymat, Maggie répondit cependant, polie : « Je m'appelle Maggie Fraser.

— Vous êtes nouvelle dans l'île ?

— Oui. »

Le patron de la boutique la considéra d'un air interrogateur.

« Je travaille au journal, expliqua Maggie à contrecœur.

— Ah oui ? Dans ce cas, soyez la bienvenue. Faites le tour du magasin.

— J'ai été surprise de le trouver ouvert.

— Ma foi, l'hiver comme l'été, les femmes aiment s'habiller, répliqua Tom, philosophe. Allez-y. Prenez votre temps. » Il appuya ses propos d'un geste large de la main et retourna à son étalage.

Maggie entreprit d'examiner les vêtements, faisant glisser les cintres le long du portant, plaquant une jupe ou un chemisier contre elle pour mieux se rendre compte de l'effet. Elle découvrait, à son étonnement, que les articles vendus par Croddick étaient plutôt à la mode et bien coupés. Ils paraissaient aussi terriblement chers, même si elle avait conscience de ne pas s'être encore habituée aux prix, qui semblaient avoir triplé en son absence.

Là-bas, en prison, elle s'était tenue au courant de l'évolution de la mode. Les revues qu'elle avait l'autorisation de lire traitaient quelquefois du sujet. La publicité, les tenues que les gens portaient à la télévision la renseignaient aussi. Mais elle continuait à se sentir dépassée. Sortir s'acheter des vêtements lui faisait l'effet d'être une extraterrestre tentant de se confectionner un costume afin de passer inaperçue parmi les humains.

Abandonnant jupes et chemisiers, Maggie se dirigea vers une table avec des plateaux de bijoux et d'accessoires de coiffure. Devant le miroir ovale, posé sur le comptoir, elle essaya plusieurs colliers : elle se sentait bête, mais le jeu ne lui en plaisait pas moins. Elle les remit avec soin sur le présentoir, glissa deux bracelets à ses poignets étroits et les fit tourner pour les admirer. Après les avoir retirés, elle les rangea sur leur plateau de velours. Sur le point de s'éloigner du comptoir, elle repéra soudain deux peignes en argent avec des iris en fleur gravés sur le dessus. Elle les prit avec un sourire et, repoussant la lourde masse de ses cheveux, en fixa un de chaque côté. Le résultat lui plut. Son visage paraissait plus lisse ; elle avait l'air plus insouciante, moins fatiguée. Elle décida de les garder un moment, tout en se rappelant qu'elle n'avait pas les moyens de dépenser son argent en futilités.

Cependant, quelque chose dans le fait de porter ces peignes lui remonta le moral. Elle se promena entre les portants mais n'accorda qu'un vague coup d'œil aux tenues classiques dont elle avait besoin, davantage attirée par des articles plus frivoles et la lingerie fine. Caressant l'étoffe soyeuse des nuisettes diaphanes, elle se demanda qui, dans l'île de Heron's Neck, pourrait bien s'offrir le caraco affriolant que Tom Croddick avait accroché de manière suggestive au-dessus des étagères de linge.

Elle pensait avoir fait le tour de la boutique quand, soudain, elle découvrit les robes du soir, tout au fond, près de la cabine d'essayage. Maggie les fit défiler une à une sur leur présentoir, dans un cliquetis de perles et un bruissement de taffetas ; tout à coup, elle tomba sur une robe qui retint son attention.

Satinée, bleu ardoise, elle avait un corsage simple et très échancré, conçu, semblait-il, pour épouser les formes féminines. Maggie décrocha le cintre. Elle regarda le prix sur l'étiquette et siffla tout bas. Dieu merci, elle n'avait pas vraiment besoin d'une telle robe. *Range-la,* se dit-elle. Mais la tentation était trop grande.

Fredonnant doucement, elle virevolta en catimini jusqu'au miroir qui ornait la porte de la cabine d'essayage. Par chance, personne ne regardait dans sa direction. Elle ôta la robe du cintre et la plaqua contre elle, par-dessus sa jupe et son chemisier démodés. Puis elle se tourna dans tous les sens pour admirer furtivement son reflet. La couleur de la robe rehaussait la blancheur de sa peau et mettait en valeur ses yeux gris. Par contraste, ses cheveux tirant sur le roux semblaient plus éclatants. Heureusement qu'ils n'avaient pas blanchi. Maggie n'avait que trente-deux ans, mais elle avait vu en prison des femmes de vingt-cinq ans qui, en l'espace d'une année, s'étaient retrouvées avec des cheveux entièrement gris.

Et elle était toujours aussi mince. Plus mince encore qu'au moment de son incarcération. Il est vrai qu'on n'était pas censé prendre du poids en prison. Remarquant que son teint était un peu pâle, elle résolut de s'aérer. Elle voulait paraître séduisante.

Un instant, elle s'imagina dansant dans cette robe. Son partenaire était Jess Herlie. Elle se le représenta en train de lui sourire, son regard admiratif glissant sur son décolleté. Elle frissonna de plaisir et se sourit dans la glace.

Soudain, elle se raidit. Le miroir avait capté le reflet flou d'un autre visage : les yeux étrécis la fixaient pendant qu'elle se pavanait.

Prise en flagrant délit, Maggie rougit comme une pivoine. Elle voyait, sans se retourner, que la personne qui l'observait ainsi se trouvait dehors, la regardant à travers la vitrine. La lumière de midi rendait la silhouette noire et difforme, mais sans aucun doute possible, les yeux étaient rivés sur elle tandis qu'elle pirouettait devant la glace.

Se sentant ridicule, furieuse contre elle-même, Maggie saisit le cintre sur la chaise voisine et enfila la robe par-dessus avec des mains tremblantes. Quel spectacle elle devait offrir, pensa-t-elle, les lèvres pincées, le visage enflammé par son imagination romanesque. Jamais elle n'aurait dû songer à Jess de la sorte. Jamais. C'était exactement ce qu'elle s'était promis de ne pas faire. Exactement le genre de rêveries à éviter. Et s'être laissé surprendre, par-dessus le marché ! C'était bien fait pour elle.

Serrant la robe entre ses mains, Maggie se hâta vers le portant et la suspendit au hasard. Puis, la tête basse pour éviter le regard des clientes qui auraient pu remarquer ses cabrioles, elle se dirigea vers la sortie.

Elle allait pousser la poignée quand une main s'abattit sur son avant-bras.

« Et où allez-vous comme ça ? » Maggie pivota sur elle-même et se trouva face aux lunettes et aux cheveux blancs du propriétaire de la boutique.

L'espace d'un instant, elle le contempla, perplexe. La mine sombre, il fixait ses cheveux.

« Aviez-vous l'intention de les payer ? » s'enquit-il d'une voix métallique.

Maggie se souvint soudain des peignes. De sa main libre, elle tâta ses cheveux. « Ah, les peignes ! » Elle prit un air gêné. « Désolée », bredouilla-t-elle.

Elle n'avait pas l'intention de les acheter. Ils étaient trop chers pour son maigre budget. Mais il semblait vain d'essayer d'expliquer ça au patron de la boutique.

« Je les avais oubliés. Je suis vraiment désolée. Bien sûr que je vais les payer », acquiesça-t-elle nerveusement.

Il contourna le comptoir et alla vers la caisse. Maggie évitait de croiser son regard suspicieux. Résignée à devoir payer son étourderie, elle ouvrit son sac, en quête de son portefeuille. Au moins, elle pourrait porter les peignes. L'idée, en cet instant, ne la consolait guère.

« Dix-neuf dollars quatre-vingt-quinze. »

Maggie se rendit compte que c'était presque la moitié de l'argent liquide dont elle disposait. La perspective de demander une avance à Jess était par trop humiliante. Elle eut envie d'avouer à Croddick qu'elle n'en avait tout simplement pas les moyens, mais son expression l'en dissuada. À tâtons, Maggie fourragea dans son sac. À travers son désarroi, elle s'aperçut que son portefeuille ne s'y trouvait pas. Elle ouvrit son sac en grand et regarda dedans.

« Mon portefeuille a disparu », fit-elle tout bas.

Le propriétaire de la boutique resta silencieux.

« Quelqu'un a dû me le prendre, insista Maggie. Je ne l'ai pas. »

L'homme la considéra d'un œil torve. « Dans ce cas, je vous conseille de retirer ces peignes. Tout de suite. »

Maggie le dévisagea, et il lui rendit son regard sans ciller. Un muscle tressautait au-dessus de sa mâchoire ; il ne détourna cependant pas les yeux.

« Quelqu'un a dû me le prendre », répéta-t-elle.

Les joues en feu, elle enleva les peignes de ses cheveux, les posa sur le comptoir et tourna les talons, évitant le regard de Croddick. En poussant la porte, elle sentit dans son dos ses yeux incrédules, comme une brûlure glacée sur son échine.

La voilà.

Qui se sourit dans le miroir. Qui s'imagine dans cette robe de soirée qu'elle serre contre elle. Elle doit se prendre pour une princesse de conte de fées.

Les lèvres du témoin de cette scène s'incurvèrent en une hideuse parodie de sourire. Les yeux vitreux s'animèrent en observant Maggie devant la glace. Elle ne se rendait compte de rien. C'en était fascinant.

Mais il n'était pas bon de s'attarder là, sur le trottoir, devant la vitrine d'une boutique de prêt-à-porter, dans l'avenue venteuse et ensoleillée. Quelqu'un pouvait s'arrêter. Dire quelque chose. Mieux valait partir.

Un dernier regard. La robe longue que Maggie avait dans les mains était bleu-gris et échancrée. L'individu imagina les épaules blanches, la gorge blanche couvertes d'ecchymoses violacées, là où les vaisseaux auraient éclaté. Ses ongles déchiquetés se plantèrent dans ses paumes. Ses doigts fourmillaient aux extrémités.

Maggie leva les yeux.

Leurs regards se croisèrent.

Maggie se mit à s'agiter.

Prestement, silencieusement, l'individu s'écarta de la vitrine et poursuivit son chemin.

4

« Vous avez tout ? » demanda Grace, passant devant Maggie, qui se tenait dans l'entrée du siège des *Nouvelles* et regardait dehors.

Instinctivement, Maggie plongea la main dans son sac, même si, avant de quitter son bureau, elle s'était déjà assurée deux fois qu'elle avait son portefeuille. La veille, quand elle était rentrée de la boutique de Croddick, encore sous le coup de l'humiliation subie, elle avait balbutié à l'adresse de Grace, indifférente, que quelqu'un lui avait pris son portefeuille. Grace avait jeté un coup d'œil sur le bureau de Maggie.

« C'est quoi, là-bas ? » avait-elle demandé d'une voix trainante.

Il était sur son bureau. Grace avait reniflé et marmonné quelque chose, puis le cliquetis de la machine avait repris. Maggie avait longuement contemplé son portefeuille avant de le ranger dans son sac. Et elles n'en avaient plus reparlé de la journée.

Maggie contempla la rue et soupira. Plus qu'un après-midi, et la semaine était terminée. Elle avait hâte de se retrouver dans la maison de Liberty Road où elle pourrait échapper aux contraintes de ce nouveau travail.

Deux journées entières de paix et de solitude. Maggie poussa la porte et sortit. La Cafétéria de l'Île était fermée. Autrement dit, elle serait obligée de passer devant la boutique de Croddick. Comme elle préférait l'éviter, elle décida de se diriger vers le port. Elle se rappelait vaguement avoir vu un restaurant de fruits de mer, le jour de son arrivée. Le vent la cingla ; elle baissa la tête et prit la direction du front de mer.

« Maggie ! »

Elle s'arrêta et leva les yeux. Le cri retomba à quelque distance d'elle, comme une corde jetée par-dessus un canyon. Pensant que c'était le vent, elle se remit à marcher. Tout à coup, elle entendit des pas derrière elle et, se retournant, aperçut Jess qui la rattrapa en courant.

« Je croyais que vous m'aviez entendu, dit-il, tout essoufflé.

— Je n'en étais pas sûre.

— Avez-vous déjeuné ?

— Non, avoua-t-elle.

— Moi non plus. Voulez-vous vous joindre à moi ? Si vous n'avez pas d'autres projets, évidemment. »

Maggie étudia brièvement son visage. Il lui souriait, le regard ouvert et sombre comme un étang dans la forêt. Malgré sa jeunesse, son visage anguleux était déjà profondément marqué. Elle réprima l'envie subite de suivre du doigt le contour ferme de sa pommette jusqu'au creux ombragé de la joue. Ce n'est qu'un déjeuner, rétorqua-t-elle hardiment à la voix intérieure qui la mettait en garde.

« D'accord. »

« Vous êtes sûre de ne pas être originaire de la Nouvelle-Angleterre ? » s'enquit Jess, enjôleur.

Maggie secoua la tête et attrapa la carte.

« Vous êtes tellement réservée, ajouta-t-il. Une véritable Yankee. »

Elle esquissa un sourire. « Et vous, êtes-vous sûr de l'être ?

— Je suis né ici, j'ai grandi ici, je me suis marié...

— Marié ? s'exclama Maggie, regrettant aussitôt son impétuosité.

— Laissez-moi finir. J'ai divorcé. Il y a cinq ans environ. La seule période un peu longue que j'ai passée en dehors de l'île, c'était quand j'ai fait mes études à l'université. Ensuite, j'ai travaillé quelques années à Boston, mais cet endroit me manquait. Alors je suis revenu. »

Maggie hésita, n'osant pas formuler la question qui lui trottait dans la tête. Finalement, elle opta pour un compromis. « Votre famille habite-t-elle toujours ici ?

— Non. Malheureusement. Mes parents se sont installés à Sanibel, une île au large de la Floride, quand papa a pris sa retraite. Ils ne supportaient pas les hivers. J'avais un frère, mais il a été tué au Viêt-nam.

— Je suis désolée », dit Maggie en se mordant la lèvre.

Jess haussa les épaules. « Il est enterré ici, dans l'île. Sinon, il n'y a plus que moi.

— Et votre femme ? » hasarda-t-elle.

Il lui sourit. « Mon ex ? Non. Sharon a toujours attribué tous nos malheurs à cette île. Elle était en vacances ici quand je l'ai rencontrée. Ses parents ont une maison où ils venaient passer le mois de juillet. Ce n'est pas très loin de chez les Thornhill, d'ailleurs. En tout cas, après notre mariage, j'ai décidé de vivre ici toute l'année, mais elle a très vite détesté cet endroit. Elle disait que c'était trop triste, trop isolé. Elle était déprimée huit mois sur douze.

— Mais vous refusiez de partir ? » questionna Maggie, une note d'accusation dans la voix.

Jess pâlit quelque peu et s'humecta les lèvres. Elle comprit immédiatement qu'il cherchait à couper court à un sujet douloureux. Voyant la détresse poindre dans son regard, elle fut prise de remords.

« Il est vrai que je désirais rester, reconnut-il. J'aime cette île. Je suis ici chez moi. Mais je ne crois pas que c'était entièrement ma faute.

— Vous n'avez pas à vous justifier, l'interrompit-elle.

— Nous avions nos problèmes, conclut-il platement, comme la plupart des couples.

— Je ne voulais pas être indiscrète. Cela ne me regarde pas. » Et elle s'absorba dans l'étude de la carte. Pendant qu'elle faisait mine de choisir son menu, elle sentit son regard sur elle.

« Ce n'est pas grave, répondit-il en souriant. Cela ne me dérange pas. »

Alarmée par la chaleur de sa voix, Maggie évita ses yeux. « Comment est la nourriture ici ?

— Essayez la salade de homard. » Un silence gêné s'installa entre eux. « Et vous-même ? demanda-t-il finalement. Avez-vous été mariée ? »

Elle baissa la carte. « Non.

— Jamais ? » Il avait l'air surpris.

Mal à l'aise, comme si elle lui devait une confidence, Maggie chercha une explication simple. « J'ai eu quelqu'un, avoua-t-elle prudemment. Je l'aimais, mais ça n'a pas marché.

— Pourquoi ?

— Parce que, répliqua-t-elle fermement.

— Vous arrive-t-il de le revoir ? » persista Jess.

Maggie le fixa droit dans les yeux. « Il est mort. »

Décontenancé par sa réponse abrupte, Jess s'empressa de s'excuser. « Ce que je peux être balourd, quelquefois ! J'avais seulement envie de vous connaître mieux. Je ne voulais pas appuyer sur un point sensible…

— Aucune importance, dit-elle, se replongeant dans la carte. C'est de l'histoire ancienne. »

Les mots vacillèrent sur le papier et se mirent à se dissoudre sous ses yeux. Elle avait beau sentir le regard inquiet de Jess sur elle, l'espace d'un instant elle eut l'étrange impression qu'en levant la tête, elle verrait Roger assis en face d'elle. Elle se le représenta distinctement, avec ses yeux doux toujours tristes, malgré les rides que le rire avait creusées autour.

« Je pourrais rester là indéfiniment à te regarder, Maggie. » Elle entendait encore sa voix.

« Si seulement… », répondit-elle avec ferveur.

Roger sourit. « Tout est simple pour toi, hein ? »

Maggie haussa les épaules. « Je t'aime. C'est simple, ça. »

Roger soupira et tourna la tête vers la fenêtre.

« Qu'y a-t-il ? » demanda-t-elle, pressant la main qui tenait la sienne sous la table.

Son regard troublé revint se poser sur elle. « Tout ceci est tellement injuste pour toi. Tu mérites un homme jeune. Un type qui pourrait te sortir ouvertement. Passer toutes ses soirées, tout son temps libre avec toi.

— Je ne veux personne d'autre, protesta-t-elle avec entêtement.

— Mais tu ne peux pas être heureuse ainsi.

— Je suis heureuse avec toi, dit-elle, les yeux baissés. Le reste m'importe peu. » La dernière phrase était un mensonge, mais elle ne voulait pas se plaindre. L'idée de le perdre était bien pire que la honte ou la solitude qu'elle pourrait endurer à la suite de leur liaison.

« Il faut retourner au bureau », fit-il avec douceur, en posant sa serviette à côté de son assiette.

Elle le regarda et sourit bravement. Mais elle voyait bien qu'il n'était pas dupe de ses protestations.

« Avez-vous choisi ? » demanda Jess gentiment.

Maggie tressaillit et le dévisagea un instant sans comprendre. Puis elle sourit. « Je vais essayer la salade de homard », répondit-elle, espérant lui faire plaisir.

Jess se redressa sur sa chaise et fit signe au serveur. Maggie remarqua avec un pincement au cœur la courbe de son menton, la largeur de son torse. Voilà des années qu'un homme ne l'avait pas tenue dans ses bras. La dernière fois, ç'avait été le soir de la mort de Roger. Jess se retourna vers elle et déplaça le bouquet de fleurs sur la table pour mieux la voir.

« Courage, dit-il plaisamment. Si le homard ne vous plaît pas, vous pourrez toujours commander autre chose. »

Maggie contempla d'un air pensif son visage ouvert. Un poids était descendu sur son cœur. *Change de conversation,* se dit-elle.

« J'ai envie d'un chiot.

— Pour le déjeuner ? » Jess feignit l'indignation.

Elle rit. « Peut-être pourriez-vous m'indiquer où en trouver un. J'ai l'impression de tourner en rond dans cette maison.

— Comme ça, de but en blanc, non, répondit-il. Mais je me renseignerai.

— Ce serait gentil. » Maggie lui sourit. « Et maintenant, parlez-moi de votre enfance îlienne. »

Pendant que Jess réglait l'addition, Maggie attendit dehors, sur les marches. Tout s'était bien passé, pensait-elle avec une certaine satisfaction. Une fois la gêne vaincue, la conversation s'était révélée étonnamment aisée.

« On dirait que le temps s'est radouci », observa Jess en la rejoignant. La porte claqua derrière lui.

« Il fait meilleur, acquiesça Maggie.

— Je vous ai saoulée, hein ? fit-il en secouant la tête. Un vrai moulin à paroles. »

Maggie rit. « Cela m'a fait plaisir.

— En général, je suis plutôt du genre beau ténébreux, affirma-t-il. Pas une pipelette.

— Vous n'avez fait que répondre à mes questions.

— Va pour cette fois-ci, chère amie. Mais votre tour viendra. »

Maggie fronça les sourcils. Elle n'avait pas envisagé une prochaine fois. Ni que son tour viendrait. Elle commença à descendre. « Il est temps de rentrer, je pense.

— Il n'y a pas le feu, répliqua-t-il en la rattrapant. Vous êtes avec le patron.

— Je sais. Seulement, j'ai beaucoup de travail cet après-midi.

— Vous essayez de me faire honte ? la taquina-t-il.

— Bien sûr que non.

— Je plaisantais. »

Ils se turent. Maggie accéléra le pas. L'assurance qu'elle avait éprouvée au restaurant l'abandonnait. Elle avait envie de risquer un coup d'œil sur le visage de Jess pour voir s'il ne s'ennuyait pas, s'il n'était pas agacé. Elle garda cependant les yeux rivés sur la chaussée pavée. *J'ai oublié comment me comporter avec un homme. Après toutes ces années au milieu de femmes sournoises. Je dois lui paraître ridicule.*

En tournant dans la grand-rue, Jess rompit le silence. « J'aime bien votre compagnie, dit-il, songeur. Voici longtemps que cela ne m'était pas arrivé. »

Maggie eut l'impression d'avoir été piquée avec une épingle. Elle le regarda, les yeux agrandis de surprise. Au même instant, son talon se prit entre deux pavés, et elle trébucha.

L'empoignant pour l'empêcher de tomber, Jess passa fermement son bras sous le sien. « Ça va ? Vous ne vous êtes pas fait mal ? »

Maggie rougit de soulagement et d'embarras. « Seulement à mon amour-propre », avoua-t-elle.

Il éclata de rire. Au bout d'un moment, elle pouffa

aussi. Ils riaient, plantés au milieu de la rue, bras dessus, bras dessous.

« On y va ? » dit-il finalement.

Ils reprirent leur chemin. Soudain, Maggie s'arrêta net. Sur le trottoir d'en face se tenait Evy, les yeux écarquillés, livide. Elle fixait Jess et Maggie ou, plus précisément, le bras de Maggie glissé sous celui de Jess. Son corps maigre tremblait sous sa veste fauve ; ses cheveux hirsutes volaient au vent.

« Tiens, voilà Evy. » Jess, qui l'avait repérée aussi, agita vigoureusement la main. « Venez, dit-il, entraînant Maggie de l'autre côté. On n'a qu'à rentrer tous ensemble. »

Elle se dégagea. « Non, fit-elle, gênée. Allez-y, vous. »

Jess la regarda, perplexe. « Quelque chose ne va pas ?

— Non, non. J'avais oublié, il faut que je passe à la pharmacie. »

Il haussa les épaules. « D'accord. À tout à l'heure. »

Maggie le regarda traverser la chaussée pour rejoindre Evy. Cette dernière l'accueillit fraîchement. Ils échangèrent quelques mots, et Maggie vit Evy sourire timidement à Jess. Tous deux se dirigèrent vers le bureau. Evy levait le visage vers Jess. Son grand corps semblait lui servir de rempart contre la brise marine. À côté de Jess, Evy paraissait frêle et très jeune.

Émue, Maggie se rendit compte qu'elle avait à peu près son âge lorsqu'elle était tombée amoureuse de Roger. Elle se souvint du plaisir qu'elle avait éprouvé la première fois où il l'avait soulevée de sa chaise pour l'attirer contre lui. Elle avait passé des mois à imaginer cette scène-là. Ivre de bonheur, elle avait ignoré le sentiment de culpabilité que ce baiser volé avait éveillé en elle. Si seulement elle avait su comment tout cela se terminerait ! Maggie préféra chasser ce souvenir. Déjà Jess et Evy disparaissaient au bout de la rue. Quelles relations entretenaient-ils ? La jeune fille avait visiblement le béguin pour Jess. Peut-être qu'il y avait eu quelque chose entre eux, à un moment donné. Un flirt, une liaison. Ce n'était peut-être pas fini. Cette pensée provoqua une bouffée de jalousie inattendue. Troublée, Maggie se dirigea vers la pharmacie.

Quoi qu'il se passe ou se soit passé, se dit-elle, *ne t'en mêle pas.* Evy l'aimait, cela sautait aux yeux. C'était une raison de plus pour garder ses distances vis-à-vis de Jess.

Maggie ne regagna le bureau que vingt minutes plus tard. Une vieille femme avec une veste en peau de phoque élimée discutait avec la pharmacienne des mérites comparés de divers remèdes contre l'indigestion. Elle prenait son temps et Maggie pensa laisser les quelques articles qu'elle avait choisis sur place, mais elle se rappela que c'était vendredi et elle voulait éviter de retourner en ville pendant le week-end.

Elle consulta sa montre avec appréhension en se hâtant vers le siège des *Nouvelles de la Crique.* Elle poussa la porte d'entrée sans bruit et la referma le plus doucement possible. Par chance, le hall était désert. Maggie ôta sa veste et la suspendit au portemanteau. Comme elle approchait de la porte du bureau, elle entendit un bruit de voix. Elle prit un air de circonstance, se préparant à entrer et à interrompre la conversation. Tout à coup, son propre nom se détacha du brouhaha. Elle se plaqua au mur.

« Je ne sais pas où elle est, disait Grace sur un ton revêche. Elle devrait être revenue depuis une demi-heure.

— Finissez votre histoire, Tom. » Maggie reconnut les intonations affectées d'Evy.

L'homme se racla la gorge et répondit d'une voix qui ne lui était pas inconnue. « Je lève la tête, déclara-t-il avec indignation, et je la vois qui sort avec deux de mes peignes en argent dans les cheveux, pas gênée pour un sou.

— Allons, bon, souffla Grace.

— C'est comme je vous le dis. Je cours après elle. Et quand je lui demande si elle a l'intention de les payer, elle me fait le coup du portefeuille.

— Elle l'avait oublié ici », expliqua Evy.

L'écho de leur rire incrédule résonna jusque dans le couloir.

« Je vais vous dire une chose, poursuivit Croddick. J'avais envie d'en parler à Jack Schmale.

— Pour quoi faire ? demanda Evy. Elle vous les a rendus, non ?

— Là n'est pas la question, jeune fille, aboya Tom. Pas vrai, Grace ? Le problème est qu'elle est nouvelle ici et qu'à peine arrivée, elle chaparde dans ma boutique.

— Jack ne sera pas là avant lundi, annonça Grace. Il est à une réunion des chefs de la police.

— Je ne vois pas pourquoi faire tant d'histoires, dit

Evy. Si elle les a rendus en proposant de les payer, je ne comprends pas pourquoi vous voulez la dénoncer. Tout le monde peut se tromper…

— Dis donc, se rebiffa Grace, tu défends qui, là ?

— Personne. Je disais simplement…

— Ma foi, Grace, la petite n'a pas tort. Je ne devrais peut-être pas ennuyer Jack avec ça. Mais soyez certaines que je l'ai à l'œil. On n'est jamais trop prudent avec tous ces nouveaux venus dans l'île… »

Grace et Evy changèrent subitement de posture, et Grace s'éclaircit la voix. Constatant qu'il avait perdu son auditoire, Tom Croddick se retourna. Maggie se tenait sur le pas de la porte, le regard dénué de toute expression.

« Ah ! C'est vous, balbutia-t-il. Bonjour. »

Maggie l'ignora. S'approchant de son bureau, elle prit un manuscrit et s'absorba dans sa lecture.

Tom haussa les sourcils et roula des yeux éloquents à l'adresse des deux autres. « Eh bien, dit-il chaleureusement à Grace et Evy, j'imagine que vous avez du boulot, les filles. Il faut que j'y aille, moi aussi. »

Grace hocha la tête. « À bientôt, Tom. »

Le propriétaire de la boutique se dirigea vers la porte. « Salut, les filles. » En sortant, il faillit entrer en collision avec un colosse barbu et grisonnant qui venait de faire irruption dans la pièce, un appareil photo autour du cou.

« Tiens, Tom.

— Owen, dit Tom. Comment va ?

— Bien, bien. » L'homme broya la main de Croddick et se tourna vers les autres. « Bonjour Grace, bonjour

Evy. » Il jeta un coup d'œil à Maggie, puis la regarda à nouveau, perplexe.

« C'est une nouvelle, déclara Grace. Embauchée par Emmett.

— Owen Duggan. Photographe de la vie des bêtes à mes heures et reporter occasionnel pour les *Nouvelles de la Crique.* »

Maggie prit sa main tendue. « Enchantée, répondit-elle doucement. Maggie Fraser.

— Ravi de vous connaître, Maggie. Mais je vous trouve un peu pâlotte. Vous devriez sortir davantage. Respirer l'air marin. » Il frappa sa large poitrine. Maggie esquissa un sourire forcé.

Il la dévisagea fixement une fraction de seconde. Dès le premier coup d'œil, les traits de cette femme lui avaient paru étrangement familiers. Il était certain de l'avoir déjà vue. Il allait le lui dire quand il se ravisa, balayant cette idée d'un haussement d'épaules. Il s'assit sur le bureau de Grace et se pencha vers elle avec un sourire malicieux. « Alors, Grace, toujours heureuse avec Charley ?

— Toujours, susurra-t-elle en inclinant coquettement la tête. Et vous, comment ça va ?

— Très bien. » Owen se frotta les mains. « Je repars pour New York dans quelques semaines. *Life* va peut-être publier toute une série d'articles consacrés à mes reportages sur les oiseaux. Du coup, je viens chercher les négatifs. Jess en a utilisé quelques-uns ?

— Un seul, répondit Grace, mais tout est là. Maggie, appela-t-elle avec autorité, allez me chercher les négatifs d'Owen. Ils doivent être sur le classeur.

— Je reviens de la caserne des pompiers, dit Owen à Grace sur le ton de la conversation. On leur a livré la nouvelle ambulance.

— Ah oui. Charley m'en a touché deux mots hier soir. »

Maggie entendait à peine ce qu'ils disaient. Elle tentait de se concentrer sur la tâche qu'on lui avait demandé d'accomplir, mais elle était toujours sous le choc de la discussion surprise au moment de son arrivée. Elle aurait dû se douter que cela se saurait. Sur une île comme celle-ci, les ragots se propageaient en un rien de temps. Heureusement que Jess n'était pas là. Mais tôt ou tard, il en entendrait parler.

Au moins, Evy avait pris sa défense. Elle essaya de puiser quelque réconfort dans cette pensée, mais ce n'était pas suffisant. Elle avait beau chercher à passer inaperçue, tout ce qu'elle faisait semblait se retourner contre elle.

Juste à la hauteur de ses yeux, sur le dessus du classeur, elle aperçut les rouleaux de pellicule, sortant d'une pochette en papier de soie. Soulagée de ne pas avoir à fouiller partout, Maggie s'empara des négatifs.

Ce fut seulement quand elle les tira vers elle que Maggie vit la tasse de café fumante. Elle était posée sur le classeur, à cheval sur l'enveloppe. Impuissante, Maggie regarda la tasse basculer, se renverser et rouler vers le bord. Le liquide brûlant lui éclaboussa la main, et la tasse alla se fracasser sur le sol.

« A-ah ! » cria Maggie, serrant sa main endolorie. Les négatifs tombèrent et commencèrent à se gondoler sous l'effet du café chaud.

« Merde ! hurla Owen. Mes pellicules ! »

Il se précipita pour les ramasser tandis que Maggie pressait et secouait sa main ébouillantée.

« Qu'avez-vous fait ? » lança Grace, courroucée, en les rejoignant. Evy observait la scène par-dessus son épaule. Grace voulut prendre la main de Maggie.

« Ne me touchez pas, siffla Maggie en reculant.

— Ne vous inquiétez pas, rétorqua Grace. Je n'en avais pas l'intention. » Elle se baissa en maugréant pour récupérer les morceaux de porcelaine à côté d'Owen qui, entre deux gémissements, examinait les bandes transparentes à la lumière.

Les dents serrées, Maggie s'efforçait de surmonter la douleur. Levant les yeux, elle vit Evy qui la regardait, l'ombre d'un sourire aux lèvres.

Maggie la fixa, furieuse. « Qu'y a-t-il de si drôle ?

— Rien, répondit Evy sur un ton offusqué. Vous devriez la passer sous l'eau froide. »

Maggie lui tourna le dos.

« Venez, dit Evy. Je vais vous aider. » Elle prit Maggie par le bras et la conduisit vers l'évier.

5

Tu prends des risques, se disait Jess en se garant dans la grand-rue. *Elle n'a peut-être pas envie de passer son samedi avec toi.* Il coupa le moteur et resta assis au volant, les yeux fixés sur le tableau de bord. Il aurait sans doute mieux valu l'appeler d'abord, mais il espérait qu'elle aurait plus de mal à lui dire non de vive voix. Voici longtemps, songea-t-il, qu'il ne s'était pas senti aussi bête. Un instant, il se demanda s'il ne serait pas préférable de passer cette journée seul, comme d'habitude. Mais sa décision était prise : il sortit de la voiture et claqua la portière.

Tandis qu'il marchait dans la grand-rue en regardant les vitrines, il s'efforça de penser à Sharon et à ce qu'elle aimait. Mais il ne se souvenait que du collier en écume de mer qu'il lui avait rapporté un jour, alors qu'elle était en pleine déprime depuis plusieurs semaines déjà. Elle avait soulevé le couvercle de la boîte et contemplé le pendentif d'un air morne. Le motif gravé représentait un navire avec tout son gréement, et Jess l'avait trouvé très beau. Il s'attendait à la voir sourire. Elle avait pris le bijou, l'avait tourné et retourné entre ses doigts. Et, brusquement, elle l'avait lancé à travers la pièce. Il avait heurté l'un des placards de la cuisine et atterri dans le saladier. Sans un mot, elle avait pivoté sur elle-même et était partie.

Jess soupira et fixa sans la voir la vitrine la plus proche, jusqu'à ce que cessent ses picotements dans les yeux. Puis il poursuivit son chemin.

Physiquement, pensait-il, les deux femmes étaient très dissemblables. Blonde et menue, Sharon avait la peau brune l'été où il l'avait connue. L'hiver, son teint virait au jaune cireux. La peau blanche de Maggie lui rappelait l'albâtre. Il aimait ses cheveux roux. Peut-être devrait-il lui offrir un foulard à nouer négligemment autour de sa gorge blanche. Il revit Sharon, assise devant la coiffeuse, en train de dire qu'elle était contente de ne pas être rousse : il y avait si peu de couleurs qui allaient aux rousses. Fronçant les sourcils, Jess se demanda si c'était vrai. Il avait l'impression que Maggie porterait sans problème toutes les teintes possibles et imaginables.

Il songea à des fleurs cela signifiait qu'il devrait se rendre chez le pépiniériste dans Eagle Rock Road. Non, les fleurs ne duraient guère, et on les jetait à la fin. Or il voulait lui offrir quelque chose qu'elle puisse conserver. Un objet qui l'obligerait à penser à lui chaque fois qu'elle l'utiliserait. Jess s'arrêta sur le trottoir, tapotant impatiemment du pied. « Un parfum, peut-être », décida-t-il tout haut. D'un pas énergique, il traversa la rue en direction de la pharmacie.

Jess s'engagea dans l'allée de la maison Thornhill et s'arrêta à côté de la vieille Buick noire. Il rit tout bas, se souvenant de la description que Maggie lui en avait faite au cours du déjeuner. « Une épave en prime, sans frais supplémentaires. »

Un calme inhabituel régnait dans la maison. Se pouvait-il qu'elle dorme encore ? Il consulta sa montre. Il était presque midi. Personne ne dormait aussi tard. Il descendit de voiture et gravit en courant les marches de la terrasse. Écartant la moustiquaire, il frappa à la porte en bois.

Pas de réponse. Jess frappa à nouveau, mais personne ne vint ouvrir. Se penchant par-dessus la balustrade, il se contorsionna pour regarder par la fenêtre de la cuisine. Tout était en ordre, mais il n'y avait nulle trace de Maggie.

J'aurais dû téléphoner d'abord, pensa-t-il, ennuyé. Il redescendit les marches et, juste à ce moment-là, il l'aperçut : le dos tourné, elle était en train de fermer la porte du garage. Elle portait un bandeau autour de la tête ; ses mains et ses avant-bras étaient maculés de graisse.

Jess l'interpella avec un grand sourire. « Bonjour, vous ! »

Maggie sursauta et se retourna.

« Salut, dit-il. Vous ne m'avez pas entendu arriver ? »

Elle secoua la tête.

« On inspecte son domaine ? » demanda-t-il avec un rire nerveux, tout en se dirigeant vers elle.

Elle l'accueillit à mi-chemin entre la maison et le garage. « Je voulais voir ce qu'il y avait là-dedans, expliqua-t-elle.

— Alors, avez-vous découvert quelque chose d'intéressant ? »

Maggie baissa les yeux sur ses mains graisseuses, puis le regarda, le visage en feu. « Il y a bien un vélo, mais il a besoin d'être réparé. Vous êtes là depuis longtemps ?

— Quelques minutes à peine. Comme vous n'ouvriez pas la porte, j'ai eu peur de vous avoir manquée.

— Vous voulez entrer ? demanda-t-elle en évitant son regard.

— Vous n'êtes pas fâchée que je sois venu, hein ? »

Elle croisa ses yeux emplis d'appréhension. Elle pouvait difficilement lui dire qu'elle avait passé la matinée à penser à lui. Mais maintenant qu'il était là, elle se sentait troublée. Elle s'était juré de garder ses distances mais remarqua soudain que son silence le mettait mal à l'aise. « Je suis contente de vous voir, déclara-t-elle, repoussant avec le dos de la main une mèche de cheveux qui lui tombait sur le front. Simplement, je ne suis pas présentable.

— Vous êtes parfaite », assura-t-il avec empressement.

Elle tenta de sourire, mais ce fut plutôt une grimace. « Allez, venez. » Elle se dirigea vers la maison. Jess la suivit par la porte de derrière. « Superbe, commenta-t-il en examinant le séjour.

— Oui, opina Maggie. Mettez-vous à l'aise. Il faut que j'aille me nettoyer. » Jess s'assit. Il entendit l'eau couler dans la cuisine. Soudain, il se souvint du paquet dans la poche de sa veste. Maggie revint dans le séjour en s'essuyant les mains sur un torchon. Elle avait ôté son bandeau, et ses cheveux cascadaient librement autour de son visage. Jess sortit son présent et le lui tendit.

« J'ai quelque chose pour vous. »

Maggie regarda le paquet puis Jess d'un air interrogateur.

« Ouvrez-le », la pressa-t-il.

Ses doigts tremblaient, nota-t-il, tandis qu'elle défaisait le papier, et le soleil qui entrait par les fenêtres teintait d'or les mèches cuivrées qui encadraient son visage. Elle tira d'un écrin un petit flacon en forme de poire, noué avec un cordon doré.

« C'est un parfum », dit-il. L'espace d'un instant, il revit Sharon, triturant silencieusement le collier.

Maggie mâchonna sa lèvre inférieure, le regarda et sourit, l'air réservé mais content. « Merci. C'est très gentil à vous. »

Soulagé, Jess haussa les épaules. « Cela vous plairait-il d'aller voir des chiots ? Je connais des gens qui viennent d'avoir une portée. »

Maggie hésita. « Je ne sais pas.

— Juste pour jeter un coup d'œil. Vous n'êtes pas obligée d'en prendre un, si vous n'en avez pas envie.

— Ma foi, fit-elle doucement, j'ai très envie d'un chiot.

— Allez chercher un gilet, ordonna-t-il. Il y a du vent aujourd'hui. Je vous attends dans la voiture. »

Du pas de la porte, Maggie l'observa se diriger vers sa voiture. Il avait une démarche élastique, juvénile ; la brise lui renvoya l'air qu'il fredonnait avec insouciance. Elle regarda le flacon qu'il lui avait offert. Il miroitait dans sa paume, telle une grosse larme frémissante. Lorsqu'elle releva la tête, il était déjà près de la voiture, appuyé à la portière ouverte. Il lui fit signe de se dépêcher. Un nuage obscurcit le soleil, jetant une ombre sur le visage chaleureux de Jess. Maggie frissonna.

Elle s'approcha de la cheminée et posa le flacon sur le manteau, admirant ses reflets ambrés dans les rayons du soleil. Elle dévissa le bouchon et le huma. Cela sentait délicieusement bon. Elle remit le bouchon et plaça le flacon entre deux bougeoirs. Il était si joli que ce serait presque dommage de s'en servir. Elle soupira de bonheur et alla chercher un lainage dans sa chambre.

Cinq postérieurs duveteux, blanc et marron, émergeaient de sous le flanc de la mère aux yeux tristes. La chienne et ses petits reposaient dans une large boîte en carton aux bords bas, sur une couverture sale et délavée. Les couinements et la voracité de sa progéniture ne semblaient pas perturber la chienne, qui fixait les visiteurs de son regard alangui.

« Quel âge ont-ils, Ned ? » demanda Jess au fermier adossé au chambranle de la grange poussiéreuse.

L'homme frotta son menton mal rasé et scruta les poutres du petit toit pointu. « Ça va faire six semaines, je crois.

— Qu'en dites-vous, Maggie ? »

Maggie regardait, fascinée, les chiots s'arracher un à un aux mamelles de leur mère et tituber sur la couverture qui tapissait le carton. Les deux plus gros roulèrent l'un sur l'autre et se mirent à ronfler dans un coin. Un troisième se remit à téter, tandis que le quatrième reniflait les bords du carton. Le plus petit s'approcha bravement de l'ouverture, se pencha et dégringola sur les planches recouvertes de paille de la grange.

Ned Wilson se baissa, ramassa le minuscule aventurier et le remit à côté de sa mère. « C'est ici, ta place, dit-il.

— Ils sont adorables, déclara Maggie. Surtout ce petit-là.

— C'est un avorton, l'informa Ned.

— C'est lui que je veux.

— Ned, intervint Jess, mon amie désire avoir un chien. Quels sont les prix pratiqués pour ce type de chiots ?

— Je n'en sais rien, répondit le fermier. Faut que je demande à Sadie. À vrai dire, Livvy est plutôt sa chienne à elle.

— Livvy ? répéta Maggie.

— Ouais. À cause de Olivia de Havilland, dans *Autant en emporte le vent.* Sadie est en haut, en train de passer l'aspirateur. Je vais la chercher. J'en ai pour deux minutes. »

Après le départ du fermier, Jess et Maggie s'accroupirent pour mieux examiner les chiots. « Je suis sûr que Sadie vous le donnera, fit Jess, suivant du bout de l'index le crâne délicat du petit animal. Personne n'achète ces bâtards-là. Surtout quand il s'agit d'un avorton.

— Dites donc, protesta Maggie, c'est le plus mignon de tous. Vous verrez, d'ici peu, ce sera mon chien de garde. N'est-ce pas ? murmura-t-elle à l'adresse du chiot.

— Un chien de garde miniature.

— Il grandira. » Elle leva les yeux sur Jess et sourit. « Ils sont superbes. Merci de m'avoir amenée ici.

— Je savais qu'ils vous plairaient. Et puis, c'était un bon prétexte pour venir vous voir. »

Maggie secoua la tête. « Ne dites pas cela. » Elle se releva avec effort.

Jess se redressa à son tour. « Pourquoi ? C'est la vérité. » Une silhouette sombre apparut dans l'encadrement de la porte. Il s'interrompit.

Ned se racla la gorge. « Je m'excuse. Voilà Sadie. » Une femme maigre, lui arrivant à peine à l'épaule, se tenait à côté de lui. Elle portait des baskets, un pantalon gris avachi et un cardigan rouge vif. Ses cheveux grisonnants étaient noués en un chignon austère. Elle jeta un coup d'œil soupçonneux dans la pénombre de la grange.

« Sadie, poursuivit Ned, tu connais Jess. Et voici son amie, Maggie. Ils sont venus voir les chiots. »

Maggie tendit anxieusement la main à la femme. Sadie la lui serra machinalement, puis essuya ses doigts secs et noueux sur son pantalon.

« Vos chiots sont très beaux, dit Maggie. J'aimerais vous acheter ce petit-là.

— Ils sont pas à vendre.

— Je ne comprends pas, bredouilla Maggie. Je croyais…

— Je serais trop contente de m'en débarrasser, déclara Sadie. Je vous le donne. »

Radieuse, Maggie se pencha vers les chiots.

« Pas tout de suite, grogna Sadie. Ned ne vous a pas

dit qu'ils sont trop jeunes pour être enlevés à leur mère ?

— Allez, Sadie, protesta Ned. C'est une question de jours.

— J'ai dit : pas tout de suite. Quand ils seront prêts.

— Je peux attendre quelques jours, la rassura Maggie. J'ai bien attendu jusque-là. Je reviendrai quand vous me le direz. »

Sadie renifla, mais ce compromis parut la satisfaire. « Faudra vous occuper de lui, avertit-elle.

— Promis.

— Vous avez déjà eu un chien ?

— Non, jamais, avoua Maggie.

— Et pourquoi ? »

Maggie la regarda avec contrition. « Eh bien, je…

— Elle n'avait pas la place, intervint Jess. Elle a toujours vécu en appartement. »

Surprise par cette explication, Maggie se rappela soudain que ce mensonge venait d'elle. Sadie digéra l'information d'un air soupçonneux.

« Bon, il faut qu'on y aille, lança Maggie. Vous avez du ménage à faire. » Elle se glissa entre le mari et la femme et s'engagea sur le chemin. « Merci infiniment.

— La saleté, ça s'en va pas tout seul. C'est sûr », grogna Sadie.

Jess rattrapa Maggie sur le chemin de la ferme. « Dites-moi, vous étiez bien pressée de partir.

— J'avais peur que Sadie ne change d'avis. »

Il rit. « C'est vrai, elle n'est pas à prendre avec des pincettes.

— J'ai un chiot, exulta Maggie.

— Du calme. Tant que nous ne sommes pas sortis de là, il y a toujours un risque.

— Ils sont adorables, non?

— Si. Surtout le vôtre. »

Maggie se jeta à son cou. « Merci, merci. »

Jess l'enlaça et la serra tout contre lui. « Je suis content que vous soyez heureuse », chuchota-t-il.

Maggie s'écarta, gênée par l'impulsivité de cette étreinte. Jess la retint. Ses lèvres suivirent et rencontrèrent les siennes. Son baiser fut bref, mais insistant. Lorsqu'il se redressa, elle eut l'impression qu'on lui avait brûlé la bouche. Qui ne demandait, d'ailleurs, qu'à être brûlée de nouveau. Elle poussa légèrement sur les épaules de Jess avec ses paumes. « Allons-nous-en d'ici.

— Ce baiser va faire le tour de l'île », murmura-t-il, désabusé, avec un coup d'œil vers la ferme des Wilson.

Pour ramener Maggie chez elle, Jess choisit une route détournée. Il avait prévu un arrêt pour déguster des tourtes aux fruits de mer sur la terrasse du Panorama, et l'exploration de quelques-uns des chemins de terre qui serpentaient à travers la forêt. Le soleil s'enfonçait déjà dans l'océan quand ils reprirent la direction de Liberty Road.

La brise marine ébouriffait les cheveux de Maggie comme une caresse, et le soleil déclinant lui chauffait le coude tandis qu'ils roulaient à vive allure. Se détournant de la vitre, elle étudia le visage de Jess. Il lui sourit.

« Contente d'être venue?

— Très.
— J'ai pensé à vous hier soir.
— Ah oui?
— Enfin, je pensais vous proposer d'aller voir les chiots et de faire un tour en voiture, mais j'avais peur que vous n'en ayez assez du bureau, moi y compris, après toute une semaine.
— Non, répondit-elle. Pas de vous.
— Au fait, Owen Duggan m'a téléphoné ce matin. Il a tiré ses négatifs hier soir, et seuls trois clichés ont été perdus. Il m'a chargé de vous dire de ne pas vous inquiéter à ce sujet.
— C'est très délicat de sa part. » Un instant, Maggie revit sa mine intriguée tandis qu'il lui serrait la main, comme s'il essayait de la situer. Elle s'efforça de chasser cette impression perturbante.
« La première semaine est toujours un peu dure, Maggie.
— Je sais, dit-elle après une pause.
— Comment va votre main? »
Elle plia prudemment les doigts. « Mieux. Il n'y a pas de problème.
— Je ne sais toujours pas comment c'est arrivé.
— Je n'ai pas fait attention, voilà tout. » Elle se rappela le rire goguenard de Tom et de Grace alors qu'elle était dans le couloir, et l'expression amusée d'Evy. Elle se représenta les négatifs d'Owen Duggan en train de se gondoler sous l'effet du café chaud. Un soupir lui échappa. Tout allait de travers, pensa-t-elle.
Jess fit un signe en direction de la vitre. « Voici la maison d'Evy, sur la gauche. » Se retournant, Maggie

aperçut fugitivement une masse grise et une plaque qui indiquait *Barrington Street.* « Pourquoi ce soupir ? demanda-t-il.

— Pour rien, répliqua-t-elle avec fermeté. C'est là qu'Evy habite ?

— Vous êtes sûre que tout va bien ? » Jess fronça les sourcils.

« Absolument. Que font ses parents ?

— Elle vit seule avec sa grand-mère. Une grand-mère infirme. Totalement impotente. Triste histoire. Evy est toute seule pour s'en occuper. C'est dur pour elle. »

Maggie se rappela l'expression désemparée d'Evy lorsqu'elle les avait vus, Jess et elle, rentrer du déjeuner bras dessus, bras dessous. Elle jeta un coup d'œil au visage anguleux, sensible, de Jess, s'interrogeant sur le rôle que ce beau visage pouvait jouer dans l'existence solitaire d'une jeune fille encombrée d'une grand-mère invalide. Une fois de plus, elle eut la conviction qu'elle ne devait pas intervenir dans leur vie. Elle avait connu cela. Elle savait ce que c'était. L'espace d'un instant, Roger lui apparut de nouveau clairement. Son rêve devenu réalité… et le début de son long cauchemar.

« Je crois qu'il est temps de rentrer. » La réalité la frappa comme une gifle.

« Nous sommes presque arrivés. » Il coula un regard dans sa direction. « Vous êtes pressée ?

— C'est mon premier week-end, vous savez. J'ai beaucoup de choses à faire à la maison…

— Très bien. Je comprends. »

Ils roulèrent en silence pendant les cinq minutes qui

les séparaient de la propriété des Thornhill. S'arrêtant dans l'allée, Jess coupa le moteur.

« Je vous aurais bien invité, fit Maggie précipitamment, mais je n'ai pas eu le temps de faire les courses, et je n'ai vraiment pas grand-chose…

— Ce n'est pas grave. Faites ce que vous avez à faire. »

Maggie posa la main sur la poignée de la portière et se mordit la lèvre. Puis elle se tourna vers lui. « J'ai passé un très bon moment, dit-elle. Encore merci. »

Se penchant, Jess lui souleva légèrement le menton. Il l'attira à lui et l'embrassa avec douceur, un baiser qui la fit vibrer tout entière. « Moi aussi », répondit-il en la relâchant.

Maggie ouvrit la portière et descendit sans un regard en arrière. Arrivée à sa porte, elle se retourna pour voir la voiture reculer dans l'allée. Elle agita brièvement la main et se rua dans la maison.

Elle entendit le bruit du moteur décroître tandis que la voiture s'éloignait. Pendant quelques instants, elle demeura adossée à la porte, les yeux clos. Mentalement, elle repassa la journée en revue, comme un film d'amateur, revit le visage de Jess, ses yeux troublants… Elle secoua la tête. Comment allait-elle se dépêtrer de tout ça ? Et en avait-elle seulement envie ?

Elle se laissa tomber dans un fauteuil du séjour. *D'accord, d'accord,* pensa-t-elle. *Il te plaît. Il t'attire. Ce n'est pas une raison pour avoir une aventure avec lui.* Elle grimaça au souvenir du mensonge qu'il avait si ingénument répété à Sadie à propos de l'appartement. Il était tellement honnête. Comment lui dire la vérité ? Si jamais elle le faisait, il ne voudrait certainement plus d'elle.

Mais son esprit la ramenait sans cesse à ce qu'il avait dit, à sa façon de la regarder. Il lui avait même apporté un cadeau. Elle ne put s'empêcher de sourire en repensant à l'air timide qu'il avait en le lui offrant. Elle leva les yeux sur le manteau de la cheminée pour admirer son présent.

Le flacon avait disparu.

Maggie bondit du fauteuil et s'approcha de la cheminée. Elle caressa sa surface lisse, incrédule. Pourtant elle voyait bien que la bouteille ambrée n'y était plus. « Je l'avais posée là », dit-elle tout haut. Pivotant sur elle-même, elle scruta la pièce comme si elle s'attendait à découvrir quelqu'un derrière elle.

Le séjour était parfaitement en ordre, exactement comme elle l'avait laissé. Elle se tourna vers la cheminée et fixa ses doigts crispés sur le rebord. Quelqu'un était entré dans la maison. C'était la seule explication possible. Un voleur ? Elle balaya la pièce d'un regard perçant. Tous les bibelots des Thornhill étaient à leur place. Elle alla vers la bibliothèque et souleva la bonbonnière en argent. Il y avait une fine couche de poussière sur son pourtour. On n'y avait même pas touché.

Cela ne tenait pas debout. Pourquoi aurait-on pris un flacon de parfum et laissé une boîte en argent ? Maggie courut dans sa chambre. En franchissant la porte, elle s'attendait à voir ses affaires éparpillées sur le sol. Elle se raidit.

La chambre était intacte. Elle se précipita vers la penderie et l'ouvrit à la volée. Son cœur battait la chamade.

Tout était là, en ordre. Personne n'entrerait dans une maison simplement pour prendre une bouteille de parfum. Tandis qu'elle se retournait pour allumer la lampe de chevet, une forme inhabituelle sembla lui adresser un clin d'œil dans le miroir d'en face. Son regard se posa sur la coiffeuse. Dessus trônait le flacon de parfum.

Maggie le contempla fixement pendant une minute. Puis elle alla le prendre. *Mais comment s'est-il retrouvé là ?* Elle se remémora ses gestes de la matinée. Elle avait mis le parfum sur le manteau de la cheminée, et ensuite… « Et ensuite, je suis venue ici chercher un pull », acheva-t-elle tout haut. Soulagée, elle rit.

Ce devait être la prison : la moindre étourderie tournait à la suspicion, à la paranoïa. En même temps, cela lui faisait prendre conscience de sa nervosité. Elle regarda le flacon qu'elle serrait dans la main. *C'est ça, ou alors tu es amoureuse…*

Elle chassa rapidement cette pensée.

6

Maggie leva les yeux sur Evy qui venait d'entrer et de s'asseoir derrière le bureau en face d'elle. Elle l'avait à peine vue de la journée car Jess l'avait envoyée travailler à la mise en pages en salle de fabrication. Evy glissa une feuille de papier dans sa machine à écrire et contempla le rouleau qu'elle faisait tourner. Quand elle se redressa, elle fut surprise de voir Maggie en train de l'observer.

Maggie s'empressa de baisser la tête et se mit à feuilleter les papiers sur son bureau. Elle ouvrit un tiroir, en sortit un crayon et le referma.

« Comment s'est passé votre week-end ? »

La question prit Maggie au dépourvu. Elle croisa, embarrassée, le regard d'Evy. « Bien, je vous remercie. »

La jeune fille hocha la tête. Elle semblait chercher un moyen d'engager la conversation. « Avez-vous fait quelque chose de spécial ? »

Maggie la considéra un instant sans répondre. Prendre l'initiative d'une discussion n'était visiblement pas dans les habitudes d'Evy. Tandis qu'elle la regardait, il lui vint à l'esprit qu'elle avait dû être une enfant maigrichonne, au physique ingrat. Le genre d'enfant qu'on oublie de câliner. Cette pensée lui inspira un soudain sentiment protecteur envers la jeune fille.

« Je suis allée voir des petits chiens, expliqua-t-elle. Je crois en avoir trouvé un.

— C'est formidable. Quelle race ?

— Un bâtard. Genre beagle.

— Où l'avez-vous déniché ?

— Je ne l'ai pas encore. Il ne peut pas être séparé de la mère avant plusieurs jours. Les propriétaires sont des gens du nom de Wilson.

— Je les connais. » Evy se tut un moment, puis demanda : « Comment avez-vous su qu'ils avaient des chiots ? »

Maggie s'agita. « Je passais dans le coin. J'ai vu une pancarte et je me suis arrêtée. » Ostensiblement, elle se mit à gommer un mot sur le papier devant elle.

« C'est ce qu'on appelle un coup de chance », dit Evy. Elle hésita avant d'ajouter négligemment : « Vous y êtes allée toute seule ? »

Maggie s'interrompit, puis se remit à effacer, faisant mine d'être absorbée dans sa tâche. Elle avait perçu la tension dans la voix de la jeune fille. Jess. Voilà qui expliquait cet intérêt soudain pour ses activités du week-end. Maggie soupira. « Oui, mentit-elle. J'étais partie en exploration.

— Quelle bonne idée ! déclara Evy avec enthousiasme. Vous auriez dû m'appeler. Je serais venue avec vous. »

Maggie lui sourit, reconnaissante. Cette offre amicale justifiait pleinement son mensonge. « Merci, répondit-elle. La prochaine fois, je n'y manquerai pas. »

Juste à ce moment-là, elles entendirent claquer la porte d'entrée. Grace pénétra pesamment dans la pièce et laissa tomber plusieurs paquets sur son bureau. « Tout va bien ? demanda-t-elle en s'adressant à Evy.

— Oui. » Evy retourna à sa machine à écrire.

« Grace, avez-vous cet… » Jess fit irruption dans la pièce et rencontra le regard agacé de Grace. « Pardon, je vous laisse enlever votre manteau. Je cherche l'article sur les blessures causées par les hameçons.

— Je ne sais pas où il est, rétorqua Grace. C'est elle qui l'a.

— Il est là, dit Maggie sans la regarder.

— Merci », fit Jess distraitement. Il parcourut la feuille en suivant le texte avec son index.

« Franchement, je suis dégoûtée, annonça Grace. Vendredi, c'est l'anniversaire de ma belle-mère ; je suis passée chez Croddick chercher le pull qu'elle voulait, et il n'y était plus. Maintenant, je ne sais pas quoi lui acheter. »

Jess leva les yeux de sa feuille. « Essayez la pharmacie. Ils ont pas mal de bons parfums, de savons et autres.

— Depuis quand êtes-vous devenu expert en articles de toilette pour dames ? » s'enquit Grace, interloquée.

Jess haussa les épaules ; son regard rieur et coupable effleura furtivement Maggie. « Je traîne un peu partout, vous savez. »

Maggie sentait les yeux d'Evy sur elle, mais elle ne releva pas la tête.

« Pourquoi ne pas lui offrir un livre ? » suggéra Jess.

Grace écarquilla les yeux. « Comment ?

— À votre belle-mère. Offrez-lui un livre sur le jardinage.

— Un livre ! répéta Grace, incrédule. Elle est à moitié aveugle. » Elle secoua la tête. « Je ne sais pas. Je trouverai bien quelque chose », marmonna-t-elle. Elle déboutonna son manteau noir, s'en débarrassa d'un haussement d'épaules et se dirigea vers le porte manteau dans le hall.

Jess gratifia Maggie d'un sourire de conspirateur. Evy se mit à taper. « J'essaie simplement de rendre service », dit-il.

Maggie lui sourit.

« Vous allez bien ? » demanda-t-il.

Elle hocha la tête. Il s'approcha de son bureau et s'assit à côté. « Qu'avez-vous fait hier ?

— Pas grand-chose. Quelques menus travaux dans la maison. Un peu de ménage. Un peu de lecture. »

Jess jouait avec le coupe-papier posé sur le bord de son bureau. Il le prit, le passa sur sa paume et le remit en place. « J'ai beaucoup apprécié notre sortie de samedi. Je suppose que vous serez contente d'avoir enfin ce chiot chez vous. »

Gênée, Maggie changea de position sur son siège. En face d'elle, le bruit de la machine à écrire ralentit, puis s'arrêta.

« Oui, répondit-elle tout bas.

— J'ai été heureux de pouvoir vous montrer une partie de l'île. Il y a plein d'autres jolis coins que j'aimerais vous faire visiter.

— Je n'en doute pas, opina-t-elle, l'air sombre.

— Écoutez, je sais que je vous prends de court, mais je voudrais vous inviter à dîner ce soir.

— Ce soir, répéta-t-elle en le regardant fixement. Je ne peux pas. » Le visage en feu, elle était obsédée par le silence du côté du bureau d'Evy. Elle avait conscience d'essayer d'en dire le moins possible, même si Evy en avait déjà entendu plus qu'assez.

« Eh bien, tant pis », dit Jess. Il se leva de la chaise au moment où Grace reparaissait dans l'encadrement de la porte.

« Merci quand même », chuchota Maggie. Elle risqua un coup d'œil discret en direction d'Evy. La jeune fille était assise devant sa machine, les mains crispées sur les genoux. Elle regardait droit devant elle, et Maggie vit tressaillir les muscles de son visage blême.

« Evy, intervint Grace, as-tu terminé avec ces encarts ?

— Ils sont sur votre bureau, riposta Evy d'un ton sec.

— Excuse-moi. » Grace feuilleta la pile de maquettes. « Ils sont parfaits, ceux-là. Si tu t'occupais des nouveaux abonnements d'ici la fin de la journée ? »

Evy recula sa chaise et se leva. « Non, je ne peux pas. Je rentre à la maison.

— À la maison ? s'écria Grace. Il n'est que quatre heures.

— Je ne me sens pas bien. Je m'en vais », marmonna Evy, poussant la chaise contre le bureau.

Sa collègue s'inquiéta aussitôt. « Qu'est-ce que tu as, mon chou ? » Elle s'approcha d'Evy et posa la main sur son front. « Tu as de la fièvre ? »

Se dégageant, Evy toisa Maggie. « J'ai envie de vomir.

— Ha-ha, gloussa Grace. Très bien. Rentre chez toi. »

Evy prit son sac et se dirigea vers la porte.

« Voulez-vous que je vous raccompagne en voiture ? demanda Maggie d'une voix contrainte.

— Non », répliqua Evy.

Grace lui enlaça les épaules et l'escorta dehors en murmurant des recommandations.

À cinq heures et quart, au bout d'une heure de silence entrecoupé de propos acerbes de part et d'autre, Maggie vit Grace aller chercher son manteau noir, l'enfiler et ramasser ses paquets. Avec un brusque « Bonsoir ! », elle partit en claquant la porte.

Assise sur sa chaise, Maggie fixait le bureau vide d'Evy. Dans la pièce déserte, elle eut l'étrange impression que le vieux meuble lui reprochait l'absence de son occupante. Lentement, elle se leva pour s'en approcher. Tout, sur sa surface rayée, maculée, était parfaitement en ordre. Les liasses de papiers et les crayons bien taillés, soigneusement alignés le long du buvard. La boîte d'élastiques, les agrafes, la rame de papier machine sur la droite. Rien ne trahissait la personnalité de la jeune fille qui l'occupait, sinon un presse-papiers rond, en cristal, renfermant un papillon aux ailes noir, bleu et or. Maggie le caressa du bout des doigts, puis le prit pour l'examiner. Les sourcils froncés, elle étudia la fragile créature prisonnière de la sphère de cristal. Elle était belle, suspendue là-dedans. Belle et figée dans la mort. Maggie reposa l'objet sur la pile de papiers et s'aperçut que ses doigts avaient laissé des traces sur le verre. Elle tenta de l'essuyer avec son mouchoir. Les traces s'allongèrent, devinrent des traînées.

« Maggie ? »

Elle tressaillit et leva les yeux. Jess se tenait sur le pas de la porte, vêtu de son pardessus. « Si quelqu'un appelle, j'ai dû foncer au magasin de produits naturels chercher leur annonce publicitaire. Un changement de dernière minute. »

Elle s'efforça de dissimuler le presse-papiers. « D'accord, fit-elle sans le regarder. Seulement, j'étais sur le point de partir.

— Très bien. » Il voulut ajouter quelque chose, se ravisa et sortit.

Après son départ, Maggie remit le presse-papiers sur le bureau d'Evy. Elle ne souhaitait pas le blesser, mais c'était mieux ainsi. Le souvenir du visage bouleversé d'Evy revint la hanter ; cette vision ne l'avait pas lâchée de tout l'après-midi. Elle s'assit lourdement sur le siège de la jeune fille. Un sentiment de honte s'empara de Maggie lorsqu'elle se rappela la tentative maladroite d'Evy pour découvrir la vérité, et ses propres mensonges, à présent dévoilés. *J'essayais seulement de la protéger,* pensa-t-elle. Mais, quelle que fût sa motivation, elle avait causé plus de mal que de bien.

La petite était amoureuse de Jess, cela ne faisait aucun doute. Il était donc normal qu'elle prenne ombrage des attentions prodiguées à une autre femme. Maggie était consciente de son intrusion dans la vie d'Evy. Celle-ci était très jeune et éprise de son patron :

elle en souffrait. Le souvenir de Roger lui revint en mémoire, alors qu'elle était assise à la place d'Evy. Elle aussi avait été jeune, seule dans une ville inconnue. Elle avait fui son foyer, les années de récriminations silencieuses de sa mère et d'imprécations hargneuses de sœur Dolorita. Elle s'était installée dans une nouvelle ville pour tomber aussitôt amoureuse de son patron. Pendant des mois, elle rentrait le soir dans son modeste meublé en pensant à lui. Et, au travail, son cœur se serrait de jalousie lorsqu'elle entendait la voix désincarnée de sa femme au téléphone.

Un jour, chose incroyable, son amour se trouva payé de retour. Ce fut alors qu'elle connut la véritable culpabilité et la souffrance. Mais elle était vulnérable, comme Evy, et elle avait besoin de lui.

Maggie se frotta les yeux comme pour chasser une vision douloureuse. Soudain, son regard tomba sur un sac en papier sous le bureau d'Evy. Elle se baissa pour le ramasser, il portait les emblèmes de la pharmacie : le mortier et le pilon. Elle regarda à l'intérieur et découvrit deux savonnettes, un tube de dentifrice et deux fioles de pilules vendues sur ordonnance. D'après l'étiquette, elles étaient destinées à Harriet Robinson, à prendre trois fois par jour.

Maggie fit rouler les flacons en plastique dans sa paume. Elle relut les étiquettes. *Harriet Robinson.* À l'évidence, ces pilules étaient pour la grand-mère d'Evy. Dans sa colère, la jeune fille avait dû les oublier. Maggie remit les fioles dans le sachet puis, après l'avoir glissé sous le bras, alla chercher son manteau et son sac à main.

En partant, Maggie était convaincue de pouvoir retrouver son chemin. Mais le crépuscule tombait vite, et les routes, une fois qu'on avait quitté la ville, se ressemblaient toutes. Elle roulait à une vitesse d'escargot, tendant le cou pour voir les panneaux faiblement éclairés par les phares.

La vieille Buick hoquetait en bringuebalant. Agrippée au volant, Maggie consultait les jauges d'un œil inquiet. À travers les branchages nus, on entrevoyait çà et là les lumières d'une ferme, tel un fanal dans le crépuscule mauve. Plus elle avançait, et plus ces lueurs s'espaçaient.

Juste au moment où elle commençait à croire qu'elle était perdue pour de bon, elle arriva à un rond-point. Elle ralentit pour lire les noms des rues, partiellement masqués par les branches basses des arbres, pareilles à des mèches emmêlées de cheveux gris.

Barrington Street. La vieille auto gémit en signe de protestation lorsqu'elle tourna le volant et accéléra. *C'est là,* se dit-elle.

La boîte aux lettres marquée au nom des Robinson lui sauta aux yeux environ huit cents mètres plus haut. Maggie s'engagea dans la longue allée, le gravier crissant sous les pneus, et s'arrêta devant la maison. Elle coupa le moteur, et la voiture exhala un soupir.

La vieille demeure avait dû être belle autrefois, mais à présent, le jardin était envahi de mauvaises herbes, et la peinture partait en lambeaux sur le pourtour des fenêtres. Maggie saisit le sachet de la pharmacie et s'approcha de la porte de derrière. Elle ouvrit la moustiquaire, et son manteau se prit dans les bords déchiquetés d'un trou dans le maillage. Elle le dégagea d'un coup sec et frappa légèrement à la porte en bois.

À travers les carreaux poussiéreux et les voilages informes, on voyait l'intérieur de la cuisine. La lumière était allumée et la table, apparemment mise pour le dîner. Maggie frappa à nouveau, mais n'obtint pas de réponse. Elle se risqua à appuyer sur la poignée. La porte céda. Elle passa la tête par l'ouverture. Une forte odeur de poisson cuit assaillit ses narines.

« Bonsoir », cria-t-elle.

Un bruit de voix lui parvint de la pièce voisine ; une ou peut-être deux personnes parlaient tout bas, sur un ton pressant. Elle pensa laisser le sachet sur la table et se retirer discrètement, au lieu de quoi elle se força à appeler à nouveau : « Il y a quelqu'un ? »

Aussitôt, les voix se turent. Maggie entra et referma la porte. C'est alors qu'elle vit surgir Evy sur le seuil de l'autre pièce. Elle portait un vieux peignoir éponge bleu et des pantoufles râpées. Ses cheveux étaient en bataille, comme si elle venait de se lever. Ses yeux pâles s'agrandirent à la vue de Maggie.

« Salut », fit Maggie, mal à l'aise.

Evy la dévisagea. « Que faites-vous ici ? »

Maggie lui tendit le sac de la pharmacie. « Je vous ai rapporté ceci. Vous l'aviez oublié en partant. J'ai pensé que vous auriez peut-être besoin de quelque chose là-dedans. Des pilules, par exemple.

— Je n'en ai pas besoin, rétorqua la jeune fille, ignorant le sachet dans sa main tendue. Où l'avez-vous trouvé, au fait ? »

Maggie posa le sac sur la table. « Il était sous votre bureau.

— Et qu'aviez-vous à regarder sous mon bureau ?

— Je passais par là. Écoutez, Evy, je n'étais pas obligée de venir jusqu'ici…

— Personne ne vous l'a demandé.

— Mais, continua Maggie sans relever sa rebuffade, je tenais à le faire. Je voulais savoir comment vous alliez.

— Je recommence à avoir la nausée. Vous feriez mieux de partir. »

Maggie la contempla posément, mais Evy détourna la tête. Maggie se jeta à l'eau. « Evy, je suis venue également pour vous parler. En dehors du bureau. Nous pourrions peut-être éclaircir quelques points…

— Je n'ai pas envie de parler, rétorqua Evy. Je ne me sens pas bien.

— Écoutez, je sais que le jour n'est pas très bien choisi, mais je voulais vous dire quelque chose. Je regrette ce qui s'est passé cet après-midi. » Elle fit une pause, mais Evy garda le silence. « Vous avez mal compris, je crois, ce que vous avez entendu aujourd'hui, poursuivit Maggie avec effort, à supposer que vous ayez entendu… » Elle s'interrompit au milieu de la phrase, distraite par un chuintement provenant de la pièce d'à côté et qui se rapprochait.

« Je ne sais pas de quoi vous parlez, s'exclama Evy impatiemment, et à vrai dire, je m'en fiche. Je veux seulement que vous partiez d'ici. »

Elle la toisait avec défi. Maggie secoua la tête, cherchant une autre approche. « Je pense sincèrement…

« Allez-vous-en », siffla Evy. Une veine palpitait sur sa tempe.

Le chuintement s'arrêta à la porte de la cuisine. Curieuse, Maggie jeta un coup d'œil par-dessus l'épaule d'Evy et vit une vieille femme dans un fauteuil roulant électrique.

Evy lui parla sans se retourner. « Tout va bien, mémé. Ce n'est rien. Retourne au salon.

— C'est votre grand-mère ?

— Bien sûr que c'est ma grand-mère, répliqua Evy, agacée.

— Puis-je la saluer, simplement ?

— Elle est malade. »

Maggie sentit sa colère monter devant le ton insolent d'Evy. Elle voyait bien que la femme en fauteuil roulant était en piteux état ; son dos était courbé, sa tête tombait sur sa poitrine. « Est-ce une raison pour l'ignorer ? » demanda-t-elle.

Evy la foudroya du regard sans répondre.

Maggie s'approcha de la femme et posa ses doigts sur la main noueuse plaquée sur l'accoudoir. « Mrs. Robinson ? chuchota-t-elle.

— Assez, la coupa Evy. Laissez-la tranquille. »

Maggie distinguait les veines violacées, épaisses et saillantes sous la peau ridée, blafarde, de la vieille femme. Ses cheveux blancs étaient fins et épars ; elle fixait un point à quelques dizaines de centimètres de Maggie tout en dodelinant de la tête. Elle portait une liseuse rose dont la collerette était soigneusement nouée autour de son cou parcheminé. Une couverture en laine multicolore lui recouvrait les jambes.

« Mrs. Robinson, répéta Maggie, se penchant vers son visage. Je travaille avec Evy. Mon nom est Maggie Fraser, et je viens juste d'arriver ici pour travailler au journal. Evy vous l'a peut-être dit.

— Elle ne comprend rien à ce que vous lui racontez, l'interrompit Evy, méprisante. Ne vous fatiguez pas. Laissez-la. »

La vieille femme cligna des yeux et, lentement, releva sa tête tremblotante. Ses yeux chassieux étaient du même bleu pâle que ceux d'Evy. Elle les fixa péniblement sur le visage de Maggie, comme si elle cherchait à comprendre mais n'arrivait pas à se concentrer. Réprimant un sentiment de répulsion, Maggie lui sourit d'un air encourageant. Elle allait se redresser quand la lèvre inférieure de la vieille femme se mit à trembler. Tout au fond de ses yeux opaques, Maggie vit poindre une lueur de lucidité.

Elle dévisagea Maggie, écarquillant grotesquement les yeux. Une expression de terreur lui altéra les traits. Ses doigts déformés labourèrent convulsivement les bras du fauteuil ; sa bouche se tordit violemment, comme si elle s'efforçait de parler. Soudain, un cri rauque et perçant s'échappa de sa gorge, et ses lèvres gercées formèrent un chapelet de paroles inintelligibles.

Le cœur de Maggie cognait dans sa poitrine ; elle ne parvenait pas à détacher son regard du visage horrifié de la vieille femme. Après quelques secondes de torpeur, Evy parut se réveiller en sursaut. « C'est bon, cria-t-elle. Arrêtez ! »

Éperdue, Maggie les regarda l'une et l'autre. « Que se passe-t-il ?

— Vous l'avez contrariée. »

Décontenancée, Maggie se mit à protester. « Mais je n'ai rien fait… »

Alors Evy donna libre cours à sa fureur. « Je vous avais dit que cela finirait ainsi. Je vous avais dit de partir !

— Je ne comprends pas, bredouilla Maggie. Je n'ai pas…

— Sortez d'ici ! » ordonna Evy d'une voix stridente, tandis que la vieille femme recommençait à crier.

Maggie hésita un instant, puis recula jusqu'à la porte et la claqua derrière elle avant de se précipiter vers sa voiture.

« Et ne revenez pas ! » entendit-elle hurler Evy.

Pendant quelque temps, Maggie conduisit au hasard, à peine consciente de la route, pour tenter de calmer les battements de son cœur. Bouleversée par la scène chez Evy, elle n'avait pas envie de rentrer. Elle savait qu'elle ne supporterait pas de se retrouver dans la maison vide. Toutes ces pièces silencieuses ne feraient qu'accroître son impression d'isolement.

Tandis qu'elle roulait sur les routes de campagne désertes, elle se sentait humiliée, démunie. On eût dit que toutes ses tentatives l'éloignaient encore plus de ces gens-là. Sans parler d'Evy. Qui était folle de rage contre elle. Evy, la seule personne en dehors de Jess qui s'était montrée relativement amicale.

Sans s'en rendre compte, Maggie était retournée en ville. *Je vais repasser au bureau,* pensa-t-elle. *Rester un moment là-bas.* Elle se gara devant le siège des *Nouvelles. Il n'y aura personne. Peut-être pourrai-je avancer un peu mon travail.* Mais en descendant de voiture, elle sut ce qu'elle espérait réellement.

La lumière du bureau de Jess se répandait dans le couloir. Lorsqu'elle ouvrit la porte d'entrée et s'en aperçut, le cœur faillit lui manquer. Elle savait qu'elle ferait mieux de l'éviter. Mais elle avait besoin de parler à quelqu'un. Quelqu'un qui ne la regarderait pas avec méfiance et hostilité. Elle s'arrêta dans le hall, la main sur la poignée de la porte, comme un funambule sur le point de s'engager sur son fil.

Une ombre mouvante cacha la lumière. Jess parut dans l'encadrement de la porte, un crayon derrière l'oreille. Plissant les yeux, il scruta le hall obscur. « Qui est là ?

— C'est moi, souffla Maggie.

— Maggie ?

— Oui. »

Son visage se détendit en un sourire. « Que faites-vous là ? » Il s'approcha d'elle.

Elle s'apprêtait à mentir. Un dossier oublié. Un article inachevé. Les excuses germèrent dans son cerveau pour se dissiper aussitôt. Elle leva sur lui un regard désemparé. « J'espérais vous trouver ici. »

Il l'empoigna par le coude. « Et vous m'avez trouvé. »

7

« Encore un peu de café ? »

Maggie hocha la tête, et la serveuse remplit sa tasse en porcelaine de breuvage fumant. Elle la porta à ses lèvres, mais ne la reposa pas tout de suite, pour pouvoir admirer à la lueur des chandelles le délicat motif fleuri.

Le café n'avait pas le même goût quand il fallait le quémander comme une mendiante, en tendant son gobelet en métal bosselé. Elle avala une autre gorgée. Le jour de sa libération, elles s'étaient toutes massées derrière les portes de leurs cellules pour la huer tandis qu'elle passait dans le couloir. L'une d'elles avait commencé à frapper les barreaux avec son gobelet. En l'espace d'une minute, toutes les autres l'imitaient. Ainsi multiplié, le vacarme du métal heurtant le métal avait résonné dans tout son corps : sous les bras, derrière les genoux, entre les cuisses. Elle avait eu envie de se boucher les oreilles, mais il ne fallait pas leur offrir ce plaisir-là.

« Tu reviendras », hurlaient-elles au milieu de tout ce fracas. Son regard se figea à ce souvenir.

Jamais, pensa-t-elle.

« Ce restaurant est une sacrée trouvaille, hein ? fit Jess, désignant d'un geste circulaire la salle à l'ambiance feutrée. Un peu à l'écart, mais la cuisine est très bonne.

— Excellente, opina Maggie qui s'était ressaisie aussitôt.

— C'est la patronne qui nous a servis. Elle et son mari ne ferment pas de tout l'hiver parce qu'ils aiment la bonne chère et qu'on ne mange nulle part aussi bien que chez eux. »

Penchant la tête de côté, elle lui sourit. « Vous êtes un guide épatant, vous savez.

— Un type épatant, avez-vous dit ? fit-il, feignant d'avoir mal compris.

— Ça aussi, répondit-elle tout bas.

— C'est ce que je voulais entendre », reconnut-il, ravi. Il fouilla dans la poche de son veston et en tira une pipe et une blague à tabac. « Ma foi, je sens que ce dîner a été une grande réussite. »

Elle haussa les sourcils. « Ah oui ?

— J'ai enfin appris quelque chose sur vous. »

Elle sourit tristement. La conversation avait pris un tour périlleux. Mais, malgré deux verres de vin et le contrecoup de son altercation avec Evy, elle avait réussi à éluder les sujets épineux. Quelques anecdotes anodines sur son enfance à la ferme et des histoires de lycée parurent le satisfaire. Il écoutait avec plaisir, l'interrompant de temps à autre pour poser une question. L'intérêt de Jess et le son de sa propre voix la rassuraient. Le besoin de lui parler de l'incident chez Evy s'estompa. La simple présence de Jess rendait tout le reste secondaire.

« Cependant, poursuivit-il, je n'ai toujours pas entendu ce pour quoi je suis venu ici. » Il alluma sa pipe et tira une bouffée.

Maggie leva les yeux.

« Quelque chose vous tracassait quand vous êtes venue me trouver. Quel était votre problème ? »

Elle secoua la tête. « Il n'y avait pas vraiment de problème. Je crois que je me sentais un peu seule, un peu déprimée. Ça va beaucoup mieux, maintenant.

— Alors, je suis content. » Il savait qu'elle se dérobait, mais n'insista pas. Fronçant les sourcils, il contempla la pipe qui s'était éteinte et la ralluma. « J'ai perdu l'autre, la bonne. »

Elle but une gorgée de café et se redressa. La familiarité de leurs rapports l'embarrassait. Elle chercha un sujet plus neutre.

« C'est un très joli chandail que vous avez là. La couleur vous va bien, observa-t-elle plaisamment.

— Oh, merci. » Jess ôta un fil invisible de sa manche.

« On dirait qu'il a été tricoté à la main. Une grand-tante, peut-être ? le taquina-t-elle.

— En effet. Pour tout vous dire, c'est Evy qui me l'a tricoté.

— Evy ? » Maggie prit une brusque inspiration.

Jess la regarda, perplexe. « Oui. Pourquoi ? »

Elle eut l'impression de recevoir un coup à l'estomac. *Et si finalement, il y avait quelque chose entre eux ?* Cela expliquerait pourquoi Evy était si en colère contre elle.

Maggie chercha soigneusement ses mots en s'efforçant de parler d'une voix posée. « Je trouve qu'il s'agit d'un cadeau assez personnel. C'est tout. Quelque chose, j'entends, qu'on offrirait à un ami proche plutôt qu'à son patron. »

Jess suçota pensivement le tuyau de sa pipe. « On peut dire que nous sommes amis. Je la connais depuis des années, ça ne date pas de son arrivée au journal. Elle n'était encore qu'une fillette quand je l'ai rencontrée. »

Maggie tourna et retourna cette explication dans son esprit. *Laisse tomber*, se dit-elle. Mais elle n'arrivait pas à chasser l'image d'Evy furieuse lui ordonnant de sortir tandis que sa grand-mère gémissait de plus belle. « Elle semble tenir beaucoup à vous, fit-elle enfin.

— C'est possible.

— Autrement que de manière amicale. J'ai même eu l'impression que vous deux… que c'était plus que de l'amitié.

— Entre Evy et moi ? demanda-t-il, incrédule. Oh, peut-être bien qu'elle a le béguin pour moi. Ce n'est pas rare chez les filles de son âge.

— Ce n'est plus vraiment une enfant. Elle doit avoir plus de dix-huit ans.

— À peine.

— En fait, c'est déjà une femme.

— Et alors ?

— Alors, je me demandais si vous étiez liés d'une manière ou d'une autre.

— Allons, bon, Maggie, rétorqua-t-il impatiemment. Est-ce Evy qui vous a raconté ça ?

— Non. C'était juste une impression.

— Vous vous êtes chamaillée avec elle ? »

Maggie garda le silence pendant un moment. « Je ne sais pas si on peut appeler ça se chamailler », répondit-elle finalement.

Jess l'observait d'un air interrogateur.

« À mon avis, elle est très en colère contre moi.

— Pourquoi ?

— À cause de vous, je pense. » Elle essayait de parler calmement. « Je suis passée chez elle en sortant du bureau, pour lui déposer un paquet qu'elle avait oublié, et elle m'a mise à la porte. »

Jess attendait la suite, mais elle se tut. « C'est tout ?

— C'était affreux ». Il fronça les sourcils. « J'ai vu sa grand-mère. Elle était dans un état épouvantable », bredouilla Maggie.

Jess secoua tristement la tête, comme s'il venait enfin de comprendre. « C'est terrible, n'est-ce pas ? De voir quelqu'un d'aussi diminué. Je me souviens d'Harriet à l'époque où c'était une femme vigoureuse, énergique. Mais elle a été très éprouvée par la vie.

— Que lui est-il arrivé ?

— Il y a deux ans, elle a subi une série d'attaques. Trois, coup sur coup. On pensait qu'elle ne s'en tirerait pas, mais elle a tenu le choc. Pauvre Evy, elle a eu si peur. Elle n'a que sa grand-mère au monde. Harriet lui a servi de mère, en fait, depuis que sa propre mère est tombée malade. Voilà des années qu'elle est hospitalisée sur le continent.

— Et son père ? demanda Maggie.

— Il est mort, hélas. La pauvre Harriet a dû se

charger de l'éducation de la gamine, sans parler de tous les tracas supplémentaires. Je suppose que ça a été trop pour elle. Quel gâchis ! »

Maggie revit les yeux pâles, terrifiés, de la vieille femme et sa main agrippant frénétiquement le bras du fauteuil roulant. « Est-elle toujours comme ça ?

— Elle doit avoir ses bons et ses mauvais jours. Mais en règle générale, oui. »

Maggie fit une pause avant de reprendre : « C'est malheureux, mais je ne vois toujours pas pourquoi Evy s'est mal conduite avec moi.

— Voyons, Maggie, la pauvre gosse a dû avoir honte que vous ayez vu sa grand-mère dans cet état. C'est quelqu'un de sensible. »

L'espace d'un instant, elle se souvint d'avoir entendu Evy prendre sa défense face à Grace et à Croddick. Et elle regretta de s'être plainte de son comportement à Jess.

« Donnez-lui une chance, suggéra-t-il.

— Vous avez raison. J'essaierai. »

Jess poussa la porte de la maison en bois qui se dressait au sommet d'une colline. « J'avais hâte de vous montrer ma maison. J'y ai pratiquement tout fait moi-même. Ça m'a pris des années.

— L'océan a l'air tout proche, s'exclama Maggie, s'arrêtant pour écouter.

— J'ai un ponton juste en bas. J'y amarre mon bateau en été. C'est une petite crique qui donne directement sur la mer.

— Quel bruit apaisant !

— Allez, venez », fit-il en s'effaçant pour lui céder le passage.

Il faisait froid à l'intérieur. Elle frissonna sur le pas de la porte tandis que Jess allumait les lumières. Le séjour avait un plafond cathédrale ; au fond se trouvait un poêle Franklin. C'était une pièce avec beaucoup de fenêtres ; Jess tira les doubles rideaux et redressa quelques coussins sur les fauteuils.

« Ne vous inquiétez pas, le rassura-t-elle. Tout est parfait. » Bien que légèrement en désordre, le séjour paraissait chaleureux et confortable. Maggie jeta un regard approbateur autour d'elle. « Vous avez réellement aménagé cette maison vous-même ? »

Les mains sur les hanches, il examina la pièce. « En grande partie, oui. Sauf les rideaux, précisa-t-il. Les rideaux, c'est Sharon. » Il agita la main en direction de la porte. « Le reste est par là. La cuisine est juste à côté. Ensuite, il y a mon bureau, et deux chambres à l'étage. J'ai même une terrasse.

— Formidable.

— À mon avis, il nous faudrait une bonne flambée. » Il s'accroupit devant l'âtre et entreprit d'empiler du papier journal froissé et du petit bois. Assise sur le bord du canapé en face de la cheminée, Maggie le regardait faire.

« Quand j'étais petite, j'adorais m'asseoir tout contre le pare-étincelles. Même s'il était brûlant. Je me rappelle, ma mère m'a dit qu'un jour je finirais par prendre feu. »

Jess gratta une allumette qui flamba d'un seul coup. Allumant une torche en papier, il la glissa dans l'âtre.

« Drôle de chose à dire à une gamine ! » Il s'accroupit et regarda le petit bois s'enflammer. Puis, jetant un coup d'œil par-dessus son épaule, il sourit à Maggie. « Votre papa faisait ça souvent ?

— Quoi ? demanda-t-elle, méfiante.

— Allumer un feu pour vous. Puisque vous aimiez ça.

— Pourquoi cette question ?

— Je ne sais pas. » Il choisit une bûchette et l'inséra adroitement dans le tas de bois en flammes. « D'après tout ce que vous avez pu dire, j'ai cru comprendre que vous étiez très proches. Qu'il aimait vous faire plaisir. »

La tête penchée, elle contemplait le feu. « Ma mère disait qu'il aurait fait n'importe quoi pour moi.

— Il est mort, n'est-ce pas ? »

« Oui. Il y a longtemps déjà. J'étais encore enfant.

— D'une longue maladie ? »

Elle secoua la tête. « D'une crise cardiaque. » Elle hésita. « Il travaillait sur le toit de la grange. Il est tombé de l'échelle.

— Vous étiez là quand c'est arrivé ?

— J'étais assise sur le toit. Je lui passais les clous. »

Jess soupira. « C'est terrible. Ça a dû être très dur. Surtout pour une petite fille. On dit que son papa est son premier amour. »

Le premier, oui, pensa-t-elle.

Il remit une bûche dans le feu et se leva. « Alors, qu'en dites-vous ? » Il la rejoignit sur le canapé. Lorsqu'il se laissa tomber à côté d'elle, le poids de son corps la fit basculer légèrement vers lui. « Et si on parlait de choses plus gaies ? » Il passa un bras autour d'elle et scruta son visage. Tendrement, il souleva une mèche de cheveux qui lui couvrait le front. Maggie se raidit.

« À quoi pensez-vous ? »

Elle haussa les épaules sans répondre. Elle revoyait son père, livide, serrant son bras. Et l'échelle qui tombait. En l'entraînant dans sa chute.

Elle tressaillit quand Jess lui passa une main rugueuse sur le visage. « Vous paraissez si tendue. J'ai peur de vous avoir contrariée. »

Sa joue semblait palpiter là où il l'avait touchée. « Eh bien, je ne suis pas très… je suis un peu énervée ce soir, fit-elle en se tortillant.

— Que puis-je faire pour vous détendre ? Vous voulez que je vous raconte une histoire grivoise ?

— Non. » Le rire de Maggie ressemblait davantage à une quinte de toux. Les doigts de Jess sur son bras l'électrisaient. Le souffle commençait à lui manquer.

Baissant les yeux, il resta silencieux un moment. Elle ressentait intensément sa présence. Son corps tout entier en vibrait. « Maggie, fit-il avec douceur. Écoutez-moi. Il m'est difficile de parler de mes sentiments.

— Ne le faites pas, répliqua-t-elle précipitamment.

— Mais j'y tiens. Voyez-vous, j'ai été très seul depuis mon… depuis Sharon. Alors, à force, on se rouille. » Il prit une profonde inspiration. « Il y a quelque chose en vous. Je l'ai remarqué tout de suite. Vous faites comprendre aux autres que vous n'avez pas besoin d'eux. Mais en même temps, vous semblez très peu sûre de vous. Timide, dirais-je. J'ai immédiatement été attiré par vous. Vous m'avez touché. Je m'exprime mal. J'ai eu l'impression, expliqua-t-il en pesant ses mots, qu'il se passait quelque chose entre nous. Vous voyez ce que je veux dire ? »

Réponds-lui non. Mets-y le holà tout de suite, avant qu'il ne soit trop tard. Mais son cœur et ses sens le réclamaient à cor et à cri. Silencieuse, elle évitait son regard.

« Je me trompe ? » La douceur angoissée de sa voix la désarma. Impulsivement, elle lui effleura le visage. Se penchant sur sa main, Jess lui embrassa les doigts. Maggie en eut le souffle coupé : ce geste éveillait en elle des sensations depuis longtemps refoulées.

Sans la brusquer, il l'attira à lui et posa sa bouche sur la sienne. Elle réagit à ce baiser de toutes les fibres de son corps. Prisonnière de son étreinte, elle respira le parfum de ses cheveux, la douce fragrance de tabac… son odeur d'homme. Aspirée dans un tourbillon de sentiments contradictoires, elle lutta avant de le repousser.

« Non, Jess. Je ne peux pas. » Ignorant son regard peiné, elle se dégagea. Sans un mot, elle se leva et se dirigea vers la porte de la cuisine, le laissant sur le canapé, les yeux rivés sur elle.

Dans la cuisine, elle s'adossa à l'évier et, les bras croisés, contempla le ciel d'encre. Son cœur battait comme si elle venait d'échapper à un péril.

Maggie ravala les larmes qui lui montaient aux yeux. La dernière fois qu'un homme l'avait tenue dans ses bras – le soir du meurtre de Roger –, il neigeait. C'était le début du blizzard. Ils avaient observé le ciel, couchés dans les draps râpeux et froissés d'un lit de motel.

« Il faut partir, avait dit Roger avec lassitude. Il

commence à neiger sérieusement. Regarde ça. Je dois rentrer à la maison. Elle va s'inquiéter. »

À regret, Maggie desserra son étreinte. Elle tira le drap jusqu'au menton et regarda la neige s'entasser sur le rebord de la fenêtre. Puis son regard se posa sur son amant qui ramassait son pantalon par terre, au pied du lit.

« Pourquoi ne pas lui parler ce soir ? » fit-elle doucement.

L'air consterné, Roger se tourna vers elle. « Lui parler ?

— De nous, poursuivit-elle hardiment. Lui dire que tu aimes quelqu'un d'autre. Elle acceptera peut-être le divorce. »

Un pli douloureux barrait le front de Roger. Le pantalon à la main, il se retourna vers la fenêtre.

Appuyée sur un coude, elle lui effleura la cuisse. « Pourquoi ne pas le lui dire une bonne fois pour toutes ? Il se pourrait qu'elle soit d'accord pour divorcer. On ne sait jamais.

— Je ne peux pas faire ça », répondit-il tout bas, évitant de la regarder.

Elle retira sa main. « Mais pourquoi ? Nous nous aimons, Roger. »

Il demeura silencieux pendant un moment. Puis il la contempla tristement. « Je te l'ai dit il y a longtemps que ce n'était pas une situation normale. Maggie, il faut que je sois honnête avec toi. J'ai une famille. Une gamine qui va à l'école, une maison, un crédit sur le dos. J'ai des responsabilités. Elles ont besoin de moi. »

Elle ouvrit de grands yeux. « Moi aussi, j'ai besoin de toi.

— Il est temps de partir. Je suis désolé. »

Lentement, elle roula sur le ventre et enfouit son visage dans ses mains. Il commença à s'habiller en silence.

« Maggie, dit Jess doucement. Et si nous en parlions ? »

Elle tourna brusquement la tête et le vit qui l'observait. Son expression était sombre.

« Quoi que ce soit, pourquoi ne pas en parler ? Je ne cherchais pas à vous forcer la main. Sincèrement. »

Elle secoua la tête avec un soupir. « Je le sais. Ce n'est pas vous. C'est moi. Mais je n'y peux rien. Franchement. Je n'aurais jamais dû passer cette soirée avec vous. Je savais que ça allait arriver. C'était une erreur. Je ne peux pas. Il y a trop d'obstacles. Oh, je ne sais même plus ce que je dis.

— Je croyais que vous appréciiez ma compagnie.

— C'est vrai. Et c'est bien là le problème.

— Pour moi non plus, ce n'est pas très facile, vous savez. »

Elle lui lança un regard triste. « Je vous assure, c'est mieux ainsi. Pour vous aussi.

— Maggie, qu'est-ce que vous…

— Jess, je ne peux pas. N'insistez pas.

— Dites-moi pourquoi !

— Non, je… il faut que je parte. » Elle se hâta vers la porte. « J'ai ma voiture. » Elle attrapa son manteau sur une chaise du séjour. « Je trouverai la sortie. »

Espèce d'imbécile, pensa-t-elle en claquant la portière.

Tu as envie de lui parler de toi ? De voir sa tête quand tu lui expliqueras que tu as passé ces douze dernières années en prison ? Garde tes distances vis-à-vis de lui. Fais ton travail, vis tranquillement, occupe-toi de ton chien. C'est ce pour quoi tu es venue ici. Garde tes distances. Tu n'es pas comme tout le monde. Tu ne peux pas vivre comme tout le monde. Ne cherche pas à prouver le contraire.

Les larmes lui brouillaient la vue tandis qu'elle roulait sur les routes de campagne baignées de ténèbres. *Pas de sentiments,* se répétait-elle. Telle était sa vision des choses. Rien que la paix, la solitude, et peu à peu ses souvenirs douloureux s'estomperaient. Plus tard peut-être, quelques amis triés sur le volet. Voilà comment elle avait envisagé la situation. Pas de place pour le tumulte d'une liaison amoureuse. C'était la dernière chose dont elle avait besoin. Elle n'était pas encore assez solide. La sécurité. L'anonymat. Voilà ce qu'elle voulait.

Mais alors même qu'elle pensait tout cela, le visage de Jess se superposa à ses résolutions. Elle avait l'impression que ses caresses l'avaient rendue à la vie. Une pensée obsédante lui vrillait le cœur : *tu le reverras demain.* Elle aurait voulu la faire taire. Sincèrement. Mais c'était plus fort qu'elle.

La vieille femme grelottait, le froid semblait monter du fond de ses tripes. Ses doigts noueux étaient rigides comme du bois. Sous la fine chemise de nuit en flanelle, ses jambes grêles tremblaient, transies. Mais elle était incapable de ramasser la couverture qui gisait à côté du fauteuil, tel un tas de fleurs mortuaires sur une tombe fraîche. Elle ouvrit la bouche. Un râle rauque en sortit. Sa petite-fille, assise, maussade, sur une chaise en face, finit par lui lancer un regard noir.

« Qu'est-ce que tu veux ? » L'infirme s'efforça de pencher la tête vers la couverture.

« Ne me regarde pas comme ça, siffla Evy. J'en ai assez de toi. » Elle décrocha une cuillère en bois à long manche, suspendue à côté du réfrigérateur, et se mit à tapoter la semelle de sa pantoufle. Seuls les coups réguliers et le tic-tac de la pendule au-dessus du fourneau troublaient le silence de la cuisine. La vieille femme fixa sa petite-fille ; les muscles flasques de son visage tressaillaient involontairement.

« Je ne vois pas pourquoi tu as fait tant d'histoires, déclara enfin Evy, pointant la cuillère en direction de sa grand-mère. Ce n'est pas moi qui lui ai dit de venir ici. Certainement pas. Elle voulait me parler, psalmodia-t-elle avec mépris. Me parler, ha ! »

Dans un effort de concentration, la vieille femme ébaucha un geste : son avant-bras émacié glissa de l'accoudoir du fauteuil et retomba en frôlant la roue. Les bouts de ses doigts difformes atteignaient presque le tas de fleurs tricotées. Elle essaya de les toucher.

« Elle a trouvé le paquet sous mon bureau. Qu'avait-elle à fouiner sous mon bureau ? Elle aurait mieux fait de ne pas laisser traîner ses mains ! »

La vieille femme saisit un morceau de laine entre l'index et le majeur. Un gémissement lui échappa.

« Arrête ! » cria Evy. Elle bondit de sa chaise et, d'un coup sec, abattit la cuillère en bois sur les doigts frêles de sa grand-mère.

Harriet bascula sous le choc. Evy attrapa une poignée de cheveux fins et lui tira la tête en arrière.

« Je te parle, articula-t-elle lentement. Je veux que tu m'écoutes. Je t'ai bien écoutée toutes ces années, moi. » Evy secoua la tête de la vieille femme et la relâcha. Quelques cheveux blancs restèrent collés à ses mains moites.

« À peine débarquée ici, elle a voulu mettre le grappin sur Jess. Jess ! Et ça continue. Elle croit que je ne suis pas au courant. Ce matin, elle a essayé de me rouler. Ha ! » Evy éclata de rire – un rire de gorge grinçant, saccadé, qui transforma son expression en un rictus. « Elle croit peut-être que je ne le sais pas ! » s'écria-t-elle d'une voix stridente.

Elle se tut soudain, interrompue par un autre bruit. C'était un gémissement, faible mais déchirant, qui semblait provenir du sous-sol. Evy jeta un coup d'œil sur la porte de la cave. Le gémissement monta puis retomba. Pas un mot. Rien qu'une plainte, un cri de douleur, presque sans force.

Les yeux étrécis, Evy regarda sa grand-mère qui écoutait ces appels au secours. Des larmes coulaient sur les joues creuses, parcheminées, de la vieille femme. Sa poitrine chétive se soulevait convulsivement tandis qu'elle luttait pour reprendre son souffle.

Evy regagna calmement sa place à côté du réfrigérateur, gratifiant sa grand-mère d'un sourire mielleux. « Elle le regrettera », promit-elle. Elle croisa les jambes et se remit à tapoter la semelle de sa pantoufle avec la cuillère en bois.

8

Maggie rangea son sac à main dans le tiroir de son bureau et rapprocha sa chaise. Quelle ne fut pas sa surprise lorsque, baissant les yeux, elle vit un feuilleté aux cerises qui l'attendait sur un morceau de papier paraffiné. Elle l'examina, puis leva la tête. Le dos tourné, Grace tapait à la machine. En dehors d'elle, il n'y avait personne. Maggie prit un bout de gâteau, le mit dans sa bouche et mastiqua pensivement.

Juste à ce moment-là, Evy entra dans la pièce avec une pile de manuscrits et la regarda avec un sourire penaud. « J'espère que vous aimez les cerises. »

Maggie avala sa bouchée et la considéra avec étonnement.

Evy haussa les épaules. « Je l'ai acheté à la boulangerie diététique. » Elle pointa vaguement le pouce en direction de la boutique d'à côté.

« Je viens d'y goûter. C'est très bon. »

Evy s'approcha de son bureau et se dandina d'un pied sur l'autre.

« C'est très gentil de votre part, dit Maggie.

— Je voulais m'excuser pour… enfin, vous voyez. Pour hier soir. Ma grand-mère est malade et parfois…

Bref, je ne sais jamais comment elle va réagir. C'est gentil à vous d'avoir rapporté les médicaments.

— N'en parlons plus, répondit Maggie. Je comprends.

— Je me fais du souci pour elle, et je ne veux pas qu'elle se mette à dérailler. Comme ça lui arrive avec des étrangers.

— Je suis navrée de l'avoir perturbée. Oublions tout cela, d'accord? »

Evy lui sourit timidement. « D'accord. Merci. » Et elle alla s'asseoir derrière son bureau.

Un sentiment inhabituel de bien-être dissipa l'humeur morose de Maggie. Au fond, Evy était une brave petite. Il fallait beaucoup de courage pour s'excuser de la sorte. Elle traversait une passe difficile; comment ne pas la plaindre? Maggie reprit une bouchée de gâteau pour montrer à Evy qu'elle le trouvait bon. Puis elle sortit la chemise avec les photos qu'elle avait commencé à classer la veille. Jess avait probablement raison : il la connaissait mieux qu'elle.

Elle le vit à peine de toute la journée; il passa le plus clair de son temps dans son propre bureau. Leurs brefs échanges furent purement professionnels. Il ne fit aucune allusion à leur soirée. Bien que légèrement attristée, Maggie se dit que c'était beaucoup mieux ainsi. Vers trois heures, Jess arriva dans la salle de rédaction, flanqué d'Owen Duggan.

« Maggie! »

Elle leva les yeux.

« J'aimerais que vous vous essayiez à l'art de l'interview aujourd'hui. Owen doit faire un reportage sur l'une de nos figures locales, Ben McGuffey, qui prend sa retraite la semaine prochaine, le jour de ses quatre-vingt-dix ans. Ben est fabricant de voiles ; il a navigué sur des baleiniers dans sa jeunesse. Ça fera un bon article, je pense.

— Très bien. » Maggie prit son bloc-notes et son stylo. « Je suis prête.

— Owen, poursuivit Jess. Vous savez comment procéder. Comme d'habitude. Si jamais Maggie a un problème, donnez-lui un coup de pouce. » Il lui sourit, rassurant. Troublée, elle évita son regard.

Owen salua Jess d'un geste brusque et se dirigea vers la porte. « On dirait qu'il va pleuvoir, marmonna-t-il en scrutant le ciel du pas de la porte. Allez, venez. » Un éclair lointain zébra l'horizon tandis qu'il faisait signe à Maggie de le suivre.

Un peu plus tard, Jess revint dans la pièce et, s'approchant du bureau de Grace, déposa un manuscrit agrafé sur son sous-main. Elle le prit et le feuilleta.

« Qu'est-ce que c'est ?

— Le premier volet de cette série sur l'histoire de l'île. À relire soigneusement.

— On va le publier ?

— La semaine prochaine.

— Je croyais que vous vouliez attendre le retour de Mr. Emmett.

— J'ai changé d'avis.

— Quand rentrera-t-il ? s'enquit Grace avec humeur.

— Aucune idée. Il ne m'a toujours pas donné signe de vie.

— Vivement qu'il revienne ! Pour qu'on puisse enfin tirer les choses au clair. » Elle jeta un regard appuyé sur le bureau de Maggie.

« Voyons, Grace… où est le problème ? » demanda Jess poliment.

Elle renifla et haussa les sourcils. En face, Evy mâchonnait son crayon, feignant d'être absorbée dans les épreuves étalées devant elle.

« Je pense, reprit Grace avec indignation, que certaines affaires en cours ne peuvent être réglées avant son retour.

— Vous voulez parler de Maggie, fit Jess patiemment.

— Je n'ai pas dit ça. Je disais seulement que je serais contente de voir revenir Mr. Emmett.

— Il me semble, déclara Jess fermement, que nous avons tout à gagner à un accroissement d'effectifs. C'est ce que j'entends expliquer à Mr. Emmen dès son retour. Avouez, Grace, que votre charge de travail est devenue plus supportable depuis qu'elle est là. »

Grace soupira bruyamment. « Comme vous voudrez. »

Jess fit une pause, l'air de vouloir ajouter quelque chose. Mais il ne tenait pas à entamer une polémique au sujet de Maggie. Grace n'en serait pas mieux disposée à son égard. Il haussa les épaules et sortit.

Grace se tourna vers Evy qui s'arracha à la relecture des épreuves. « Que dis-tu de ça ?

— Je n'ai pas vraiment écouté, répondit Evy innocemment.

— Visiblement, s'il a son mot à dire là-dessus, nous

aurons l'autre empotée sur les bras *ad vitam aeternam,* gémit Grace.

— Peut-être pas.

— Mais enfin, tu n'as pas entendu ? Elle lui a tourné la tête, tant et si bien qu'il n'y voit plus clair. On n'a pas besoin d'elle ici.

— Oh, tant pis. Quelle importance ? Elle n'est pas si mal que ça. »

Grace renifla, outrée de voir qu'Evy n'abondait pas dans son sens. Connaissant son point faible, elle lui décocha un coup d'œil patelin. « À mon avis, il en pince pour elle, tu ne crois pas ? »

Evy baissa les yeux sur les pages qu'elle tenait à la main. Grace la vit blêmir. « Je n'en sais rien, répliqua-t-elle.

— Moi, j'en suis sûre. Je me demande ce qu'ils manigancent tous les deux. Rien que sa façon de la regarder… »

Evy se leva abruptement, le menton en l'air. « On s'en fiche. Il faut que j'aille chercher des gommes dans la salle de fabrication.

— Vas-y, rétorqua Grace. Je ne te retiens pas. »

Un coup de tonnerre accueillit Maggie et Owen à leur sortie de la voilerie.

« Dépêchons-nous, dit Maggie.

— Il ne va pas pleuvoir tout de suite. Depuis que j'habite ici, je suis presque devenu météorologue professionnel.

— Mais moi, j'ai du travail. »

Owen consulta sa montre. « Il est bientôt cinq heures. »

Maggie fit la sourde oreille. Le photographe la mettait mal à l'aise. Pendant tout l'entretien avec le vieux marin, elle avait senti son regard sur elle. Un regard qui n'avait rien de concupiscent. Il essayait plutôt de l'étudier, de la situer. Elle avait hâte de se séparer de lui. Toutefois, Owen lui emboîta le pas.

« On a passé un bon moment, hein? Ben est un sacré numéro. Avez-vous remarqué ses mains? Brunes comme celles d'un Indien. Et la longueur de ses doigts? De très belles mains, vraiment. Elles racontent l'histoire de toute une vie.

— Une vie passionnante, opina-t-elle. On dirait un personnage de Conrad.

— Vous vous êtes très bien débrouillée avec lui. Vous l'avez mis en confiance. Cet épisode où, tombé du bateau, il a vu foncer sur lui tout un banc d'espadons, c'était formidable.

— Ça va faire un bon papier.

— Avez-vous effectué des reportages pour les journaux où vous étiez avant? »

Maggie se raidit. « Non, répliqua-t-elle, laconique.

— Était-ce plutôt genre grand quotidien? Ou petit journal local?

— Petit journal local. Pourquoi? »

Owen parut déconcerté. « Simple curiosité. Je pensais que vous étiez venue ici pour fuir le panier de crabes. C'est l'endroit idéal pour ça. Moi-même, j'ai travaillé à New York il y a des années. »

Elle éluda la question informulée. « Juste un petit journal, répéta-t-elle.

— J'ai l'impression de vous avoir déjà vue quelque part. C'est pourquoi je me demandais si vous n'aviez pas vécu à New York. »

Maggie avait l'estomac noué. Un photographe de New York. Peut-être même avait-il assisté au procès. Elle revit clairement les flashes et les projecteurs illuminant les couloirs obscurs du palais de justice. Elle avait beau essayer de cacher son visage, ils grouillaient autour d'elle tel un essaim de moustiques, la mitraillant avec leurs appareils. Sur les photos grenées, elle avait l'air hagard et fantomatique. « Moi, je suis sûre de ne vous avoir jamais rencontré », riposta-t-elle froidement.

Un éclair fut suivi d'un retentissant coup de tonnerre.

« Aïe, fit Owen. Ça commence. »

Il avait à peine fini sa phrase qu'il se mit à pleuvoir. Il rabattit sa veste sur son matériel photographique. « Ma Jeep est là-bas, cria-t-il. Je fonce. Dites à Jess qu'il aura les photos d'ici un ou deux jours. »

Sans lui laisser le temps de répondre, il piqua un sprint à travers la rue. Des torrents de pluie grise et glacée inondaient la chaussée et les trottoirs. Maggie eut beau courir à toutes jambes jusqu'au siège des *Nouvelles de la Crique*, elle arriva trempée de la tête aux pieds. Elle poussa la porte et s'arrêta, pantelante, dans le hall. L'eau ruisselait sur ses cheveux et son visage, dégoulinait sur ses chaussures.

Jess sortit de son bureau. « Mon Dieu, mais vous êtes trempée ! »

Elle regarda ses vêtements en piteux état et haussa les épaules. « Tant pis.

— Rentrez chez vous. Il est presque cinq heures, de toute façon. »

Toujours hors d'haleine, Maggie hocha la tête.

Grace et Evy apparurent sur le seuil de leur bureau. Grace secoua la tête et fit claquer sa langue.

« Où est Owen ? demanda Jess.

— Il est reparti. Nous avons fait une excellente interview de Ben.

— Vous m'en parlerez demain. Rentrez vite vous changer. »

Au moment où elle arriva chez elle, l'averse s'était transformée en une pluie fine et régulière. Les vêtements collés au corps, Maggie était transie de froid. Elle se laissa tomber avec lassitude dans un fauteuil du séjour. Presque immédiatement, elle se releva d'un bond : ses habits trempés avaient laissé une auréole qui s'élargissait à vue d'œil. Le crépuscule gris conférait à la maison un aspect sinistre. Une sensation d'abattement commençait à s'emparer de Maggie.

Jess n'avait fait aucune autre tentative, exprimé aucun souhait de la revoir. Peut-être avait-elle réussi à le convaincre. À présent elle était là, comme il se devait, seule dans sa maison glaciale et déserte. *C'est bien ce que tu voulais, non ?* Nerveuse, elle arpenta le séjour sans même prendre la peine d'allumer. Finalement, elle s'arrêta devant la cheminée et contempla le foyer empli de cendres. Il était temps de se ressaisir. À quoi bon s'enfoncer dans la déprime ?

Elle entreprit d'allumer un feu. Adroitement, elle empila le bois et bientôt une petite flamme énergique s'éleva dans l'âtre. Elle la fixa pendant plusieurs minutes. Sous l'effet de la chaleur, le tissu mouillé lui donnait l'impression de fumer.

Bien, pensa-t-elle. *Une douche chaude, des vêtements secs, et tu te sentiras mieux.* Se relevant péniblement, elle alla dans la chambre et se débarrassa de ses habits qu'elle abandonna en un tas humide sur le sol. Puis elle se dirigea vers la salle de bains, non sans avoir vérifié au passage que le feu, dans la salle de séjour, crépitait joyeusement. La pièce commençait à se réchauffer.

Maggie referma à demi la porte de la salle de bains.

Elle s'approcha de la baignoire et régla le débit des robinets : il lui fallait de l'eau brûlante pour réchauffer son corps transi. Finalement, elle tourna la manette de la douche. Se redressant, elle allait entrer sous la douche quand elle jeta un coup d'œil dans la glace de l'armoire à pharmacie. Des cernes gris s'étaient formés sous ses yeux. Hantée par ses rêves obsédants, elle avait très peu dormi la nuit dernière. Et elle avait beau être épuisée, elle ne savait même pas si elle dormirait mieux cette nuit-là.

Avec un soupir, elle enjamba le bord de la baignoire et se planta juste au-dessous de la douche. Celle-ci eut un effet apaisant, réchauffant sa peau glacée et inondant les mèches froides, collantes, de ses cheveux humides. Elle se laissait aller, savourant la sensation de chaleur. À tâtons, elle chercha le savon dans la coquille Saint-Jacques.

Tout à coup, elle s'interrompit. À travers la pluie sonore de la douche, elle avait entendu un bruit à l'extérieur. Immobile, elle dressa l'oreille. Tout était silencieux, hormis le martèlement régulier de l'eau sur le fond de la baignoire.

Arrête, se dit-elle. *Ne sois pas ridicule.* Secouant la tête, elle se remit sous l'eau et se frictionna avec son gant. Avec une sombre détermination, elle commença à fredonner.

Juste derrière la porte de la salle de bains, elle perçut un bruit sourd. Instantanément, elle ferma les robinets et resta nue dans la baignoire, les bras couverts de chair de poule. À nouveau, tout était redevenu silencieux. Elle attendit, hésitante, derrière le rideau. Son cœur battait à tout rompre. Au bord de la nausée, elle se rendit compte qu'elle avait oublié son peignoir dans la chambre. Et si, en repoussant le rideau, elle trouvait quelqu'un derrière? Elle ne pouvait pas sortir toute nue.

Après un laps de temps qui lui parut interminable, Maggie se souvint de la serviette accrochée à côté de la douche. Elle écarta le rideau pour l'attraper, s'attendant presque à ce qu'une main lui agrippe le poignet. Ses doigts rencontrèrent la douceur du tissu éponge. Elle l'arracha brutalement de son crochet et le tira vers elle. Avec un soupir frémissant, elle se drapa, soulagée, dans la serviette et repoussa le rideau.

Face à elle, dans l'encadrement de la porte, se tenait Evy, un grand sourire aux lèvres.

Maggie poussa un cri et resserra la serviette autour d'elle.

« Je vous ai fait peur ? » La jeune fille lui tendit son peignoir. « Ce n'était pas voulu. Je pensais que vous auriez besoin de ceci.

— Que faites-vous là ? » Maggie sortit de la baignoire et s'empara du peignoir.

« Désolée, s'excusa Evy, mortifiée. Je passais vous rendre visite et, comme j'ai entendu la douche, je suis entrée. J'ai appelé, mais vous n'avez pas répondu. »

Le dos tourné, Maggie enfila le peignoir, retira la serviette et noua vigoureusement la ceinture. Son cœur cognait toujours, après le choc causé par l'apparition d'Evy.

« On n'a pas idée d'arriver en catimini comme vous le faites », déclara-t-elle, s'efforçant d'étouffer la note d'hystérie qui perçait dans sa voix.

Evy parut étonnée. « Je venais juste en amie. Je ne savais pas que vous vous mettriez en colère. »

La vapeur rendait irrespirable l'atmosphère lourde et moite de la salle de bains. De façon assez irrationnelle, Maggie se sentait coincée par cette fille plantée sur le pas de la porte, l'image même de l'innocence outragée. « Excusez-moi », marmonna-t-elle, écartant la frêle silhouette de son passage.

L'air frais du couloir la frappa de plein fouet : il sembla la revigorer et calmer ses nerfs. Se tournant vers Evy, elle lui tendit la main en signe de réconciliation. « Vous m'avez surprise, voilà tout. Allez, venez vous asseoir.

— Je peux partir, si vous voulez. Je croyais simplement que vous aviez envie d'être mon amie. »

Maggie sentait une migraine naissante palpiter au-dessus de son œil gauche. « Mais oui, répondit-elle. Bien sûr. Désirez-vous prendre quelque chose ?

— Non, merci. C'est très bien comme ça.

— Asseyez-vous. » Maggie désigna le canapé en face de la cheminée. Elle-même prit place dans le fauteuil à bascule et se mit à se balancer distraitement, les yeux rivés sur le feu. La chaleur de l'âtre lui caressait le visage, comme si elle était étendue au soleil. La jeune fille s'installa dans un coin du canapé.

« Vivement l'été, soupira Maggie.

— L'été ? »

Elle secoua la tête. « Ne faites pas attention. Je pensais au soleil, c'est tout.

— Ah », répondit Evy platement. Elle s'adossa à l'un des coussins. « Il est loin, l'été. »

Maggie hocha la tête, maussade, et continua à se balancer.

« Les hivers ne sont pas si rudes, hasarda Evy. Il ne neige pas beaucoup. C'est dû à la proximité de l'océan. Pourtant, je me souviens, au début, quand ma mère et moi habitions ici, il y a eu un énorme coup de gel. Les arbres, les routes, tout était recouvert de glace. On entendait les branches craquer. Et, des fois, elles se cassaient toutes seules sous leur propre poids. Crac, fit Evy en se frappant la paume du plat de l'autre main. Comme ça. »

Sa démonstration fit sursauter Maggie. Elle regarda Evy qui changea de position et rajusta le coussin derrière elle. « J'espère que nous n'y aurons pas droit cette année, dit-elle.

— C'était drôlement impressionnant », répondit Evy. Un silence tomba entre elles. Les événements de la journée avaient épuisé Maggie. La chaleur du feu la plongeait dans la somnolence. Elle aurait voulu qu'Evy parte, mais la jeune fille semblait se sentir bien sur le canapé. Se croyant obligée d'entretenir la conversation, Maggie chercha quelque chose à dire.

« Avez-vous beaucoup avancé au bureau après mon départ ?

— Pas trop.

— J'ai passé un excellent moment avec ce vieux fabricant de voiles.

— Ben ?

— Oui. Il a eu une vie passionnante.

— Il est vraiment très vieux », commenta Evy.

Maggie étouffa un bâillement. La visiteuse paraissait incapable d'alimenter la conversation. Pourtant, elle ne manifestait aucune intention de partir. Maggie fit une nouvelle tentative.

« Je lisais les annonces que nous avons publiées au sujet de la kermesse de dimanche. Est-ce un événement annuel ? »

Evy opina de la tête. Elle se tortillait sur son siège. « Il y a quelque chose là-dessous », se plaignit-elle.

Maggie esquissa une moue impatiente. « Je pourrais faire du thé, si vous voulez. » Elle espérait qu'Evy refuserait et saisirait l'occasion pour s'en aller. Plongeant la main derrière le coussin, Evy se mit à tâtonner. « Non, merci », répondit-elle. Elle cessa de fouiller : elle avait manifestement découvert quelque chose. « Qu'est-ce que c'est? » Elle dégagea l'objet coincé entre le coussin et le dos du canapé, et le leva pour l'examiner. C'était une pipe avec un fourneau en bois sculpté. Maggie essaya d'imaginer comment elle s'était retrouvée là. Elle se souvint soudain que Jess s'était assis là samedi, quand il était venu lui apporter le parfum. D'ailleurs, il avait mentionné au dîner la perte d'une pipe.

« Ça alors, fit Maggie sur un ton soigneusement détaché. Elle doit être aux Thornhill. » Elle tendit la main pour pouvoir l'étudier de plus près.

Sans la regarder, Evy continuait à fixer la pipe. « Pourquoi dites-vous ça? demanda-t-elle doucement.

— C'est sûr, persista Maggie. En tout cas, elle n'est pas à moi. »

Le regard d'Evy croisa le sien. Son visage était blême. « C'est la pipe de Jess. » Elle la posa avec précaution sur la table basse, comme si le moindre choc risquait de la faire exploser.

« Jess? » La tentative de Maggie pour feindre l'étonnement s'acheva sur une note peu convaincante.

« C'est Mr. Emmett qui la lui a offerte l'an dernier, pour son anniversaire.

— Ah bon? » Maggie se leva et, évitant le regard d'Evy, s'approcha de la cheminée. Elle s'accroupit devant le feu et se frotta les mains : ses pensées tourbillonnaient en quête d'une explication. « Réflexion faite, elle pourrait bien être à Jess. Il était passé me prendre. Ma voiture était en panne et…

— Pourquoi m'avez-vous menti? s'enquit Evy froidement. Vous saviez parfaitement qu'elle était à Jess. »

D'un geste rageur, Maggie décrocha le tisonnier de son support et l'enfonça entre les bûches incandescentes. « Je n'ai pas menti, rétorqua-t-elle, sur la défensive. Je ne l'avais pas reconnue. Je n'ai aucune raison de mentir, Evy. Je vous l'ai dit, Jess est venu ici l'autre jour. La voiture des Thornhill est une véritable épave. Comme j'avais besoin de sortir faire des courses, j'ai demandé à Jess de venir me chercher. C'est tout. Il n'est resté que quelques minutes...

— Arrêtez. Je ne veux pas le savoir. »

Maggie agrippa convulsivement le tisonnier. Les paroles d'Evy lui cinglaient le dos comme autant de coups de fouet.

« Qu'est-ce qui vous prend? disait Evy. Vous me croyez stupide au point de ne pas voir ce que vous fabriquez? Avec Jess. Vous vous êtes jetée à sa tête. C'est révoltant. Vous vous conduisez de manière dégoûtante en essayant de le cacher.

— Ce n'est pas vrai, murmura Maggie en direction du feu.

— Qui espérez-vous duper avec vos mensonges? » La jeune fille se leva et fit un pas vers la femme accroupie, croisant et décroisant les doigts. « Je sais ce que vous manigancez. Je sais tout. Mais Jess! Comment avez-vous fait pour l'embarquer là-dedans? »

Pivotant sur elle-même, Maggie se redressa. L'air hagard, elle serrait le tisonnier dans sa main tremblante. « Assez, cria-t-elle. Assez. Je refuse de vous écouter. »

Alarmée par cet accès de fureur, Evy recula.

« D'accord, fit-elle. D'accord. »

Ses yeux étaient rivés sur le tisonnier qui oscillait à quelques dizaines de centimètres de sa poitrine.

« Vous ne savez pas ce que vous dites, souffla Maggie.

— Je retire tout. Vous avez certainement raison. Seulement, ne me frappez pas.

— Vous frapper ? » Maggie regarda le tisonnier qu'Evy ne quittait pas des yeux. Elle paraissait sincèrement perplexe, comme si elle avait oublié qu'elle l'avait à la main. Son regard revint se poser sur le visage effrayé d'Evy. « Vous frapper ? Oh, mon Dieu », gémit-elle. Elle jeta le tisonnier parmi les autres ustensiles et appuya son front sur le manteau de la cheminée. « Je suis désolée. »

Les yeux d'Evy lançaient des éclairs ; son regard alla de la tige métallique au visage de Maggie enfoui au creux de son bras. Elle fit un pas vers elle. Au même moment, on frappa impatiemment à la porte de derrière. Les deux femmes se retournèrent, surprises.

« Ouvrez, cria la voix de Jess. J'ai un mal fou à le tenir. »

9

En ouvrant la porte, Maggie vit Jess, souriant, avec un chiot au pelage brun et blanc qui gigotait dans ses bras. À sa vue, le sourire de Jess s'évanouit.

« Que se passe-t-il? Vous avez une mine épouvantable. Vous êtes blanche comme un linge.

— Tout va bien. » Elle tendit la main vers la boule de fourrure gémissante. « Vous m'avez apporté mon petit chien.

— Puis-je entrer? À mon avis, il ne va pas tarder à pisser sur moi.

— Evy est là, dit Maggie.

— Navré de vous interrompre, mais ce petit bonhomme s'impatiente. »

Elle hocha la tête et s'écarta pour laisser passer Jess et son minuscule fardeau.

Evy était en train d'enfiler sa veste.

« Salut, Evy, lança-t-il, amical. Je te présente la récente acquisition de Maggie.

— Il est mignon, marmonna-t-elle sans le regarder. J'allais justement partir.

— Ne te sauve pas. Ce bout de chou a besoin qu'on joue avec lui. Peux-tu me donner ce journal, là, dans le panier à bûches ? » Sans un mot, Evy lui tendit le journal et, tandis qu'il se baissait pour déposer le chiot sur le papier, elle se dirigea vers la porte.

« Evy », supplia Maggie. Evy s'arrêta, mais ne la regarda pas. « Pardon, fit-elle.

— Au revoir », bredouilla la jeune fille. Et elle descendit dans le soir brumeux.

De retour dans la pièce, Maggie vit Jess assis à côté du petit chien, l'index entre ses frêles mâchoires. Il leva les yeux d'un air contrit. « J'ai l'impression d'être mal tombé. Je pensais que cette petite bête allait vous remonter le moral. Vous sembliez tellement cafardeuse, hier soir. »

Maggie sourit : le bonheur de le voir l'emportait sur le désagrément de la scène avec Evy. « Je suis contente que vous l'ayez apporté. » S'agenouillant à côté de lui, elle caressa du bout du doigt le poil humide du chiot. « Je croyais que vous ne vouliez plus me voir.

— Je ne baisse pas les bras comme ça. Que faisait Evy ici ? »

Maggie haussa les épaules. « Elle était venue me rendre une visite amicale.

— C'est gentil.

— Mais nous avons fini par nous disputer.

— À propos de quoi ? »

Elle lui jeta un coup d'œil oblique. « De vous. Elle tient énormément à vous. Elle a trouvé votre pipe sous un coussin du canapé et elle m'a fait une crise de jalousie.

— Eh bien, il va falloir qu'elle s'y habitue », déclara-t-il fermement. Puis il sourit. « Je suis content de récupérer ma pipe.

— Jess..., commença Maggie.

— Ouais ?

— Aurait-elle une bonne raison d'être aussi jalouse ? Je veux dire, y a-t-il jamais eu quelque chose...

— Oh, Maggie, protesta-t-il, pour l'amour du ciel, je vous l'ai déjà dit. Nous sommes amis. Elle est comme une petite sœur pour moi. Combien de fois faudra-t-il vous le répéter ? »

Elle secoua la tête. « Je ne veux pas me retrouver mêlée à quoi que ce soit. Vous ne pouvez pas savoir à quel point cela me préoccupe.

— Je ne vois pas où est le problème, en ce qui vous concerne. Ce n'est qu'une gamine. Vous êtes une femme : vous connaissez la vie beaucoup mieux qu'elle. Pourquoi vous laissez-vous entraîner dans ces disputes ? Vous êtes capable de lui tenir tête. Elle fait des efforts. Essayez, de votre côté, de parcourir la moitié du chemin. C'est une brave gosse qui gagne à être connue.

— Vous êtes fâché contre moi.

— Pas du tout. J'aimerais simplement que vous fassiez la paix toutes les deux. J'ai du mal à comprendre le pourquoi de cette brouille. »

Gênée, Maggie se rappela ses mensonges au sujet du week-end et de la pipe. Peut-être Evy lui en voulait-elle surtout d'avoir menti. Elle résolut en son for intérieur de s'amender.

« En attendant, dit Jess, vous ne prêtez guère d'attention à ce petit bonhomme. »

Maggie prit l'animal et le pressa contre sa joue. Le

chiot lui respirait doucement dans l'oreille. « Coucou… Oh oui ! »

Se redressant, Jess croisa les bras. « Lui avez-vous choisi un nom ? »

Elle hocha la tête. « J'ai réfléchi et je pense que je l'appellerai Willy.

— Ce n'est pas vrai ! Ne me dites pas qu'il y a un autre homme. »

Maggie rit. « J'avais un grand-oncle qui se prénommait Willy.

— Soit. » Jess tira légèrement sur l'oreille du chien. « Va pour Willy. Eh, Willy, dis à la dame de s'habiller pour que nous puissions t'acheter à manger et t'emmener en promenade.

— Ne vous sentez pas obligé », objecta-t-elle vivement.

Il la considéra avec un sourire en coin. « Mais j'en ai envie. Vous devriez le savoir maintenant. »

Elle ne put s'empêcher de sourire. « J'en ai pour deux minutes.

— Rien ne presse. Donnez-nous seulement une vieille chaussette à mâchouiller, et ça ira très bien. »

Elle alla dans la chambre et ouvrit le tiroir supérieur de la commode. À l'intérieur, sous une pile d'écharpes, il y avait une paire de gants en laine grise qu'elle portait quand elle allait au lycée. Elle les sortit et les contempla un moment. Puis elle les apporta dans le séjour. Elle s'accroupit et en agita un devant le chiot. Aussitôt, il y planta ses crocs minuscules.

« Vous en voulez un aussi ? demanda-t-elle, tendant l'autre gant à Jess.

— Pas tout de suite. Après le dîner, peut-être. »

Maggie rit et retourna s'habiller dans sa chambre.

Owen Duggan mit une bonne vingtaine de minutes à venir à bout du poulet aux pommes sautées que sa femme de ménage, Mireille Faria, avait laissé mijoter au four. Après le dîner et les actualités du soir, il eut du mal à tenir en place; il n'avait même pas envie de s'attaquer aux photos prises dans la journée. Ce fut ainsi qu'une heure plus tard, il retrouva l'atmosphère enfumée du *Sloop John B.*, juché sur un tabouret de bar, une Heineken à la main, échangeant quelques mots avec Roy Galeata, le barman. La télé couleurs bourdonnait à l'extrémité du comptoir; les rires et les murmures des consommateurs éparpillés à travers la salle créaient cette ambiance bruyante, masculine, qu'Owen trouvait apaisante et inexplicablement roborative.

Par-dessus son épaule massive, il jeta un coup d'œil sur les autres clients du *John B.* Il les connaissait presque tous à présent. Pêcheurs, fermiers, commerçants. Il avait mis longtemps à se faire admettre dans le cercle fermé de ces îliens grisonnants. Peu après son arrivée dans l'île, lorsqu'il avait commencé à fréquenter le *John B.*, il se frayait souvent le passage vers le bar, buvait seul et repartait avec un simple signe de tête. Solitaire de tempérament, ça ne le dérangeait pas outre mesure. Maintenant, en revanche, il pouvait s'attendre à participer à une discussion et, de temps à autre, à une partie de poker, ce qui lui convenait également.

« Salut, Owen. »

Il pivota et vit Charley Cullum qui venait de se hisser

sur le tabouret à côté de lui. « B'soir, Charley. » Owen souleva son verre en guise de salutation. « Comment va ?

— Pour moi, ce sera une Bud, Roy. Très bien.

— Ça m'étonne de vous voir dehors.

— Il m'arrive de sortir, protesta Charley. Moins souvent que vous, les célibataires, bien sûr. » Et, se penchant, il glissa en confidence au photographe « Grace a une réunion à son club de jardinage ce soir. Du coup, j'ai laissé les gosses avec ma mère. »

Owen opina sagement du bonnet. « Je l'ai vue aujourd'hui. »

Charley, un homme au crâne dégarni, au visage ouvert et affable, avala une gorgée de la bière que Roy Galeata venait de poser devant lui. « Vous êtes passé au journal ?

— Jess avait besoin d'un papier sur Ben McGuffey. Il prend sa retraite, vous savez. Il va avoir quatre-vingt-dix ans.

— Pas vrai ? Quatre-vingt-dix ! Que Dieu le garde. » Et les deux hommes burent silencieusement à la santé du fringant fabricant de voiles.

« Avez-vous rencontré leur nouvelle collaboratrice pendant que vous étiez là-bas ? demanda Charley.

— Oui. D'ailleurs, elle est venue en reportage avec moi.

— Oh là, fit Charley en secouant la tête. On peut dire que Grace l'a dans le collimateur. Elle n'arrête pas de la débiner depuis son arrivée ici. Son seul espoir, c'est qu'Emmett la vire à son retour. »

Owen haussa les épaules. « Elle m'a l'air très bien.

— Je ne la connais pas personnellement, mais j'avoue qu'elle n'est pas vilaine. Je l'ai croisée l'autre jour, à la pharmacie. »

Owen termina sa bière et fit signe à Roy de lui en apporter une autre. « Apparemment, Jess l'aime bien.

— Je sais, acquiesça Charley, jovial, lui assenant un coup de coude dans les côtes. À mon avis, c'est bien ce qui enquiquine Grace. »

Owen eut un pâle sourire. Les méandres de l'âme féminine n'étaient pas son fort. Il n'avait jamais envisagé le mariage. Mais, en repensant à Maggie, il eut à nouveau l'impression insidieuse de l'avoir déjà vue. Si seulement il arrivait à se rappeler où !

« Tenez, regardez ça, s'écria Charley, montrant la télévision au bout du bar. Une émission spéciale consacrée à Bob Hope. Formidable. J'adore ce type. Il était venu se produire devant mon régiment quand j'étais en Corée. Ah, dites donc, je ne vais pas rater ça. »

Owen acquiesça poliment. « J'ai déjà eu l'occasion de le photographier, confia-t-il, connaissant d'avance la réaction que cet aveu allait susciter.

— Sans blague ! C'est vrai ? Quand ça ?

— Oh, il y a quelques années. Quand je travaillais pour l'UPI à New York. On m'avait envoyé à un gala de bienfaisance qu'il avait organisé à Poughkeepsie. Il y avait beaucoup de vedettes, mais la vraie star, c'était lui.

— Ah oui ? Comment était-il ? »

Sachant ce que son interlocuteur voulait entendre, Owen ne se fit pas prier. « Très gentil. Un véritable gentleman.

— C'est bien ce que je pensais, déclara Charley, satisfait. Vous avez dû en photographier des célébrités, j'imagine.

— Quelques-unes, oui. Je ne sais plus combien. » L'espace d'un éclair, les pensées d'Owen revinrent à Maggie. Un souvenir fugace comme une étoile filante lui traversa l'esprit. L'aurait-il déjà prise en photo ? Cette idée lui laissa une sensation trouble : il fallait absolument qu'il s'en souvienne. C'était important.

« Dites, Owen, proposa Charley, vous venez faire une partie de cartes avant l'émission ? »

Les sourcils froncés, Owen fixait le fond de son verre.

« Alors ? »

Le colosse barbu leva les yeux. « Sûr », répondit-il après une pause. Il prit sa bière et suivit Charley vers la table voisine où la partie était sur le point de commencer.

« Je crois que nous avons tout ce qu'il te faut, Willy. » Avant de descendre de la voiture Jess inspecta à la lueur de la veilleuse le contenu du sac en papier. « Laisse, collier, nourriture pour chiens, gamelle. Tu es équipé.

— Heureusement que l'épicerie ferme tard. » Assise à la place du passager, Maggie serrait le chiot dans ses bras. Elle se glissa dehors et ferma la portière. Contournant la voiture, elle se dirigea vers la terrasse où Jess l'avait déjà précédée.

« Dites-moi, fit-il, déposant le paquet sur les marches. Si on ne rentrait pas tout de suite ? Maintenant que ça s'est éclairci, le ciel est magnifique. On va faire un tour ? »

Elle leva la tête. Les étoiles brillaient dans un ciel d'encre, comme si la pluie l'avait lavé et astiqué. « C'est beau, souffla-t-elle.

— Venez, dit Jess, lui prenant le coude. On pourrait emmener Willy du côté du ruisseau. Il faut bien qu'il découvre son nouveau domaine.

— Il fait noir », protesta Maggie.

Il sourit. « Je vous protégerai. Les ours ne vous auront pas.

— Il y a des ours ? » Elle s'écarta de lui.

Jess rit. « Bonté divine ! Donnez-moi la main. »

Docile, Maggie lui prit la main et, tenant le chiot dans l'autre bras, le suivit derrière la maison, dans le pré de hautes herbes argentées qui ondulaient doucement au clair de lune. Ils passèrent devant les branches enchevêtrées des pommiers sauvages et se retrouvèrent au bord du ruisseau. Jess s'assit sur une grosse pierre plate et fit signe à Maggie de le rejoindre. L'eau clapotait à quelques centimètres de leurs pieds. Avec précaution, Maggie posa le chiot par terre, et il se mit à tituber, reniflant avec méfiance les cailloux et les buissons alentour.

« Si mes souvenirs sont exacts, dit Jess, il y a un vieux cellier à fruits par là. Peut-être que Willy aime les pommes. » Il passa son bras autour de la taille de Maggie.

Obstinément, le regard de Maggie suivait Willy dans ses explorations.

« Il aime bien ce coin. Vous avez vu ? demanda-t-il.

— Il en a l'air.

— Et vous ? »

Sans quitter le petit chien des yeux, elle hocha la tête. « Moi aussi. Mais j'ai la curieuse impression que nous ne sommes pas seuls. » Elle scruta l'obscurité par-dessus son épaule.

Jess rit. « Ce sont les ours.

— Il n'y a pas d'ours ici. » Elle ramassa une brindille et traça distraitement un cercle autour de ses pieds.

« C'est vrai. » Il caressa doucement son dos courbé. « Il n'y a que nous. »

Le contact de sa main la fit frissonner.

« Vous avez froid ? murmura-t-il. Je peux arranger ça. » L'attirant contre lui, il l'emprisonna dans ses bras. « Ça va mieux ? » Il parlait, la bouche dans ses cheveux.

Le désir la submergea, mêlé à un sentiment de malaise. « Oui, répondit-elle, mais… »

Jess posa la tête contre sa joue. « Mais quoi ? » Il lui prit la main et, tendrement, entrelaça leurs doigts.

Maggie se demanda s'il sentait la veine qui battait dans son cou. « Je vous l'ai déjà dit, répliqua-t-elle faiblement. Hier soir.

— Hier soir. » Il se tut et, portant ses doigts à ses lèvres, les embrassa. Elle observait son visage songeur. Elle savait qu'elle tremblait, mais n'arrivait pas à se maîtriser.

« Après votre départ, reprit-il, je ne savais que penser. Mon amour-propre a dû en prendre un coup, je crois. Tout d'abord, j'ai décidé de suivre votre conseil et de laisser tomber. Mais plus j'y réfléchissais, plus j'étais convaincu que ce n'était pas une solution. Je sentais bien que je ne vous déplaisais pas. Je le savais.

Simplement, vous paraissiez nourrir quelques réticences à mon égard…

— Ce n'est pas vous qui êtes en cause, l'interrompit Maggie, lui pressant la main.

— Qui, alors ? »

Elle s'écarta en soupirant et, incapable de répondre, demeura un moment silencieuse. Jess attendait.

« C'est moi, finit-elle par avouer. Vous ne savez rien de moi, Jess.

— Racontez-moi.

— Non. » Elle se leva et s'éloigna de lui. La voyant approcher, le chiot jappa joyeusement. « Restons-en là. C'est mieux, croyez-moi.

— Ça n'a aucun sens.

— Croyez-moi », répéta-t-elle, implorante.

Lentement, il se remit debout et la rejoignit auprès de Willy. « L'homme que vous avez aimé. Vous m'avez dit qu'il était mort.

— C'est vrai, chuchota-t-elle.

— Peut-être avez-vous peur de recommencer. Je n'en sais rien. Mais le passé, c'est le passé. Ça n'a rien à voir avec nous. »

Elle le contempla tristement, regrettant de ne pouvoir lui dire la vérité. C'était impossible.

« J'aimerais vous poser une question. Et je veux une réponse honnête.

— Je vais essayer, promit-elle, consciente qu'elle serait peut-être obligée de mentir.

— Avez-vous envie de moi ? Avez-vous envie de faire l'amour avec moi ? »

Prise au dépourvu, elle ne répondit pas, mais son regard la trahit.

Jess l'attira contre lui. « Très bien, murmura-t-il. Dans ce cas, il faut me faire confiance. Croyez-moi, je ne vous ferai pas souffrir, je ne vous quitterai pas. Il ne vous arrivera rien de mal. » Et il l'embrassa dans le cou.

Son baiser la transporta. Fébrile, elle se sentait vibrer dans ses bras.

« Laissez-moi vous aimer, Maggie, chuchota-t-il tout contre sa bouche. S'il vous plaît. »

Elle n'avait pas la force de lui résister. Elle voulait le croire. Ça faisait si longtemps… Les mains de Jess exploraient son corps.

« Vous êtes si douce. » À nouveau, elle trouva ses lèvres. La maintenant d'un bras, il se baissa pour ramasser le chiot. Enlacés, trébuchant dans l'herbe, ils reprirent le chemin de la maison.

Il ouvrit la porte de derrière et mit le chiot à l'intérieur. Puis il se tourna vers elle. « J'ai envie de faire l'amour avec vous. Venez. »

Elle l'embrassa passionnément en signe de consentement. Vainement, un avertissement résonna à ses oreilles, comme un téléphone enfoui sous un oreiller. *Tout ira bien,* se dit-elle tandis que ses craintes tentaient de refaire surface. *Tout ira bien.* Et elle l'étreignit avec fièvre.

Dissimulée par l'obscurité, plaquée contre un tronc d'arbre, Evy les regarda disparaître dans la maison.

Quelques instants plus tard, elle vit une lumière

diffuse s'allumer dans la chambre. Elle attendit un peu avant de se rapprocher. À travers les rideaux, elle le vit s'agenouiller au-dessus d'elle, enlever ses vêtements, le dos à la fenêtre. Elle le regarda se pencher sur elle, l'écraser de son poids. Evy se détourna.

Ses yeux pâles fixaient la nuit, mornes, dénués d'expression. Ce qu'elle avait vu ne laissait aucune place au doute. Il ne restait plus qu'une chose à faire.

Elle ne bougeait pas. Quelques feuilles mortes l'effleurèrent dans leur chute. Le seul mouvement sur son visage inerte venait de ses mâchoires. Elle grinçait des dents comme si elle cherchait à les broyer. À l'intérieur de ses poings serrés, ses ongles déchiquetés creusaient des sillons violacés dans ses paumes.

Après un long, un dernier baiser, Maggie s'écarta de Jess et se laissa retomber sur les oreillers. Tournant la tête, elle regarda par la porte de la chambre en direction du séjour où Willy poussait des petits gémissements; sans doute rêvait-il. Appuyé sur un coude, Jess contemplait son visage pensif. Finalement, il lui toucha l'épaule. Elle se retourna vers lui.

« Quelque chose ne va pas ?

— Non. » Elle lui sourit. « Tout va bien. Je réfléchissais, tout simplement.

— À quoi ?

— À des sottises. Tu vas te moquer de moi.

— Sûrement pas. »

Elle le dévisagea gravement. Ses yeux brillaient de tendresse, et aussi d'une certaine fierté. Il avait su la combler, et il le savait. Il était satisfait de lui, d'elle, du monde entier. Son expression ne l'offusqua pas. À vrai dire, elle aurait voulu pouvoir connaître ne serait-ce qu'un instant ce sentiment simple et merveilleux. Mais il semblait aussi insaisissable qu'un parfum et s'évanouissait au moment même où elle le respirait.

« Je me disais, fit-elle dans un soupir, que là, l'espace d'une minute, je me suis sentie protégée. Toi et moi ici, Willy qui dort dans la pièce à côté. Je me sentais… en sécurité.

— Mais tu es en sécurité, s'exclama Jess. De quoi parles-tu ?

— Tu vois bien, répondit-elle tristement. Tu trouves ça bizarre.

— Pas du tout. » Mais alors même qu'il secouait la tête, elle se rendit compte qu'il ne comprenait pas. Il ne comprenait pas, mais il acceptait. « Je t'avais dit que je te ferais du bien. »

Elle s'arc-bouta pour l'étreindre fougueusement. Puis elle retomba sur l'oreiller, et il l'embrassa légèrement.

« J'ai faim, dis donc, déclara-t-il. Y a-t-il quelque chose à grignoter dans cette maison ? »

Elle esquissa un vague geste en direction de la cuisine.

« Il y a du fromage. Du pain. Je ne sais pas, regarde.

— Des petits gâteaux ? » s'enquit-il, plein d'espoir.

Elle rit, et il l'embrassa à nouveau. « Garde le sourire. Je reviens tout de suite. »

Elle caressa des yeux sa silhouette qui s'éloignait. Mais une fois seule dans la chambre, elle sentit un froid glacial l'envahir. Couchée dans le lit, elle repensa à sa dernière nuit avec Roger. S'ils n'étaient pas allés dans ce motel, rien ne serait arrivé. S'ils n'avaient pas emprunté l'autoroute déserte par cette nuit de neige, l'assassin aurait trouvé une autre victime. Elle revoyait les jours qui avaient suivi le meurtre de Roger comme dans une sorte de brouillard. Hébétée, seule et sans amis, elle avait accueilli son arrestation presque avec soulagement. C'était sa punition. Le seul être qu'elle eût réellement aimé était mort. Le seul qui avait cru en elle depuis la disparition de son père. Maggie se retourna sur le ventre, serrant l'oreiller contre elle. C'était dangereux, l'amour. Ça lui faisait peur. « Jess », appela-t-elle doucement.

Le lit se creusa à côté d'elle. « Quoi? demanda-t-il en s'allongeant. Qu'y a-t-il, Maggie? »

Se retournant, elle le considéra à travers ses larmes. Elle déglutit avec effort avant de parler. « Tu as mangé? »

Il sourit, soulagé par la banalité de la question. « Je t'ai apporté une pomme. »

Elle eut un sourire désabusé. « Le meilleur des remèdes.

— Contre tout et tous. Je te veux à moi seul. » Il l'enlaça avec douceur. Elle se pelotonna dans ses bras.

« J'ai cru te voir pleurer », fit-il d'une voix enrouée.

Maggie secoua la tête. « Je ne pleure jamais.

— Y a-t-il quelque chose qui te préoccupe? »

Elle hésita une seconde. « Sais-tu, rétorqua-t-elle avec une gaieté forcée, de combien d'années de purgatoire nous risquons d'écoper pour ça? La luxure est un péché mortel. Ça va sûrement chercher dans les mille ans. »

Jess rit. « C'était donc ça? Eh bien, j'espère que nous pourrons purger notre peine ensemble.

— Mmmm, peut-être bien », murmura-t-elle distraitement.

Il s'empara de ses doigts et les ploya sous les siens. « Tu ne parles pas sérieusement ?

— Non. »

Il la regarda d'un air pensif. « J'ignorais que tu étais catholique.

— Je l'ai été. Je ne le suis plus. J'ai été élevée dans la religion, mais je ne suis pas croyante. » Tandis qu'elle proférait ce blasphème, les yeux de sœur Dolorita surgirent inopinément dans son esprit, perles noires et brillantes dans un visage blême de fureur.

« Moi aussi, j'ai été élevé dans la religion catholique. Mais je suis toujours croyant. »

Il y eut un silence.

« Seulement, chuchota-t-il, embrassant ses tempes humides et remettant de l'ordre dans ses mèches, je ne crois pas que j'irai en enfer pour avoir fait l'amour avec toi, si c'est ce que tu penses. Franchement, non. Ce n'est pas un péché. Qui oserait imaginer une chose pareille ? »

Il roula vers elle et posa la tête sur sa poitrine. Elle sentit ses sens s'émouvoir à nouveau. Le désir était de retour, impatient de balayer les angoisses, les frayeurs qui l'habitaient. *Peut-être trouverai-je le moyen de lui cacher la vérité sur mon passé. Il n'a pas besoin de savoir. Pas tout de suite.* Le souffle de Jess s'accéléra en cadence avec le sien. Elle caressa ses cheveux. Son corps se mit à vibrer. Elle fit courir ses doigts sur la peau lisse de son dos. Répondant au signal convenu, il posa sa bouche sur la sienne. *Il est trop tard pour reculer,* pensa-t-elle. *Il est déjà trop tard.*

10

Couchée dans le noir, Maggie tendait l'oreille. La seule lumière dans la chambre provenait de la croix blanche qui scintillait en face de son lit. Elle guettait le bruit des pas familiers dans l'escalier. Ils étaient seuls dans la maison. Sa mère n'était pas là. Mais elle n'arrivait pas à se rappeler où elle était partie. Maggie attendait que son père vienne la border. Comme tous les soirs.

Enfin, elle l'entendit monter. Elle eut alors le vague pressentiment que quelque chose n'allait pas. Sa démarche était pesante dans l'escalier. Il poussa la porte et s'arrêta pour la regarder. Une fraction de seconde, elle eut peur, sans savoir pourquoi. Il s'agenouilla tristement à côté du lit. « Pas d'histoire ce soir », chuchota-t-il dans l'obscurité, en réponse à ses supplications. Cela la surprit. D'habitude, il ne pouvait résister à ses caprices d'enfant. Elle se tut. Leurs respirations se mêlaient : la sienne, rapide et légère, et celle de son père, laborieuse et frémissante. Il l'embrassa sur la joue et enfouit le visage dans sa poitrine. L'obscurité l'empêchait de le voir clairement. Elle tira sur ses boucles rousses. Au lieu de repousser sa main, il grimpa dans son lit et s'allongea à côté d'elle dans le noir.

Elle éprouva une minuscule frayeur, mais surtout, elle était heureuse. Il n'avait encore jamais fait ça. Son souffle s'échappait à présent en soupirs mélancoliques. Il posa la main sur sa jambe, sous la chemise de nuit, et la caressa doucement. « Oh, ma petite fille. » Il ne put réprimer un sanglot.

« Ne pleure pas, papa. » Elle couvrit son visage de baisers.

Soudain, il se passa quelque chose qu'elle ne comprit pas. Les mains de son père se refermèrent sur elle ; elle eut l'impression qu'il allait la broyer. Il lui prit les doigts pour les guider. Elle se trémoussa et pleurnicha un peu, mais en même temps, elle se sentait transportée de joie. Il répétait son prénom, l'embrassait. Elle leva les yeux. Par-dessus sa large épaule, la croix trouait l'obscurité. On ne voyait rien d'autre. En bas, la porte d'entrée claqua comme un coup de fusil.

D'un bond, il se dégagea des petits bras de Maggie. À la lueur de la croix étincelante, elle lut une terreur sans nom sur son visage. Des pas résonnèrent dans l'escalier.

« Oh, mon Dieu, chuchota-t-il, reboutonnant sa chemise à tâtons.

— Papa ! » hurlait-elle.

Sans faire attention à elle, il sauta du lit, fourra sa chemise dans son pantalon avec des mains tremblantes et remonta la fermeture Éclair. Après avoir lissé ses boucles, il ouvrit la porte de la chambre. En pleurs, se frottant les yeux, elle rabattit sa chemise de nuit et le suivit. Elle les aperçut à travers la balustrade. Sa mère, sur une marche, le regard rivé sur la face rubiconde, déconfite, de son père. Et, sur la marche du dessous, sœur Dolorita.

L'expression de sa mère était un masque figé.

Le regard de Maggie tomba sur le terrible visage de sœur Dolorita. Elle n'avait pas envie de la regarder. Mais elle se sentait attirée comme par un aimant vers les yeux noirs qui lançaient des éclairs.

« Non, cria-t-elle. Non, je vous en prie !

— Maggie, réveille-toi ! »

Alors qu'elle luttait pour émerger de son rêve, elle vit Jess penché sur elle, il lui tenait les poignets et fronçait les sourcils d'un air inquiet.

Elle se détendit et retomba en arrière, remuant la tête de gauche à droite. Jess lâcha ses poignets. Le cœur de Maggie palpitait follement dans sa poitrine. Elle sentait les larmes ruisseler sur ses joues.

« J'ai failli me retrouver avec un coquard, dit-il en désignant ses poings serrés. C'était quoi, ton cauchemar ? »

L'espace d'un instant, elle le dévisagea sans comprendre. Elle ne se rappelait plus ce qu'elle faisait là, avec lui, tant son rêve l'avait désorientée. Puis les heures qu'elle avait passées dans ses bras lui revinrent en mémoire, lui laissant un arrière-goût de nostalgie.

« Tu ne veux pas m'en parler ?

— Te parler de quoi ?

— De ton rêve.

— Oh, Seigneur. » Elle tourna la tête. Dehors, les

rayons du soleil matinal filtraient faiblement à travers les carreaux. Elle essuya avec ses doigts les larmes qui coulaient.

« Je croyais que tu ne pleurais jamais. » Il s'adossa à la tête de lit.

« J'ai rêvé de mon père. »

Il ne répondit pas. Couchée, elle songeait à son rêve. Elle avait l'impression qu'il lui échappait, qu'elle n'avait pas la force de le maîtriser. Qu'au bout du compte, elle serait obligée d'en parler à quelqu'un. « Dans mon rêve, j'étais petite fille. Il est venu dans ma chambre. Pour me border. Il voulait juste me dire bonne nuit. Mais il est arrivé quelque chose… »

La chambre était silencieuse. Jess l'observait sans mot dire.

« Il s'est allongé à côté de moi. Et il a eu des gestes… des gestes qu'il n'aurait jamais dû…

— Des gestes de nature sexuelle », fit Jess calmement.

Elle accueillit avec gratitude les mots qu'elle n'aurait pas osé prononcer elle-même. « Oui. Ma mère est rentrée. Avec sœur Dolorita, l'une des religieuses de la paroisse. Elles ont compris tout de suite ce qui se passait. » Maggie s'exprimait d'une voix blanche, éteinte, tandis qu'elle revivait la scène.

Pendant un moment, Jess ne dit pas un mot. « C'est réellement arrivé, n'est-ce pas », murmura-t-il enfin. C'était une affirmation.

Maggie était incapable de le regarder en face. « Elles ne nous ont jamais surpris, en réalité. Mais elles étaient au courant.

— Je vois. » Il y eut un bref silence, puis il se remit à parler. Tendue, elle gardait la tête tournée. « Quel effroyable fardeau ! »

Le fait qu'il ne la juge pas la laissa sans voix. Elle pivota vers lui. Il la considérait avec compassion. Immédiatement, elle eut envie de tout lui expliquer.

« Il ne me voulait pas de mal. Honnêtement. J'en suis certaine. Mais c'était affreux tout de même. Cette façon que ma mère avait de me regarder. Et sœur Dolorita. Elles pensaient que c'était ma faute. Peu de temps après, il a eu sa crise cardiaque. Et je suis restée seule avec elles.

— En un sens, tu as dû te sentir soulagée, non ? C'est une situation intolérable pour une enfant.

— Je n'en sais rien, répliqua-t-elle, misérable. Sans doute. Mais ce n'était pas mieux après. Elles ne m'ont jamais pardonné.

— Et lui te manquait », ajouta Jess doucement.

Maggie s'assit et le regarda droit dans les yeux. « Oui. Oui, c'est vrai. Je savais qu'il avait mal agi. Mais il m'aimait. Il était le seul à m'aimer. Il m'a manqué. Tu trouves ça malsain ? Crois-tu que tu pourrais le comprendre un jour ? »

Il hocha la tête et posa sa main sur la sienne.

Elle baissa les yeux. « Je ne voulais pas qu'il meure.

— Bien sûr que non », répondit-il simplement, l'attirant à lui.

Ils restèrent un moment assis en silence. Elle grelottait dans ses bras. « Merci, dit-elle finalement.

— De quoi ?

— De m'avoir laissée parler. De m'avoir permis de te dire tout ça.

— J'en suis heureux. En fait, ça m'aide à mieux te comprendre. »

Elle se dégagea et le regarda, étonnée. « Dans quel sens ?

— Eh bien, tes réticences par exemple. Pourquoi tout a été si difficile pour toi. Point n'est besoin d'être le docteur Freud pour se rendre compte que la sexualité doit te poser un problème. Après une expérience pareille, tu as dû culpabiliser énormément. »

Maggie détourna les yeux, songeant à tout ce qu'il ne savait pas. « Peut-être.

— Écoute, Maggie, tu te doutes bien que tu peux tout me dire. Vraiment. Tu n'as pas à craindre mon opinion. »

Elle plongea son regard dans le sien. Il la contemplait avec gravité. Un instant, elle fut tentée. Il savait qu'elle avait des secrets. Mais il ne la jugeait pas. Et si, tout compte fait, elle lui parlait de Roger, de la prison et du reste ? Peut-être qu'il comprendrait également. Il ne flancherait pas. Elle tourna la tête. Non, c'était impossible. C'était trop lui demander. « C'est bon à savoir », répondit-elle.

Sentant qu'elle avait été sur le point de lui avouer quelque chose, Jess fronça brièvement les sourcils. « Bien. » Il descendit du lit et lança son peignoir à Maggie. « Il serait temps de se préparer. »

Elle le suivit du regard tandis qu'il se dirigeait vers la salle de bains. Elle savait qu'elle l'avait vaguement froissé, mais elle se devait de garder le silence. Pour son bien à lui.

Evy gravit lourdement les marches de la cave et poussa le verrou derrière elle. Comme elle se retournait, elle tressaillit à la vue de sa grand-mère, assise dans le fauteuil roulant en face de la porte.

« Qu'est-ce que tu regardes ? l'apostropha-t-elle avec rudesse. Va-t'en d'ici. »

Elle contourna le fauteuil et le propulsa en direction de la cuisine. La main meurtrie de la vieille femme reposait mollement sur l'accoudoir.

Evy s'arrêta à côté de l'évier et prit le plateau posé sur les bras du fauteuil. Elle enleva l'assiette et vida le mélange grumeleux de purée de maïs et d'œufs baveux dans la poubelle. « Qu'est-ce qu'elle a, la nourriture ? Très bien. Comme tu voudras. Si ça ne te plaît pas, tu n'as qu'à jeûner. » Evy jeta l'assiette dans l'évier où elle atterrit avec fracas. Puis elle se retourna vers la vieille femme. « Alors, ce sera quoi aujourd'hui ? Le lit ou le fauteuil ? Le fauteuil, je pense. » Elle le poussa vers la fenêtre et bloqua le frein.

Elle essuya ensuite le visage de sa grand-mère avec un torchon et tapota l'épaule voûtée avec condescendance. « J'ai une journée chargée aujourd'hui, fit-elle en allant chercher sa veste dans la penderie de l'entrée. Je ne crois pas que je reviendrai à midi. Je t'avais dit de manger ton petit-déjeuner. » Elle claqua la porte du placard et boutonna sa veste.

« J'ai une petite invitation à transmettre. Je prépare une surprise, en quelque sorte. Pour qui tu sais. » Evy ouvrit le réfrigérateur et sortit le sac avec son casse-croûte. « Tu n'as qu'à rester là. À plus tard, quand j'aurai envie de rentrer. »

Sur ce, elle sortit et se dirigea vers sa voiture. Le gravier crissait sous ses pas. Elle se glissa derrière le volant et posa le casse-croûte sur le siège à côté d'elle. Puis elle mit le contact et recula dans l'allée.

Dans la maison, la vieille femme observait sa petite-fille par la vitre sale. Se penchant par-dessus le bras du fauteuil, elle pressa sa joue tombante contre le carreau froid. Evy disparut dans Barrington Street, et la route redevint déserte, à l'exception des rares voitures qui passaient en vrombissant.

Tout était silencieux dans la vieille maison, maintenant qu'Evy était partie. On n'entendait que le tic-tac de la pendule et le bourdonnement du réfrigérateur quand il se mettait en marche. Pendant quelque temps, il n'y eut pas d'autres bruits.

Et puis voilà que ça recommençait. Les gémissements faibles, presque inaudibles, provenant par intermittence du sous-sol. Chaque fois, la vieille femme dans le fauteuil frissonnait irrésistiblement. Les gémissements étaient entrecoupés de longs silences. D'accalmies. Comme s'ils n'allaient plus reprendre. Seulement, ils reprenaient de plus belle, angoissés, assaillant ses oreilles qu'elle était incapable de boucher.

Longtemps, elle fixa la route, comme si elle s'attendait à voir arriver quelqu'un. Sa tête reposait, immobile, contre le carreau. Ses yeux éteints étaient tellement enfoncés qu'on eût dit des orbites vides dans une tête de mort.

« Vas-y, toi j'arriverai après. » Maggie fouillait ostensiblement à l'intérieur de son sac à main.

« Tu as perdu quelque chose ? » Jess ne bougeait pas.

« J'avais un peigne là-dedans. Je voulais juste me recoiffer, expliqua-t-elle en fuyant son regard.

— Tu es très bien ainsi, répondit-il avec douceur. Allez, viens.

— Je n'en ai pas pour longtemps. Pars le premier.

— Maggie ? »

Elle leva des yeux candides sur lui.

« Tout le monde le saura tôt ou tard. »

Elle se mordilla la lèvre. « J'en ai conscience. » Un pli lui creusa le front. « Je pense simplement que nous ne devrions pas nous afficher en arrivant ensemble au bureau.

— Est-ce ma faute si ton vieux tas de ferraille ne veut pas démarrer ? Viens avec moi, voyons. Nous sommes adultes. Nous n'avons pas besoin d'emprunter des entrées différentes en cachette. »

Il avait raison, bien sûr. Patiemment, à plusieurs reprises, il avait essayé de faire démarrer la vieille Buick sous le regard consterné de Maggie. Le moteur grinçait, mais refusait de tourner. Finalement, Jess alla téléphoner au garage pendant que Maggie contemplait l'auto plantée dans l'allée, inutile comme un tas de charbon mouillé.

Jess revint et lui ouvrit la portière. « Allons-y, dit-il en lui tendant la main. Tu vas être en retard. »

« Bonjour, Evy, Grace. » Avec un signe de la main désinvolte à l'adresse des deux femmes, Jess s'engouffra dans le couloir en direction de son propre bureau.

Voyant entrer Maggie, Grace leva les yeux.

« Ma voiture est tombée en panne, expliqua Maggie. Il a été obligé de venir me chercher. » Avec un grognement, Grace retourna au journal qu'elle était en train de découper.

Les joues en feu, Maggie alla s'asseoir à sa place. Elle regrettait de s'être sentie obligée de se justifier. Ça ne les regardait pas. Elle jeta un coup d'œil sur Evy, occupée à tailler ses crayons. *Encore des mensonges,* pensa-t-elle en secouant la tête.

« Il y a une pile de documents sur votre bureau qu'il faut classer, décréta Grace. Ce matin.

— J'ai l'article sur Ben McGuffey à rédiger. Je pourrais peut-être le faire cet après-midi.

— Faites-le quand bon vous semble, rétorqua Grace, mais pas avant d'en avoir fini avec le classement. C'est votre travail. Votre petit article peut attendre. »

Résistant à la tentation de lui adresser un salut militaire, Maggie prit la liasse de photos et de coupures de presse. Après un regard sur Evy qui continuait à tailler ses crayons sans lui prêter attention, elle se retira dans la salle des archives. C'était une pièce étroite remplie de casiers et d'étagères avec des journaux. Probablement l'ancien office de la maison. À en juger par les installations, il était évident que la salle de fabrication, de l'autre côté, avait jadis servi de cuisine.

Elle s'assit derrière le bureau et disposa les piles de photos en face d'elle. Elle savait que Grace avait voulu la punir, mais en vérité, elle était contente de se retrouver seule.

À midi, la porte s'ouvrit, et Evy passa la tête dans la salle des archives. Un sandwich à la main, Maggie feuilletait un vieil exemplaire du journal.

« Pardon, marmonna Evy, battant en retraite.

— Non, non, venez, je vous en prie. » Maggie posa son journal. « Je ne voudrais pas vous faire fuir. »

Evy haussa les épaules et entra, refermant la porte derrière elle. Elle avait sa veste et son sac de casse-croûte. Son visage pâle était bleui par le froid.

« Comment est-ce, dehors ? lui demanda Maggie.

— Glacial. Je ne suis pas restée longtemps. J'avais juste une course à faire.

— Vous ne voulez pas me tenir compagnie ? » Maggie désigna le sac de casse-croûte.

Evy s'assit sur un tabouret et étala la veste sur ses genoux. Puis elle sortit un sandwich et le déballa lentement sur la table. Elle prit une bouchée, les yeux fixés sur un point à droite du coude de Maggie. Le silence s'installa entre elles. Maggie rougit en repensant à leur entrevue de la veille et à elle-même, en train de menacer la jeune fille avec le tisonnier.

« Evy…

— Vous savez… » Elles avaient parlé en même temps.

« Quoi ? demanda Evy.

— Non, non, allez-y.

— Ce n'était rien. »

Maggie s'éclaircit la voix. « Je pensais à hier. Chez moi. Et je me demandais si vous étiez toujours fâchée contre moi. Je regrette tant ce qui s'est passé…

— Vous vous êtes déjà excusée.

— C'est vrai, soupira Maggie. J'étais simplement… j'avais les nerfs en pelote.

— Ce n'est pas grave, répondit Evy. N'en parlons plus.

— Merci.

— Vous avez encore du classement à faire ici?

— Un peu. » Maggie avait fini d'archiver les documents depuis une heure, mais, dévorée d'une curiosité morbide, elle était en train de consulter le fichier à la recherche de sa propre histoire, quelques minutes à peine avant l'arrivée d'Evy. Elle n'avait rien trouvé. « Elles sont impressionnantes, ces archives. D'où vous viennent toutes ces coupures de presse? »

Evy balaya la pièce d'un regard impassible. « Nous recevons beaucoup de journaux. Et puis, différents services nous envoient leurs dossiers de presse. Grace et moi essayons de les tenir à jour, mais nous avons beaucoup de retard. Il y a tellement d'autres choses à faire.

— En tout cas, c'est intéressant.

— On découvre des choses passionnantes quand on prend le temps de les lire.

— Je n'en doute pas. » Le silence retomba. Evy termina son sandwich et secoua les miettes collées à ses doigts.

« Au fait, vous venez à la kermesse, dimanche? » s'enquit-elle sur un ton détaché.

Maggie haussa les sourcils. « Je ne sais pas. Je n'y ai pas réfléchi.

— On s'y amuse beaucoup, vous savez. C'est la dernière fête avant l'hiver. Elle a lieu à l'école. Il y a des chapiteaux, des attractions, des concours, tout.

— Ça a l'air sympathique, acquiesça Maggie mollement. Surtout pour les gosses, j'imagine.

— Tout le monde aime ça.

— Oui, sans doute. Mais moi, je me sentirais déplacée. Je ne connais pratiquement personne.

— On n'a pas forcément besoin de connaître les gens.

— Peut-être. Je crois que je suis un peu timide, voilà tout.

— Vous pourriez toujours vous rendre utile, observa Evy. C'est une manière comme une autre de rencontrer du monde. »

Maggie la regarda manger le cookie qu'elle avait extrait de son sac : elle mastiquait chaque morceau avec minutie, s'essuyant méthodiquement la bouche. Quoi qu'elle dise, il était peu probable qu'elle s'amuse à la kermesse. Maggie imaginait mal Evy en train de s'amuser. Néanmoins, elle ressentit une soudaine bouffée d'affection pour cette fille incolore qui avait pris la peine de lui donner des conseils.

« En quoi pourrais-je être utile ? demanda-t-elle avec douceur.

— Eh bien, je tiens le stand de pâtisseries. On a toujours besoin de tartes pour la vente.

— Je pourrais faire une tarte, suggéra Maggie.

— Vous pourrez m'aider à vendre dans l'après-midi. »

Maggie lui sourit. « Bonne idée. Ce sera avec plaisir. Merci.

— De rien, répondit Evy. Bon, il faut que j'y aille. »

Elle jeta son sac dans une poubelle sous la table. « À tout à l'heure.

— Je n'en ai pas pour longtemps », fit Maggie.

Satisfaite, Evy ramassa sa veste et sortit, après lui avoir adressé un signe de la main.

Quelques heures plus tard, Evy franchit le seuil du bureau de Jess et referma la porte sans bruit. Elle regarda fixement Jess qui se passait une main distraite dans les cheveux tout en griffonnant sur une feuille de papier. Il releva la tête.

« Tiens, je ne t'avais pas entendue entrer.

— Grace m'a dit que vous désiriez me voir. »

Il lui désigna un fauteuil près de son bureau. « Pourquoi cet air alarmé ? Je voulais simplement te parler.

— Je croyais avoir fait une bêtise. »

Il sourit. « Tu es une éternelle angoissée, hein ? »

Un sourire ravi souleva les coins de la bouche d'Evy. Elle se laissa tomber dans le fauteuil.

« En réalité, poursuivit-il, je t'ai fait venir ici pour te féliciter.

— C'est vrai ? » Elle leva les yeux sur lui. Leur clarté bleuâtre s'était voilée.

Jess hocha la tête.

« Je savais bien que vous n'étiez pas fâché contre moi, dit-elle, radieuse.

— Fâché contre toi ? Jeune fille, déclara-t-il avec une brusquerie qui la fit s'esclaffer, je suis au contraire votre obligé.

— Ah oui ? » Evy tenta d'étouffer un fou rire en mettant son poing devant sa bouche.

« Absolument », confirma-t-il avec le plus grand sérieux. Et il la foudroya d'un regard si menaçant qu'elle ne put réprimer un nouvel accès d'hilarité.

« Reprenez-vous, jeune fille », ordonna-t-il tandis qu'elle riait aux larmes. Il lui tendit son mouchoir. « Tiens ! Ce que tu peux être bête, aujourd'hui.

— Désolée, hoqueta Evy. Je ne sais pas ce qui m'a pris.

— C'est si bon de te voir rire, dit Jess en récupérant le carré de coton roulé en boule. Quelquefois, tu parais tellement soucieuse… » Il fit une pause, puis demanda gentiment : « Comment va mémé ? »

Evy haussa les épaules. « Ça va.

— Écoute, Evy, si jamais je peux t'être utile de ce côté-là, fais-le-moi savoir, d'accord ?

— D'accord, répondit-elle doucement.

— Comme je viens de le dire, je te suis redevable.

— Mais non, vous ne l'êtes pas.

— Mais si, insista-t-il. J'ai appris par Maggie qu'aujourd'hui tu as été très gentille avec elle. Que tu l'as invitée à la kermesse, et tout.

— C'est de ça que vous désiriez me parler ?

— Eh bien, bredouilla-t-il en voyant sa mine défaite, je trouve formidable d'aider quelqu'un qui en a besoin. Je savais que c'était dans ton caractère. Tu comprends, Maggie est nouvelle ici, et elle a eu beaucoup de mal à s'adapter. Je voulais simplement te dire que j'apprécie ta gentillesse à son égard.

— Merci », répliqua Evy d'une voix où ne perçait plus aucune gaieté.

Jess se mordit la lèvre et attendit un moment avant

de demander : « J'ai dit quelque chose qu'il ne fallait pas ? »

Bien que mortifiée, Evy le toisa avec défi. « Je ne vois vraiment pas ce que vous lui trouvez. Vous la connaissez à peine. Elle a un problème, tout le monde s'en est rendu compte. »

Il fronça les sourcils. « J'aurais cru, Evy, d'après ce que Maggie m'a raconté aujourd'hui, que vous étiez en passe de devenir amies. Je veux dire, tu lui as demandé de venir à la fête, tu as proposé de lui faire rencontrer des gens. J'ai supposé que… »

Elle le dévisageait intensément. Dans ses yeux on lisait un violent débat intérieur. « Ce n'est pas pour elle que je l'ai fait, rétorqua-t-elle enfin d'un ton dur. C'est pour vous. »

Surpris et décontenancé par ces propos, il s'efforça de masquer son sentiment de malaise. « Je vois. »

Evy semblait à présent consternée, presque horrifiée par son propre aveu.

« Evy, fit-il avec douceur, quelle qu'en soit la raison, c'est très gentil de ta part. J'espère, ajouta-t-il gauchement, qu'un de ces jours, vous serez réellement amies. »

Elle hocha la tête, apathique. « Je peux partir maintenant ?

— Mais oui, bien sûr. » Il la regarda se lever et sortir en silence. Se renversant sur son siège, il jeta un coup d'œil par la fenêtre. Le jour était tombé brusquement. L'après-midi s'était envolé sans qu'on s'en aperçoive, et la petite ville se retrouvait plongée dans l'obscurité, comme une plaine du Kansas à l'approche d'une tornade. Jess savait ce que ça signifiait. Quand le soir arrivait ainsi, sans crier gare, ça voulait dire que l'hiver n'était pas loin. Les sourcils froncés, il enfila le chandail accroché au dossier de son fauteuil. Il avait froid et il se sentait démuni.

11

En l'honneur de la fête des Moissons, la façade en brique rouge de l'école primaire de Heron's Neck s'était momentanément départie de sa sobriété toute pédagogique. Une banderole annonçant la kermesse avait été tendue entre deux fenêtres d'une salle de classe. À un bout de la pelouse plantée d'arbres, un chapiteau rayé vert et blanc frémissait sous la brise d'automne. Sous le dôme de toile s'alignaient les tables de la cantine scolaire enguirlandées de papier crépon. Elles croulaient sous un bric-à-brac de porcelaine ébréchée, de plantes en pot, de livres et de vêtements usagés. Plusieurs femmes s'affairaient autour de chaque étal : elles triaient et rangeaient, se concertant sur la meilleure façon de présenter la marchandise.

Sur le parking bondé à côté de l'école, des enfants à bicyclette se faufilaient entre les voitures, tandis qu'un groupe d'hommes âgés, en veste de bûcheron à carreaux, surveillaient la scène de leurs sièges pliants sur le bord de la pelouse. Le beau temps était le sujet le plus fréquemment abordé dans les conversations. Les ménagères supervisaient leurs époux en tablier, occupés à préparer des moules à la vapeur et des marmites de homards, pendant qu'elles effeuillaient les derniers épis de maïs de la saison avant de les plonger dans l'eau bouillante.

Une grande roue et plusieurs stands de loterie se dressaient à part sur une pelouse vaste comme un pré, tenus par une poignée d'étrangers basanés, arrivés comme tous les ans par le ferry du matin. Les adolescentes qui traînaient dans les parages gloussaient et minaudaient, mais les hommes, polis et souriants, gardaient leurs distances. À la tombée du jour, ils démonteraient tout et repartiraient, au grand dam des enfants… ces mêmes enfants qui hurlaient de terreur en s'élevant dans les airs.

Tenant son moule à tarte à bout de bras, Maggie se fraya un passage dans la cohue. Des gamins peinturlurés comme des diablotins se poursuivaient en criant autour d'elle. Elle entrevit quelques visages familiers, mais personne ne la salua.

L'animation de la fête accentuait son sentiment de solitude. Jess était parti de bonne heure pour aider à installer le poste de secours pendant qu'elle s'attelait à la confection de sa tarte. Celle-ci avait mis plus de temps à dorer que ne l'indiquait le livre de recettes, et Maggie n'était pas du tout sûre du résultat. Guettant désespérément un regard amical, elle cherchait des yeux Jess, ou ne serait-ce qu'Evy. Des vases en verre et de la vaisselle en porcelaine attirèrent son attention tandis qu'elle passait devant le chapiteau. Elle enjamba la corde qui le maintenait en place et se mit à fouiller parmi le bric-à-brac. Elle allait poser sa tarte sur un coin de la table quand elle se sentit épiée. Levant les yeux, elle vit Tom

Croddick qui l'observait d'un air soupçonneux. Aussitôt, il lui tourna le dos. Maggie reposa la tasse qu'elle tenait à la main et battit précipitamment en retraite.

Elle se dirigea au hasard vers le parking et, très vite, aperçut l'enseigne du stand de pâtisserie. En approchant, elle vit une table recouverte d'une nappe bleue délavée. Les plateaux et boîtes de gâteaux, cookies et petits pains étaient enveloppés de plastique ou de papier d'aluminium. L'enseigne flottait au-dessus de l'éventaire, fixée par deux baguettes clouées au plateau de la table. Evy disposait la marchandise de la même façon qu'elle rangeait les objets sur son bureau. Étrangement, sa vue rassura Maggie. Elle sourit, soulagée, et vint vers elle.

« Salut ! »

Evy tressaillit légèrement, mais l'accueillit avec un large sourire. « Salut. » Elle n'était pas seule à tenir le stand. Derrière elle, une femme courbée en deux était en train d'écrire sur un carnet.

« J'ai fait une tarte. » Maggie présenta à Evy le fruit de sa matinée aux fourneaux.

« Parfait. Vous n'avez qu'à la poser sur la table. Là où vous trouverez de la place. »

Maggie toussota, mal à l'aise, et regarda Evy arranger les pâtisseries avec un soin méticuleux. « Ça marche ? demanda-t-elle.

— Plutôt bien, répondit la jeune fille, désignant une caisse métallique remplie de pièces de monnaie.

— En fait, je suis venue parce que vous m'aviez dit que vous auriez peut-être besoin d'aide.

— Ah, fit Evy.

— C'est toujours le cas? demanda Maggie, craignant un refus.

— Oui, bien sûr. » Evy lui fit signe de la rejoindre derrière le stand. Soulagée, Maggie s'exécuta avec empressement. « Alice, dit Evy à la femme qui empilait à présent des cookies dans une assiette, pourquoi ne pas vous accorder une pause? J'ai quelqu'un pour m'aider maintenant. »

La femme se redressa et se frotta le dos avec une grimace. « Ce ne sera pas de refus. Merci. » Son sourire s'adressait à Maggie, qui le lui rendit.

« Je vous en prie.

— C'est Maggie Fraser, déclara Evy. Elle travaille au journal.

— Enchantée. » La femme replète dénoua son tablier et le tendit à Maggie. « Moi, je suis Alice Murphy. Tenez, mettez ça. »

Maggie revêtit le tablier, et Alice quitta son poste pour profiter des festivités. Maggie parcourut du regard les piles de pâtisseries. « Que dois-je faire?

— Finissez de déballer les cookies, et ensuite, vous pourrez vous charger des étiquettes. Les prix sont marqués sur le carnet d'Alice. » Elle se mit docilement au travail pendant qu'Evy servait les gens qui s'approchaient du stand. Maggie se concentrait sur sa tâche; Evy échangeait avec les clients des propos affables qui passaient au-dessus de la tête de la jeune femme accroupie. Elle y prêtait à peine attention jusqu'au moment où elle reconnut une voix familière. Levant les yeux, elle aperçut Jess qui causait amicalement avec Evy.

« Lesquels sont les tiens ? » lui demanda-t-il en examinant son étal.

Evy hésita, puis désigna une montagne de gâteaux longs, d'aspect moelleux, sur une assiette. « J'ai fait des fondants à l'abricot.

— Je vais en goûter un. » Jess posa une pièce de vingt-cinq cents à côté de l'assiette. Evy lui remit un fondant enveloppé dans une serviette.

« Mmmm… délicieux. Les abricots, c'est ce que je préfère. »

Le sourire timide d'Evy, la gaucherie de son attitude trahirent sa joie. « Vous aimez vraiment ?

— J'adore. »

Maggie émergea de sous la table et lui sourit. « Bonjour !

— Tiens, je ne t'avais même pas vue. Ça va ? »

Le visage d'Evy se crispa tandis que Maggie hochait la tête en souriant.

« Dis donc, tu devrais goûter à l'un de ceux-là. C'est un délice, fit-il en montrant les fondants à l'abricot.

— Je ne pouvais pas, gémit-elle. J'étais en train de ranger les cookies. Ils ont l'air exquis », dit-elle à Evy.

Cette dernière balaya le compliment d'un haussement d'épaules et détourna les yeux.

« Je vais en prendre pour ce soir, déclara Jess, posant un dollar sur la table. Nous les mangerons au dessert. Puis, sans réfléchir : « Ou bien au petit-déjeuner. »

En entendant ces mots, Evy se raidit comme si elle venait de recevoir une gifle. Maggie sentit son visage s'enflammer. La fragile entente qui s'ébauchait entre Evy et elle était brisée.

« Il faut que je retourne au poste de secours, annonça Jess. À plus tard, les filles.

— J'ai fini les étiquettes, dit Maggie. Que dois-je faire maintenant ?

— Je n'en sais rien », rétorqua Evy sèchement.

Juste à ce moment-là, Grace s'approcha d'une démarche chaloupée et les salua, rompant le silence entre elles. « Comment vont les affaires ? demanda-t-elle à Evy.

— Pas trop mal.

— Bobbie a encore préparé sa soupe au citron de l'an dernier ? »

Evy ricana sans conviction. Et Grace se lança dans l'histoire d'une tarte au citron meringuée qui avait mal tourné et dont la garniture débordait du plat chaque fois qu'on en coupait un morceau. « Ça va la poursuivre toute sa vie », conclut-elle, parlant de l'infortunée cuisinière.

Consciente qu'Evy l'ignorait, Maggie esquissa un sourire contraint et se dandina d'un pied sur l'autre. Elle se sentait exclue de la conversation.

« Tiens, regardez qui est là », s'écria Grace.

Maggie suivit du regard son doigt pointé et vit arriver Sadie Wilson avec deux petits garçons, un blond et un brun, qu'elle tenait par la main.

« Ils sont à vous, ces deux-là ? » plaisanta Sadie en s'arrêtant devant Grace.

D'un geste protecteur, Grace les prit tous les deux par les épaules. « Qu'est-ce qu'ils faisaient ?

— Des bêtises. » Sadie rit et tourna les talons. « Ils te cherchaient.

— Ne te sauve pas, l'interpella Grace. Tu ne veux pas un gâteau?

— Ned vend de l'orangeade dans son camion. Il faut que je l'aide. » Sadie se fondit dans la foule.

« B'jour, maman, dit l'aîné des garçons, le blond.

— B'jour, fit le petit en écho.

— Mes deux grands fils, annonça fièrement Grace à l'adresse de Maggie. Voici Raymond, ajouta-t-elle en désignant l'aîné. Et lui, c'est Martin. »

Maggie les dévisagea, plissant les yeux pour essayer de les situer. Soudain, elle se souvint. Les enfants sur la jetée. Les deux garçons qui torturaient la tortue. Elle scruta, stupéfaite, leurs visages angéliques.

« C'est Miss Fraser, les informa Grace. Dites bonjour. »

Maggie se força à sourire. « Vous avez faim, les enfants? Vous voulez quelque chose?

— Ce n'est pas la peine, s'interposa Grace vivement, espérant en vain couper court à la convoitise qui brillait dans leurs yeux.

— Désolée, dit Maggie. Je croyais…

— Maggie a fait une tarte, expliqua Evy.

— On veut de la tarte, se mit à geindre Martin, le cadet.

— Une tarte à quoi? s'enquit Grace avec curiosité.

— Aux pommes, répondit Maggie.

— Je veux de la tarte aux pommes », cria le petit garçon, tirant sa mère par la manche.

Grace soupira en roulant des yeux résignés. « Vous n'allez plus rien manger au dîner. »

Maggie s'essuya fébrilement les mains sur le tablier

et s'empara de la pelle pour couper sa tarte. Se rappelant la « soupe au citron », elle pria avec ferveur pour que sa garniture ne déborde pas. Avec soin, elle déposa les deux parts sur des assiettes en carton.

« Il leur faut des fourchettes. » Evy prit les assiettes et indiqua du menton une caisse avec des couverts en plastique sous la table contiguë.

Grace et ses fils contournèrent le stand et se plantèrent devant Maggie qui s'accroupit pour fouiller dans le carton à la recherche de fourchettes. « Ces gosses n'ont jamais faim le soir après la kermesse », soupira Grace. Elle sortit deux pièces de vingt-cinq cents de son porte-monnaie. « Évidemment, ils passent leur temps à se bourrer de cochonneries. »

Merci, pensa Maggie, désabusée, tout en inspectant le contenu du carton sous la table. Elle finit par repérer les fourchettes sous une pile de sacs en papier.

« Ça y est, elle les a trouvées, s'exclama Raymond.

— Tiens, Evy. » Grace fit le tour de la table pour lui remettre la monnaie.

Evy, qui leur tournait le dos, pivota sur elle-même et retira les mains des poches de son tablier. Elle prit les pièces et les rangea dans le tiroir de la caisse.

Se redressant, Maggie tendit les fourchettes. Les garçons s'en saisirent et se mirent à enfourner d'énormes bouchées de tarte.

Grace examina les autres pâtisseries disposées sur l'éventaire. « J'adorerais goûter à ça, dit-elle à Evy, mais Charley prétend que je commence à ressembler à un Bibendum.

— Ce genre de biscuit ne fait pas grossir.

— Je n'en sais rien. Qui l'a fait ?

— Carla. »

Les pensées de Maggie se remirent à vagabonder. Son regard glissa sur les garçons qui mastiquaient bruyamment. Soudain, sous ses yeux, une curieuse inquiétude se peignit sur le visage de Martin. Hésitant, il porta la main à sa bouche. Au même moment, son frère eut un haut-le-corps et laissa échapper un son guttural.

« Que se passe-t-il ? » demanda Grace en se retournant.

Maggie regardait Martin. Son petit visage était pâle ; ses yeux immenses reflétaient la peur. Ses mâchoires remuaient automatiquement, comme une machine qu'il aurait été incapable d'arrêter. Sous le regard affolé de Maggie, un minuscule filet d'écume sanguinolente filtra sous sa lèvre supérieure. Tout à coup, une entaille parut s'ouvrir spontanément dans la tendre chair de sa lèvre inférieure, et un ruisseau de sang coula sur son menton luisant de beurre.

Grace poussa un cri et se précipita vers son fils. Maggie se tourna vers Raymond qui avait lâché son assiette ensanglantée et portait les mains à son visage. Entre ses lèvres entrouvertes, elle vit ses dents se teinter de rose. Lentement, le sang se mit à suinter aux coins de sa bouche.

« Martin ! hurlait Grace.

— Et Raymond aussi, s'écria Alice Murphy, surgissant parmi la foule qui commençait à se masser devant leur stand.

— Crache, s'époumonait Grace. N'avale pas ! » Elle desserra de force les mâchoires de l'enfant. L'amas gluant de pâte et de pommes était taché de sang. Avec les doigts, elle enleva ce qu'elle put de sa bouche. Le petit garçon aux cheveux bouclés fut pris de violentes nausées.

Un homme en chemise de flanelle renversa Raymond sur son genou et le tapa dans le dos. « Crache, ordonna-t-il. Peu importe ce que c'est, mon garçon, il faut t'en débarrasser. » Les yeux exorbités, le frère aîné recracha le morceau de tarte qu'il avait dans la bouche et se mit à vomir.

Pressant le front pâle, en sueur, de son cadet sur sa poitrine, Grace secoua la main pour faire tomber les pommes ensanglantées qui lui collaient aux doigts. Tandis qu'elle se frottait les doigts, un cri lui échappa. Elle regarda de plus près.

« Du verre », articula-t-elle. Elle leva lentement les yeux sur Maggie qui, pétrifiée, assistait à la scène de sa place derrière la table. « Il y a du verre dans cette tarte », marmonna-t-elle. Dans son regard, l'horreur le céda à une rage naissante.

L'homme en chemise de flanelle souleva Raymond de terre et apostropha sur un ton abrupt Grace et les spectateurs impuissants. « Il faut conduire ces garçons à l'hôpital. Quelqu'un peut-il aider Grace avec Martin ? »

Des mains empressées libérèrent l'enfant à demi évanoui de l'étreinte convulsive de sa mère et relevèrent cette dernière. « Venez, Grace », dit Evy qui s'était jointe au groupe autour d'elle.

Grace fixait Maggie avec une fureur aveugle, indicible. « Venez avec les garçons », insista Alice Murphy, apaisante.

Grace détacha son regard haineux de Maggie. « Martin ! s'exclama-t-elle plaintivement. Raymond ! »

Une marée humaine l'entraîna dans le sillage des hommes qui transportaient ses fils vers la camionnette la plus proche.

Pâle et crispée, Maggie observait le remue-ménage autour des enfants blessés. Elle se sentait étourdie. Peu à peu, elle s'aperçut que les rares personnes qui restaient s'étaient tournées vers elle d'un air menaçant.

« Quelle sorte de monstre faut-il être pour mettre du verre dans une tarte ? » s'écria une blonde frisée en la toisant.

Maggie pressa la main sur sa poitrine comme pour protéger son cœur de ces regards qui la transperçaient.

« Je ne sais pas », chuchota-t-elle.

La blonde frisée agita son doigt devant son visage. « C'est vous qui avez fait cette tarte. Je vous ai entendue le leur dire. »

Maggie secoua la tête en signe de protestation muette. De plus en plus de gens se retournaient pour la regarder.

« Ce n'est pas vous ? »

Pétrifiée, telle une statue dotée d'un cerveau, Maggie s'efforça de remuer les lèvres. Des gouttes de sueur perlèrent sur sa lèvre supérieure et à la racine de ses cheveux.

« Ce n'est pas vous ? » glapit la femme.

Soudain, dans la foule, Maggie repéra Evy, un peu à l'écart du groupe qui s'affairait autour des garçons. La jeune fille dut se sentir observée car elle leva la tête.

Elle soutint brièvement le regard de Maggie, puis lui tourna le dos. Dans ses yeux, Maggie avait surpris une lueur de mépris qui la galvanisa.

La main en avant telle une baïonnette, elle repoussa la femme rougeaude qui lui barrait le chemin. On voulut la retenir ; elle se dégagea. Les yeux étincelants, elle se rua vers les gens qui étaient en train d'installer les garçons sur la banquette arrière d'un véhicule bleu. Vaguement, elle vit quelqu'un hisser Grace en pleurs sur le siège avant. La portière claqua. Les yeux rivés sur Evy, Maggie marcha sur elle. Elle entendait des cris, mais le bourdonnement dans ses oreilles les rendait inintelligibles.

Une pluie de boue et de gravillons jaillit sous les roues de la voiture qui démarra en trombe, laissant les spectateurs désemparés sur place. Se retournant, Evy vit Maggie qui fonçait aveuglément sur elle et tenta de lui échapper.

Mais Maggie se mit à courir. Elle saisit Evy par son bras grêle, avec une force qui la cloua sur place.

« Lâchez-moi !

— C'est vous qui avez fait ça », s'écria Maggie d'une voix rauque, resserrant les doigts autour de son bras.

Les yeux d'Evy s'agrandirent. Sa peau blanche ressemblait à du papier de soie ; une veine bleue palpitait sur son front. Son regard exprimait une peur croissante. « Vous êtes folle. »

Maggie la secoua. L'empoignant par l'autre bras, elle rapprocha son visage furibond du sien. « Ne faites donc pas l'innocente. C'est vous qui m'avez dit d'apporter cette tarte. Puis vous avez mis quelque chose dedans.

Vous vouliez vous venger à cause de Jess. Parce que vous êtes jalouse. Reconnaissez-le. Je ne vous lâcherai pas tant que vous ne l'aurez pas reconnu. »

Evy se trémoussait pour se dégager, mais Maggie la secoua de plus belle. Autour d'elles, le silence stupéfait qui avait succédé aux accusations proférées par Maggie se transforma peu à peu en un brouhaha hostile. « Laissez-la tranquille », lui enjoignit un homme.

La tête d'Evy roulait d'avant en arrière. « Dites-leur. Dites-leur ce que vous avez fait. Je ne vous lâcherai pas tant que vous ne l'aurez pas dit. » La jeune fille s'affaissa soudain entre ses bras. Maggie administra à son corps inerte une dernière secousse et fixa, sans la relâcher, ses yeux pâles. Leurs regards se rencontrèrent un court instant celui, furieux, de Maggie, et celui, vague et hébété, d'Evy. Les prunelles bleues se révulsèrent; les paupières retombèrent. Une fine goutte incarnat perla dans la narine gauche d'Evy, et un filet de sang coula sur sa lèvre supérieure.

Maggie la lâcha aussitôt, comme si elle s'était brûlé les doigts, et la jeune fille chancela. Un autre ruisseau de sang, écarlate sur la peau blanche, jaillit de sa narine droite.

« Aidez-la ! Vite, quelqu'un. »

Elle s'écarta d'un bond tandis que deux hommes s'avançaient pour soutenir Evy sur le point de défaillir. Maggie tremblait de tous ses membres.

« Ce n'est rien. Un simple saignement de nez, dit l'un des deux hommes d'une voix familière. Ça va, Evy ? »

Maggie vit Jess enlacer la frêle jeune fille, la cajoler pour tenter d'obtenir d'elle une réaction. De toutes parts, elle sentait converger sur elle des regards chargés de colère.

« Je n'ai pas fait exprès, murmura-t-elle. J'ai juste…

— Pourquoi l'avez-vous malmenée ainsi ? lui reprocha la blonde frisée. Elle ne vous a rien fait.

— Ce n'est pas ma faute. Je ne voulais pas lui faire mal… » Sa voix fut étouffée par les larmes qu'elle tentait de contenir. Jess jeta un coup d'œil dans sa direction.

« Dis-leur que ce n'est pas moi, Jess », implora-t-elle.

La tristesse et le désarroi qu'il lut dans ses yeux l'anéantirent. Il secoua la tête d'un air accablé et reporta son attention sur Evy.

Pivotant sur ses talons, Maggie se fraya un passage à travers la foule. Certains tentèrent de la retenir, mais elle se dégagea et s'éloigna en titubant du cercle qui s'était formé autour d'Evy.

« Vous êtes malade ! » cria une femme tandis qu'elle trébuchait dans sa hâte de partir. Le son de sa voix parvint jusqu'à Maggie, mais, dans sa fuite éperdue, le sens de ses paroles ne l'atteignit pas.

12

Jess ouvrit la portière du passager et contempla d'un air inquiet la jeune fille affalée sur le siège, la tête renversée sur le dossier. « Nous sommes arrivés », fit-il à voix basse.

Les paupières bleuâtres, transparentes, d'Evy frémirent, et elle le regarda en silence.

« Tu crois que tu peux marcher ? »

Elle hocha la tête et bascula ses jambes sur le gravier. Jess lui offrit le bras. Elle fit quelques pas chancelants et, ensemble, ils se dirigèrent lentement vers la maison de sa grand-mère. Au bout de cinq mètres, les genoux d'Evy fléchirent, et elle s'effondra contre son compagnon.

« C'est bon », souffla-t-il. Glissant un bras sous ses genoux et un autre derrière son dos, il la souleva et l'emporta à travers l'herbe brune de la pelouse à l'abandon. Evy se cramponna à lui ; sa tête roula sur son épaule.

« Mais tu es drôlement légère », observa-t-il, passablement surpris. Il gravit les marches sans effort et poussa la porte du pied.

« Un sac d'os », répondit-elle tristement.

Jess lui sourit. « Tu es très bien ainsi. Où est mémé ?

— Dans sa chambre, sûrement. Au lit.

— Bon, alors on te couche d'abord, et j'irai lui parler ensuite.

— C'est en haut à gauche, dit Evy en désignant la porte de la cuisine. Je peux marcher, si vous voulez.

— Non. Je vais te porter. »

Il traversa le séjour sombre avec ses lourds meubles en acajou, son canapé et ses fauteuils au tissu défraîchi. Une odeur fétide de pourriture et de moisi régnait dans la maison, mais il se retint de grimacer, de peur que cette manifestation de dégoût ne blesse la jeune fille.

Evy sembla deviner ses pensées. « Je devrais aérer plus souvent, seulement mémé a tellement vite fait d'attraper froid !

— Ce n'est pas grave. » Jess s'engagea dans l'escalier en direction de sa chambre.

« C'est par là », indiqua-t-elle en haut des marches. Dans le couloir obscur, il aperçut une porte entrebâillée. La vue de la chambre lui causa une surprise qu'il s'efforça de masquer : c'était une chambre de petite fille, jusqu'à la poupée perchée sur un fauteuil juponné. Doucement, il déposa Evy sur le couvre-lit ouatiné et s'assit à son chevet. Il se sentait responsable d'elle, comme un parent qui aurait ramené chez lui un enfant malade. Il redressa l'oreiller sous sa tête et scruta son visage pâle.

« Comme une jeune mariée, dit Evy, songeuse. Qu'on porte par-dessus le seuil. »

Jess la regarda, déconcerté. « Tu as froid ? s'enquit-il brusquement. Tu veux une couverture ?

— Non, répondit-elle avec gravité. Ça va.

— Parfait, fit-il, bourru. Tu as entendu ce qu'a dit le docteur. Repos et tranquillité…

— Vous n'êtes encore jamais venu ici.

— Dans cette maison ? Bien sûr que si. Plusieurs fois.

— Dans ma chambre. » Evy baissa les yeux sur sa main qui reposait toujours sur l'avant-bras musclé de Jess.

Avec une feinte nonchalance, il croisa les bras et fit mine de se concentrer. La main d'Evy retomba sur le couvre-lit. « Tu as certainement raison. Je n'en ai pas souvenir.

— Est-ce ainsi que vous la voyiez ? »

Pris au dépourvu, il hésita avant de répondre. Il allait confesser qu'il n'y avait jamais pensé, mais son regard chargé d'espoir lui fit changer d'avis. « C'est très joli, répliqua-t-il avec douceur. Elle te ressemble beaucoup.

— Je vous ai déjà imaginé ici, avoua-t-elle, se soulevant sur un coude. Assis à côté de moi, exactement comme en ce moment.

— Eh bien, il aurait fallu m'inviter ! » Il regretta instantanément sa remarque, mais, plongée dans ses pensées, Evy semblait ne pas l'avoir entendue.

« Et tout à coup, vous voilà. »

L'expression sérieuse, intense, de son visage pointu émut Jess. La solitude paraissait sourdre des murs mêmes de cette chambre miteuse. Une chambre qui conservait les reliques d'une enfance dont Evy n'avait jamais vraiment profité. « Tu as beaucoup trinqué », murmura-t-il. Impulsivement, il repoussa en arrière les cheveux emmêlés de la jeune fille. « Il faut te reposer maintenant. »

Mais, au lieu de s'allonger, elle se dressa soudain et noua les bras autour de son cou. Pressant sa joue humide contre celle, rugueuse, de Jess, elle l'étreignit maladroitement. « Ne partez pas, s'il vous plaît, chuchota-t-elle. Restez avec moi. »

Le cœur lourd, il réprima l'envie de se dégager et lui caressa le dos d'un mouvement circulaire, comme on caresse un enfant.

« Tout va bien. » Elle resserra son étreinte, l'empêchant de parler. « Couche-toi. Tu as besoin de te détendre. Rappelle-toi ce qu'a dit le docteur. » Il lui frotta les avant-bras avant de les dénouer doucement. « Il faut que tu te reposes. Tu te sentiras beaucoup mieux après.

— Non, protesta-t-elle d'une voix enrouée, se raccrochant à lui. Je vous aime, Jess. Faites de moi ce que vous voudrez, ça ne me dérange pas. Seulement, je vous en prie, restez.

— Ça suffit maintenant. C'est sans doute le contrecoup. Tu dois te reposer.

— Non, cria-t-elle. Je suis sérieuse. J'ai besoin de vous.

— Écoute, commença-t-il, cherchant désespérément une réponse susceptible de l'apaiser. Nous sommes amis, d'accord? De très bons amis. Tu es fatiguée et bouleversée par tout ce qui s'est passé. Tu parles peut-être sérieusement, mais tu n'es pas dans ton état normal... » Il hésita.

Lentement, Evy desserra son étreinte et retomba sur l'oreiller. Le visage blanc et figé, elle ne regardait pas Jess. Le silence envahit la chambre.

« Ça va?

— Oui, répondit-elle en fixant le mur.

— Veux-tu que j'aille te chercher quelque chose?

— Non. Rien.

— Bien. » Il eut un soupir involontaire et s'empressa de le dissimuler en toussant. « Je vais passer à l'hôpital pour prendre des nouvelles des garçons. »

Evy ne réagit pas.

« Je suis sûr qu'ils voudront savoir comment tu vas. Puis-je leur dire que tu as récupéré?

— Je m'en fiche.

— Evy, déclara-t-il avec sincérité en prenant sa main frêle et inerte. Tu as eu une journée très éprouvante. Demain, tout sera rentré dans l'ordre. Et nous en reparlerons, si tu le désires. À mon avis, ce serait une bonne idée... »

Il l'observait, mais son expression demeurait impénétrable. Il hésita brièvement avant de continuer. « À propos de l'incident à la kermesse... Ça a été très pénible, je sais, mais je te connais également. Tu te rends bien compte que Maggie ne voulait pas te faire de mal. Je ne doute pas un instant que tu seras capable d'oublier et de pardonner... »

Evy le regarda fixement; son visage était un masque glacial. « Vous avez l'intention de retourner chez elle? Après tout ce qui s'est passé? »

Fronçant les sourcils, il contempla leurs doigts entrelacés. Evy retira vivement sa main. « Je suis fatiguée. » Et elle roula sur le côté, lui tournant le dos.

Avec un nouveau soupir qu'il ne chercha même pas à déguiser, il lui pressa l'épaule et se leva. Elle ne bougea pas.

Il referma la porte de la chambre et descendit. Écœuré par l'atmosphère nauséabonde de la maison, il explora le rez-de-chaussée à la recherche de la chambre de la grand-mère. Il trouva la vieille femme dans son lit, emmitouflée dans les couvertures et les draps froissés. Les stores étaient baissés, et la pièce avait sa propre odeur, rance, désagréable. Une lampe de chevet luisait faiblement à côté du lit. Jess s'approcha et se pencha sur elle.

« Harriet », appela-t-il doucement.

Les yeux fragiles de la vieille femme se posèrent sur lui. Elle ouvrit la bouche avec un immense effort et essaya vainement de parler.

« Harriet, je viens juste de ramener Evy. Elle est couchée là-haut. Il y a eu un petit incident à la kermesse ; elle a saigné du nez, mais ça va mieux maintenant. Le docteur Sorensen l'a examinée… » Il s'exprimait lentement, d'une voix forte, afin qu'elle puisse saisir le sens de ses paroles. « Il dit qu'il n'y a pas de problème. Il faut simplement qu'elle se repose. »

La vieille femme le fixait d'un air suppliant. Ses lèvres sèches, craquelées, remuaient de manière spasmodique. Il vit qu'elle tentait de soulever le bras pour l'empoigner par la chemise. « Tout va bien, répéta-t-il en tapotant la main parcheminée. Je vous assure.

D'ailleurs, elle ne tardera pas à descendre pour s'occuper de vous. Puis-je vous apporter quelque chose en attendant ? Du thé ? »

Sourde à ses propos rassurants, l'infirme continuait à l'implorer du regard en silence. Ses doigts grattaient, impuissants, les couvertures.

« Qu'y a-t-il ? demanda Jess, rempli de pitié. J'aurais tant aimé vous aider. Mais votre petite-fille est sans doute la seule à pouvoir vous comprendre vraiment. »

Se redressant, il lui serra brièvement la main.

« Ne vous inquiétez pas, ajouta-t-il en se dirigeant vers la porte. Evy s'en remettra. Croyez-moi. » Au moment de sortir, il se retourna pour la saluer. Elle fit une dernière tentative désespérée pour le rappeler, mais il était déjà parti.

La vieille femme gisait, épuisée par l'effort qu'elle venait de fournir pour essayer de parler. Semblable à celle d'un oiseau, sa poitrine se soulevait péniblement parmi les draps en désordre. Elle entendit la porte de derrière, puis un bruit de moteur tandis que la voiture de Jess quittait l'allée.

Pendant un moment, tout redevint silencieux dans la maison. La vieille femme leva les yeux au plafond ; juste au-dessus reposait sa petite-fille. Inutiles, ses muscles s'étaient relâchés. Elle referma les paupières en signe de capitulation. Pour ne plus penser à tout ce qu'elle savait.

L'écho de ses propres pas résonnait aux oreilles de Jess tandis qu'il longeait d'une démarche énergique le couloir feutré de l'hôpital. Il s'était d'abord arrêté aux urgences, mais l'interne de garde l'avait envoyé au premier étage du nouveau bâtiment, petit mais fonctionnel, qui faisait la fierté de Heron's Neck. Les chambres vert pomme défilaient devant lui et il entrevoyait brièvement les malades, vulnérables dans leur veste de pyjama, massés devant les postes de télévision comme des pionniers devant un feu de camp, pour conjurer les fantômes de la nuit.

Au détour du couloir, Jess tomba sur la salle d'attente. Il jeta un coup d'œil à l'intérieur et vit Grace assise sur un canapé bas, son sac à main sur le bras. À côté d'elle, Charley Cullum triturait distraitement sa casquette en sifflotant un air indéfinissable.

« Grace », dit Jess. Charley se leva et lui tendit la main. Jess la serra et se tourna vers Grace qui lui offrit sa joue maculée de larmes. « Comment vont les gosses ?

— Pas trop mal, répondit Charley d'un ton bourru.

— Ils les gardent pour la nuit. Les infirmières sont en train de les préparer, déclara sa femme, l'air tragique.

— En observation seulement, rectifia Charley d'autorité. Juste pour s'assurer qu'ils n'ont pas avalé d'éclats de verre.

— Ont-ils passé une radio ? »

Charley acquiesça d'un signe de la tête. « Tout a l'air normal. Il n'y a pas eu vraiment de dégâts.

— Pas de dégâts ! » suffoqua Grace. Et elle se remit à pleurer.

« Arrête, Grace », l'implora son mari. Il regarda Jess. « Elle est comme ça, expliqua-t-il, désemparé, depuis qu'elle a appris qu'ils n'avaient rien. »

Tirant un mouchoir de son sac à main, Grace se moucha bruyamment et se leva. « Ça va mieux, Charley », annonça-t-elle d'une voix lugubre.

Il l'enlaça et lui tapota l'épaule pour la calmer. « Comment va Evy? s'enquit Grace en s'adressant à Jess. J'ai entendu dire qu'elle a dégusté, elle aussi.

— Elle a saigné du nez. Mais tout va bien maintenant. Je l'ai ramenée chez elle. Elle se repose.

— Quelle journée ! » fit Charley en secouant la tête.

Grace considéra Jess d'un œil torve. « Et nous savons tous pourquoi », ajouta-t-elle éloquemment.

Il détourna les yeux.

« Cette femme a mis du verre dans la tarte qu'elle a servie aux enfants.

— Voyons, Grace !

— Comment ça, « voyons, Grace » ? s'écria-t-elle. Vous le savez très bien.

— Quelle que soit la façon dont ça s'est passé, je suis sûr que c'est un accident », répondit-il calmement.

Les yeux de Grace s'embuèrent à nouveau. « Vous continuez à la défendre? Après ce qui est arrivé à mes fils?

— Grace, rétorqua-t-il, je n'ai pas envie de polémiquer avec vous. Je suis simplement venu prendre des nouvelles des garçons. »

Elle renifla et se tamponna les paupières. « Je suppose que vous n'y êtes pour rien. Désolée, Jess. Mais vous devez comprendre que cette femme n'est pas nette. Tout va de travers depuis qu'elle est là. C'était peut-être un accident, lâcha-t-elle avec mépris, mais il y a eu autre chose. Je n'aime pas ça, Jess. Plus vite vous vous en rendrez compte, et mieux ça vaudra.

— Grace… » Jess fit une pause. « Écoutez, j'espère que les garçons seront rétablis demain. Ne venez pas, si vous ne vous en sentez pas le courage.

— Je serai là, répondit-elle, stoïque.

— Parfait. Reposez-vous, tous les deux. Ne passez pas votre nuit ici.

— Promis. » Charley resserra son bras autour des épaules de Grace. « Merci d'être venu, Jess. »

Jess hocha la tête et sortit. Une fois dans le couloir, il se retourna et les vit tous les deux sur le canapé. Charley tenait la main de sa femme. Apparemment, Grace s'était remise à pleurer.

Bien que le soir fût déjà tombé, la maison des Thornhill était plongée dans le noir. Alentour, on entendait seulement le bruissement de l'herbe sèche et des feuilles mortes balayées par le vent. Jess gravit les marches en courant et frappa à la porte.

« Maggie ? » Pas de réponse. Il frappa à nouveau, toujours sans résultat. Il essaya la poignée, et la porte s'ouvrit. Il se risqua à l'intérieur. « Maggie ? C'est moi. »

Un piaulement attira son attention. Il scruta l'obscurité : les yeux craintifs de Willy brillaient à l'entrée de la cuisine. « Salut, Willy. » Jess se baissa et prit le chiot dans ses bras.

« Où est Maggie ? chuchota-t-il dans son oreille soyeuse.

— Par ici. »

Surpris par cette voix dans le noir, Jess sursauta. Plissant les yeux, il finit par distinguer sa silhouette dans l'un des fauteuils du séjour.

« Tu m'as fait peur.

— Désolée.

— Ça ne te dérange pas si j'allume ?

— Si tu veux. »

Jess alla ensuite s'asseoir sur le bord du canapé et posa Willy à ses pieds. Puis il leva les yeux sur Maggie.

Figée, elle s'agrippait aux bras du fauteuil. Son visage était dénué de couleur ; ses joues pâles portaient des traces de mascara. Son air malheureux lui fendit le cœur, mais il ne fit aucun geste vers elle.

« Comment ça va ?

— Bien.

— Parfait. » Il caressa distraitement Willy blotti contre lui.

« Où étais-tu ? » demanda-t-elle. La question avait failli lui rester en travers de la gorge.

« J'ai raccompagné Evy chez elle, après quoi j'ai fait un saut à l'hôpital. Tout va bien. »

Maggie le dévisagea intensément jusqu'à ce que leurs regards se rencontrent. Il lui adressa un coup d'œil bref et triste, avant de baisser les yeux.

Le silence dura plusieurs minutes. « Je ne sais pas quoi faire, dit-elle enfin.

— À quel sujet ? »

Exaspérée par cette dérobade, elle le fusilla du regard, puis reprit de la même voix blanche : « Tout le monde pense que c'est moi la coupable. Que j'ai mis du verre dans la tarte avant de la servir aux gamins. Comme si j'étais une espèce de monstre.

— Ne te laisse pas emporter, Maggie.

— Tu sais très bien que c'est vrai.

— Je ne sais rien du tout. Ton imagination est en train de te jouer des tours.

— Absolument pas. » Elle bondit du fauteuil avec une soudaineté qui le prit au dépourvu. « Pourquoi me mens-tu ? Tu sais parfaitement que j'ai raison. » Ses yeux lançaient des éclairs.

« Arrête, fit-il avec lassitude. Calme-toi, je t'en prie. On peut en parler tranquillement.

— Non, je ne me calmerai pas. » Elle se mit à arpenter la pièce. « Ne me traite pas comme une enfant. Je ne l'ai pas imaginé. C'est la réalité. J'ai peur de me montrer. Je ne sais pas quoi faire.

— S'il te plaît, Maggie. L'hystérie ne résout rien. »

Elle pivota sur elle-même et le fixa, les larmes aux yeux. « Oh, pardon !

— L'ironie non plus, ajouta-t-il avec un soupir.

— Où est la solution, alors ? » Sa voix tremblait de fureur. « Dis-le-moi.

— Je vais te dire où elle n'est pas, riposta-t-il avec humeur. Ce n'était pas une solution de t'en prendre à Evy et de rejeter la responsabilité de cette histoire sordide sur elle… elle qui avait simplement eu la gentillesse de t'inviter à la fête. »

Maggie ne le quittait pas des yeux. « Ah, je comprends. D'après toi, Evy n'a rien à voir là-dedans.

— En effet, répondit-il avec fermeté en soutenant son regard.

— Comment est-ce arrivé, alors ?

— Aucune idée, reconnut-il. C'était sûrement un accident. Quelque chose dans le moule à tarte, je ne sais pas, moi.

— Il n'y avait rien dans le moule à tarte. Ni dans aucun des ingrédients. En rentrant ici, j'ai mis la cuisine sens dessus dessous. Je te dis qu'il n'y avait rien.

— Tu n'as pas dû faire attention.

— J'ai fait attention, cria-t-elle. Ce n'était pas un accident. Quelqu'un a mis du verre dans la tarte.

— Arrête, Maggie. » Il secoua la tête.

« Je suis sérieuse, Jess. Quelqu'un a fait ça. Et si tu es tellement sûr que ce n'est pas Evy, j'aimerais savoir qui c'est, bon sang ! »

L'espace d'un instant, Jess enfouit son visage dans ses mains. Puis il releva la tête. « Je ne sais pas, répliqua-t-il doucement. Mais peut-être que tu peux me le dire, toi. »

Ces paroles la clouèrent au sol. Elle regarda le visage de son amant, et une terrible vérité se fit jour dans son esprit.

« Tu penses donc que c'est moi », murmura-t-elle d'une voix à peine audible.

Il secoua la tête en soupirant.

« Tu le penses ? répéta-t-elle, angoissée.

— Pas du tout. Simplement, je suis fatigué, je n'ai pas les idées claires et je crois que nous devrions parler d'autre chose.

— Tu me juges capable de faire ça ? Mais pourquoi l'aurais-je fait ?

— Maggie, fit-il gravement, lui prenant les mains.

Cesse de ruminer, s'il te plaît. Je te l'ai déjà dit. À mon avis, il s'agit d'un accident.

— Oh, mon Dieu », gémit-elle.

Il se leva et voulut la prendre dans ses bras, mais elle se dégagea.

« Maggie, implora-t-il, n'en parlons plus, veux-tu? Allons nous coucher; après une nuit de repos, nous étudierons la situation ensemble. Elle n'est pas aussi catastrophique que tu l'imagines. Je te le promets. »

Elle le regarda sans comprendre. « Nous coucher?

— Je suis épuisé. Toi aussi. Quoi qu'il arrive, nous serons mieux à même d'y faire face demain matin. »

Maggie alla ouvrir la porte d'entrée. « J'aimerais que tu rentres chez toi.

— Non, protesta-t-il. Il faut qu'on reste ensemble. Ne me chasse pas. Nous devons faire front tous les deux.

— Tu ne me crois pas.

— Je t'ai déjà expliqué mon point de vue, déclara-t-il, agacé.

— Effectivement. Maintenant, laisse-moi tranquille. » Et elle lui montra la porte.

Il ouvrit la bouche pour répondre, puis se ravisa. « À demain, lança-t-il en sortant. Je t'aime. »

Il disparut dans la nuit, et elle referma derrière lui.

13

Dans cinq minutes, se dit Maggie, je vais me lever, aller dans la cuisine et manger un morceau. Puis je prendrai un bain chaud et un doigt de whisky, et j'irai me coucher.

Pour la centième fois de la soirée, elle regarda la pendule. Minuit moins dix. *C'est trop tard*, se dit-elle. Aussitôt, elle se reprit. Non, il n'était pas trop tard. Si elle ne mangeait pas, ne se déshabillait pas, ne buvait pas une gorgée de whisky, elle passerait la nuit à grelotter entre la couette et le couvre-lit. Et la migraine qui la torturait déjà ne ferait qu'empirer. Elle pensa à tout cela, mais ne bougea pas.

Après le départ de Jess, elle était allée dans sa chambre et s'était pelotonnée sur le lit comme un animal blessé. Couchée depuis des heures, elle revivait, tremblante, les événements de la journée. Plus elle les ressassait, plus la situation lui semblait inextricable. Si ce n'était pas Evy, avait demandé Jess, qui était-ce alors? Elle frémit à l'idée de ne pouvoir l'accuser avec certitude. La culpabilité d'Evy était sa bouée de sauvetage. Elle s'y était raccrochée pour ne pas se laisser emporter par le flot mouvant d'interrogations, par les ténèbres qui béaient autour d'elle. Ce sentiment-là avait un odieux relent de déjà-vu. Pas moi, avait-elle crié. Des yeux froids, implacables, la fixaient. Des yeux comme des miroirs qui rejetaient tout simplement son désarroi, ses pitoyables protestations d'innocence qui ne tenaient pas face à la logique.

Un couinement soudain attira son attention. Willy entra dans la chambre, tituba jusqu'au lit et se mit à gratter le couvre-lit pour essayer de grimper à côté de Maggie. Elle se pencha et, tendrement, ramassa le chiot d'une main. L'installant sur sa poitrine, elle se mit à le caresser. La chaleur du petit animal l'apaisait. Elle le serra contre elle.

« Tu as faim, hein, Willy? Je devrais te nourrir. » Mais elle ne bougeait toujours pas. Elle posa le chien à côté d'elle. Il chancela jusqu'à l'oreiller et se laissa tomber dessus. Jess aurait éclaté de rire, pensa-t-elle, en voyant Willy sur son oreiller. Jess. Ses pensées se remirent à tourbillonner. Il voulait la croire. Mais il n'y arrivait pas. Elle était à nouveau seule. Accusée, sans personne pour la défendre.

La dernière fois aussi elle s'était retrouvée complètement seule. Nous manquons d'arguments, lui avait dit l'avocat. Si nous plaidons coupable avec circonstances atténuantes, au moins vous éviterez la peine de mort. Sa mère refusait de la voir, mais la sœur était venue en prison pour la convaincre d'avouer. En fermant les yeux, elle revoyait leurs visages figés, sévères. Dites la vérité, répétaient-ils. Dieu connaît tous vos péchés. Il voit clair dans vos mensonges. Comme tout le monde, du reste. Avouez.

Mais elle *avait* dit la vérité.

Encore maintenant, elle revoyait cette nuit-là dans les moindres détails. Il neigeait déjà lorsqu'ils avaient quitté le bureau. Et, quand ils avaient fini de faire l'amour au motel, la neige s'était accumulée en couche épaisse. Il devait rentrer, lui dit-il, avant que ça ne s'aggrave. Il serait toujours obligé de rentrer chez lui. Tel était le véritable sens de ses paroles.

Elle s'était rhabillée en silence ; chaque vêtement qu'elle enfilait la séparait un peu plus de lui.

« Tu es prête, Maggie ? » demanda-t-il avec douceur. Une fois qu'il eut démarré la voiture et reculé pour sortir des congères, il parut se détendre. Se penchant par-dessus le siège, il l'attira contre lui. « Ne sois pas si triste. Nous trouverons toujours le moyen d'être ensemble. »

Elle avait mal et elle était en colère. Elle avait envie de se dégager, de l'insulter et de sauter en marche. Mais en même temps, elle brûlait de se blottir contre lui. La chaleur de son corps semblait être la seule à réchauffer sa vie glacée. Elle avait besoin de lui, et elle devait le quitter.

Sur l'autoroute, Roger se crispa à nouveau. La neige tourbillonnait autour de la voiture, et le verglas rendait la chaussée glissante. Il libéra son bras et agrippa le volant avec les deux mains. Maggie l'observa tandis qu'il se concentrait sur sa conduite. L'éclairage du tableau de bord sur fond de ciel gris lui donnait une mine de déterré, un air vieux et usé. Elle baissa le regard sur ses propres mains lisses, étroitement serrées sur ses genoux. *Si seulement je pouvais cesser de l'aimer !*

« Quelle tempête épouvantable… », marmonna-t-il. Il

tendit le cou pour voir s'il y avait d'autres voitures devant. Mais l'autoroute était pratiquement déserte : alertés par les prévisions météorologiques, les automobilistes étaient restés chez eux.

Il se concentrait sur la conduite, et elle se concentrait sur lui. Son cœur était écartelé entre sa passion pour lui et l'angoisse de le perdre. Sans parler de son sentiment de culpabilité. Elle savait qu'ils étaient en tort. Qu'ils feraient mieux de rompre. Elle le scruta intensément, se demandant comment elle pourrait supporter de le voir jour après jour sans faire l'amour avec lui. Finalement, elle hasarda d'une petite voix : « Crois-tu que je devrais partir, Roger? Trouver un autre travail? »

Roger continuait à fixer la chaussée à travers le pare-brise. « Je ne sais pas.

— Tant que nous nous verrons tous les jours, je ne pense pas pouvoir arrêter...

— On peut toujours essayer, répliqua-t-il sans la regarder. Si c'est ce que tu veux. Je n'ai pas envie que tu partes.

— Je ne peux pas. Je n'en ai pas la force.

— De quoi? De rester ou de partir?

— Ni l'un ni l'autre, fit-elle, accablée.

— Ça suffit pour aujourd'hui. S'il te plaît. Nous avons tous les deux besoin de temps pour réfléchir. »

Maggie ne répondit pas. Elle fixait le pare-brise givré. La décision lui appartenait. Elle en était consciente. Mais elle était incapable de la prendre. Elle imaginait trop le vide de son existence sans lui.

« Oh, mon Dieu! » Roger écrasa les freins si

brutalement que la voiture fit une embardée avant de s'immobiliser sur le bas-côté.

« Qu'y a-t-il ?

— Il y a quelqu'un sur la route, là-bas devant. »

Maggie plissa les yeux. Elle vit une lumière qui oscillait de bas en haut, et une silhouette massive leur faisant signe de s'arrêter.

« Oh, non », dit Roger.

Elle lui jeta un regard interrogateur.

« Je vais voir ce qui se passe. » Il secoua la tête. « Toi, tu restes ici. »

Et, sans lui laisser le temps de réagir ; il sortit de la voiture, claqua la portière et, pataugeant dans la neige, se dirigea vers la silhouette. Pendant quelques instants, elle put le suivre des yeux : il avançait, tête baissée, dans la bourrasque. Puis la neige recouvrit le pare-brise d'une épaisse couche blanche. Grelottante, Maggie demeura assise sur le siège du passager.

Une fois le moteur coupé, la température à l'intérieur de l'habitacle chuta. Maggie envisagea de le rallumer ; puis décida de patienter. Roger n'allait pas tarder à revenir.

L'attente lui parut interminable. Elle regrettait de ne pas avoir de montre pour savoir depuis combien de temps elle était assise là sans bouger. Pas très longtemps, sans doute, se disait-elle. C'était juste une impression. Elle commençait à claquer des dents. Pour se réchauffer, elle serra les bras autour d'elle. Finalement, n'y tenant plus, elle remit le moteur en marche. La voiture démarra dans un ronron réconfortant. *Il va croire que je repars sans lui,* pensa-t-elle. *Aucun risque de ce côté-là, mon amour.*

Mais il ne revenait toujours pas. Encore cinq minutes, se dit-elle. Elle essaya de compter les secondes, mais ses pensées vagabondaient. Que faisait-il donc ? Lui qui était si pressé de rentrer chez lui. C'était typique de Roger de jouer les bons Samaritains. Mais qu'est-ce qui pouvait le retenir ainsi ?

Au bout de quelques minutes, Maggie coupa le contact et se glissa sur le siège du conducteur. Elle ouvrit la portière, faisant tomber une couche de neige, et descendit. Ses bottes s'enfoncèrent d'une bonne dizaine de centimètres. Jamais encore elle n'avait vu une tempête pareille.

Il faisait sombre à présent ; le crépuscule s'était abattu sur l'autoroute blanche et déserte, bordée de sapins noirs dont les branches ployaient déjà sous le poids de la neige. Maggie scruta la route devant elle. Il n'y avait personne.

Son cœur se serra d'appréhension. Elle tenta de se raisonner : le coteau et les arbres sur sa droite lui cachaient la vue. L'automobiliste inconnu pouvait très bien être tombé en panne de l'autre côté. Il s'était avancé pour chercher de l'aide. Roger était probablement là-bas, maintenant. Pour lui donner un coup de main. Maggie se répétait cette explication insensée comme un rosaire, tout en marchant dans la direction où il avait disparu. La neige avait recouvert l'empreinte de ses pas. Il n'y avait aucune trace de lui.

Désemparée, elle longeait l'accotement à pied. De temps à autre, une voiture surgissait derrière elle, mais la tempête l'engloutissait aussitôt, ne laissant que la lueur rougeâtre, fugace, des feux arrière. Consternée, Maggie songea aux kilomètres d'autoroute qui s'étendaient devant elle. Se retournant, elle jeta un coup d'œil vers la voiture. Il ne servait à rien de continuer à attendre à l'intérieur. Elle envisagea de partir, mais elle ne pouvait pas planter Roger là. Et s'il s'était égaré dans la neige ? S'il avait été renversé par une auto ? Désespérément, elle se tourna vers la colline et s'enfonça dans les arbres. Peut-être était-il réellement de l'autre côté.

Ses yeux la picotaient à force d'être bombardés par les flocons et de scruter toute cette blancheur inhabituelle. Les cimes noires des arbres se refermaient au-dessus d'elle tandis qu'elle escaladait la pente en titubant. Le vent rugissait ; les branches craquaient et gémissaient sous leur fardeau tout neuf. Elle se dirigeait au jugé vers le sommet de la colline.

Soudain, son regard tomba sur un large sillon maculé de traînées sombres que la neige commençait déjà à combler. Se protégeant les yeux d'une main, elle suivit la trace ainsi formée. À un moment, elle releva la tête pour se repérer et faillit trébucher sur une forme inerte gisant dans l'intervalle entre deux arbres.

Submergée par la peur, elle s'accroupit et la toucha de sa main gantée. C'était Roger.

L'empoignant par l'épaule, elle se mit à le secouer frénétiquement. Ce fut alors qu'elle aperçut la tache noire sous lui ; sa chaleur palpitante faisait fondre la neige.

Son cri de douleur fut capté et répercuté par le vent. Longtemps, elle resta agenouillée, à fixer d'un air égaré le corps de son amant. Non, non, se répétait-elle mécaniquement. Ses lèvres articulaient sans cesse son nom. Elle regarda autour d'elle, mais il n'y avait personne d'autre sur le versant obscur.

Il fallait le ramener. Elle ne pouvait le laisser là, enseveli sous la neige. Elle tira de toutes ses forces pour essayer de le traîner jusqu'en bas. Mais le poids qui, d'ordinaire, reposait si confortablement sur elle lorsqu'ils étaient au lit était devenu d'une lourdeur intransportable. « Allez, viens », s'écria-t-elle rageusement.

En entendant sa propre voix, elle fut tellement frappée par l'absurdité de son cri qu'elle s'assit un instant dans la neige. Puis, lentement, elle se releva et rebroussa chemin en direction de la voiture. « Au secours, murmurait-elle faiblement. Aidez-moi. »

Elle courut en chancelant jusqu'au bas-côté. À distance, on apercevait les contours de la voiture de Roger. Il y avait autre chose également, de fantomatiques éclairs bleu pâle qui trouaient le rideau de neige. Elle tituba en appelant, mais les mots restaient coincés dans sa gorge. Enfin, elle atteignit la voiture et s'effondra pesamment sur le capot.

Le policier se redressa, braquant sur elle la torche dont il s'était servi pour examiner l'habitacle. « Des ennuis, madame ? » s'enquit-il poliment.

Les larmes qui lui brûlaient les yeux se mêlaient sans distinction aux particules glacées de givre. Elle s'efforça de parler, mais le choc et le fait d'avoir couru lui avaient coupé le souffle. Il fallait qu'elle lui explique ce qui était arrivé. Il allait l'aider. Maggie tendit vers lui un gant de laine ensanglanté. Lentement, le visage du policier changea. Il l'éclaira de sa torche, de haut en bas, notant les taches sombres sur sa jupe et son manteau.

« Roger, balbutia-t-elle en montrant la colline. Il saigne. Je crois qu'il est mort. » Haletante, elle se lança dans son récit; elle le suppliait de comprendre. Il l'écouta avec circonspection. Quand elle eut terminé, elle regarda le jeune homme dans les yeux. Elle y vit l'expression qu'elle connaissait déjà si bien. L'incrédulité et la suspicion. Ce n'était pas la dernière fois qu'elle la voyait.

Mais ce n'était pas moi, se dit Maggie. Elle rouvrit les yeux et regarda à nouveau la pendule. Il était une heure du matin. Elle avait encore du temps devant elle. Willy gémit et se pelotonna contre elle. Elle l'entoura d'un bras protecteur et fixa l'obscurité.

Prudemment, Evy se releva et s'assit sur le bord du lit. Du bout des doigts, elle tâta sa lèvre supérieure. Les flots de sang chaud qui avaient coulé de ses narines cet après-midi semblaient s'être effectivement taris. Elle s'étonnait que l'on puisse saigner autant sans ressentir de douleur. C'en était même inquiétant.

Se levant, elle s'approcha de la fenêtre. Elle repoussa l'informe rideau à pois et regarda dehors. Jess était parti. Parti chez l'autre. *Jamais il n'aurait dû faire ça,* pensait-elle. *Si seulement il n'avait pas fait ça. Tout aurait été différent.*

En proie au vertige, elle s'appuya contre le dossier du fauteuil à bascule. Puis elle s'assit et prit la poupée sur ses genoux. Pendant quelque temps, elle resta sans bouger, les yeux dans le vague, ressassant interminablement les événements de la journée.

Finalement, elle regarda la poupée qu'elle tenait entre les mains. Ses yeux noirs et vides luisaient dans la pénombre de la pièce. Ses bras lisses en porcelaine étaient tendus en avant comme dans l'attente d'un baiser. Nonchalamment, Evy saisit la tête de la poupée et entreprit de la tordre. Le cou pivota avec quelque difficulté, mais elle s'obstina et réussit enfin à la tourner complètement dans l'autre sens. Maintenant, le visage de la poupée lui faisait face, à l'opposé du torse et des bras inutilement tendus.

Evy la considéra pensivement, puis se leva, jeta la poupée sur le fauteuil et s'approcha de la penderie.

Sa maigre garde-robe s'alignait soigneusement sur la barre. Ses deux paires de chaussures et ses mules étaient disposées en rang sur le sol de la penderie. Au-dessus, sur l'étagère du haut, il y avait deux bérets en laine et une rangée de boîtes à chaussures. Sur les boîtes on apercevait un gros album relié en plastique bleu. Evy l'attrapa et l'emporta sur le lit. Elle s'assit, rabattit la couverture et se mit à examiner son contenu.

Ce rituel, bien que familier, l'absorbait totalement à chaque fois. Les pages du début comportaient les coupures jaunies, effritées, qu'elle avait dérobées dans la commode de sa grand-mère après sa première attaque. Les gros titres stigmatisaient la « meurtrière » et l'« issue tragique d'une querelle d'amoureux ». Certains articles s'accompagnaient d'une photo de son père souriant affablement devant l'objectif. À côté, il y avait les instantanés de celle qui l'avait tué.

Evy fixa le visage pâle, hagard, d'une Maggie beaucoup plus jeune. Son air effrayé lui plaisait, comparé à l'expression calme, placide, de son père. Sur l'une des coupures, il y avait même une photo d'Evy dans les bras de sa mère. Elles étaient dans une voiture de police. Evy nota qu'elle portait la combinaison de ski verte que sa grand-mère lui avait envoyée pour son anniversaire. Elle commença à lire les articles, puis décida de continuer à feuilleter l'album. Ces coupures, elle les connaissait toutes par cœur. Sa grand-mère avait pris l'habitude de les lui lire quand elle était plus jeune, après que sa mère se fut retrouvée à l'hôpital. « Voilà pourquoi, disait Harriet en interrompant sa lecture, voilà pourquoi ta mère habite maintenant à l'hôpital. À cause de tout ce qui est écrit là. »

Le regard lointain, Evy leva la tête. Au début, se souvint-elle, lorsqu'elles étaient venues vivre chez sa grand-mère, il n'était jamais question de ce qui était arrivé à son père. Plus tard, cependant, Harriet commença à lui en parler tout le temps. Et, quand sa mère tomba malade, elle se mit à lui lire les coupures de journaux.

Se replongeant dans l'album, Evy aborda une autre série d'articles. Moins nombreux, ils étaient également plus récents. « Après avoir commis un meurtre, elle obtient un diplôme universitaire », disait l'un d'eux. « Libération prochaine d'une femme qui a tué son amant », annonçait un autre. Elle les avait trouvés dans la liasse envoyée au journal par le service de presse. Evy les aplatit amoureusement sur la page. Elle était fière de les avoir découverts. C'était ce qui lui avait permis d'échafauder son plan. Elle relut attentivement les quelques lignes, surprise du sens nouveau qu'elles revêtaient à présent pour elle. Maintenant que le spectre qui avait hanté ses nuits était devenu chair. La femme qui avait assassiné son père. Elle tourna la page et soupira d'aise. Les lettres.

Chaque lettre était adressée à William Emmen et portait le cachet d'une prison d'État. Elle en ouvrit une au hasard. « Cher Mr. Emmett, lut-elle. Vous ne soupçonnez pas le courage et l'espoir que je puise dans votre intérêt à mon égard et dans mes propres résultats obtenus derrière ces murs. J'attends avec la plus grande impatience l'occasion de vous rencontrer… »

Evy parcourut plusieurs lettres et les remit dans leurs enveloppes. Un sourire satisfait éclaira son visage. Tout avait été tellement facile, pensa-t-elle. Mais aussitôt, elle se rappela les prétextes qu'elle avait dû inventer pour rester au bureau après le travail afin de pouvoir utiliser le papier à lettres et la machine à écrire d'Emmett, l'interception de son courrier, la diligence avec laquelle elle avait rédigé ses réponses. Ensuite, évidemment, il avait fallu se débarrasser de Mr. Emmett. Ce n'était pas un méchant homme, mais elle n'avait pas vraiment le choix. Cela n'avait pas posé trop de problèmes, car il était vieux, mais tout de même…

Non, décida-t-elle. Les choses n'avaient pas été simples. Mais tout avait bien fonctionné. Et cela en valait la peine. Le jour où le spectre avait pris forme humaine, où il avait franchi la porte pour se présenter, Evy avait compris qu'elle n'avait pas œuvré en vain. Elle fronça les sourcils. Le regard admiratif dont Jess avait enveloppé l'inconnue lui gâchait le souvenir de son triomphe. Qu'il flirte avec elle, ça, elle ne l'avait pas prévu.

Des imprévus, il y en avait eu plusieurs, se rappela-t-elle, songeant à l'intervention de Tom Croddick. Il avait bien failli lui saboter son plan, à vouloir se précipiter chez le chef de la police avec sa grotesque histoire de vol à l'étalage. Un seul mot de lui, et toute la ville aurait su qui était la nouvelle arrivante. Ç'aurait été la fin de son projet. Non, elle avait travaillé trop dur pour lui permettre de tout réduire à néant. Heureusement, elle avait réussi à le dissuader.

Ses pensées revinrent à Jess. Jess… Pourquoi avait-il fallu qu'il prenne ainsi le parti de l'autre ? Maintenant, il lui posait un problème, lui aussi. Son seul regret était qu'il se soit mis en travers de son chemin. L'issue inévitable qui en découlait la rendait triste. Elle avait bien essayé de lui faire voir Maggie sous son vrai jour. Essayé de l'empêcher de tomber dans son piège. Pourtant, même aujourd'hui, après qu'elle eut fait croire que Maggie avait mis du verre dans la tarte, il était reparti en courant chez elle.

Evy rougit en repensant à la façon dont il l'avait repoussée cet après-midi. Il l'avait repoussée, elle, pour se précipiter chez cette catin, cette criminelle. Son cœur se serra à ce souvenir. Tant que Jess traînait dans les parages, il lui était impossible d'arriver à ses fins. Il se trouvait sur son chemin. Tant pis, il allait en subir les conséquences. Elle lui avait offert plusieurs portes de sortie. Personne cependant, pas même Jess, ne pourrait l'empêcher d'atteindre son but. Evy tourna la page.

Celle qu'elle regardait à présent était vide. Il y aurait

d'autres coupures à insérer, sans doute des *Nouvelles de la Crique,* une fois que tout serait terminé. Et voilà. La boucle serait bouclée. En un sens, cette idée la rendait malheureuse. Elle avait pris un étrange plaisir à surveiller Maggie, à épier ses faits et gestes en attendant de mettre à exécution la phase finale. Tout, sauf en ce qui concernait Jess. Elle revit son dos nu et musclé penché au-dessus de Maggie. Et elle se mit à grincer des dents, retroussant les lèvres comme si elle avait eu des crocs.

Un bruit mat en provenance de l'étage du dessous la tira de ses réflexions. « Mémé », souffla-t-elle, se souvenant brusquement de l'infirme qui attendait vainement ses soins. Evy referma l'album et le rangea à la hâte sur l'étagère de la penderie.

Ça ne la gênait pas de s'occuper de sa grand-mère. Car c'était bien elle qui lui avait raconté toute l'histoire. Qui lui avait inspiré ce projet. Bien sûr, elle se rendait compte maintenant qu'Harriet ne l'approuvait pas. Evy ne voyait vraiment pas pourquoi. Puisqu'elle en était, en quelque sorte, la principale instigatrice.

Dès demain donc, elle allait passer à la phase finale. Jess d'abord. Puis l'autre.

14

Trois coups secs furent frappés à la porte, et une voix féminine cria : « C'est pour vous. »

Owen Duggan leva les yeux au ciel. « Bien sûr que c'est pour moi », mima-t-il tout en plongeant le papier photographique dans le bain révélateur. Il imaginait très bien sa femme de ménage juste derrière la porte, l'oreille collée au battant et le combiné à la main. « Un petit instant, Mireille.

— C'est Jess Herlie », annonça-t-elle du couloir. Elle avait appris à ne pas s'attirer ses foudres en évitant d'ouvrir la porte pendant qu'il travaillait.

« Demandez-lui si je peux le rappeler, hurla Owen en examinant la feuille qu'il venait de sortir de la cuve.

— Il dit que non, déclara Mireille en jubilant intérieurement. Il dit que c'est urgent. Oh ! »

La petite femme boulotte faillit tomber à la renverse quand Owen surgit de la chambre noire et s'empara du récepteur. « Merci, Mireille. »

Elle sourit et, très consciencieusement, se mit à épousseter la rampe d'escalier près de la table du téléphone.

Owen lui tourna le dos. « Oui, Jess ? »

Il écouta un moment avant de répliquer : « Oui, c'est à huit heures et demie. »

Les propos de son interlocuteur lui arrachèrent une moue de contrariété. « Elle ne peut pas y aller toute seule ? Quel genre de problème ? Un problème de voiture ? » Il poussa un soupir. « Ce doit être possible. D'accord. Dites-lui que je passerai la prendre vers huit heures moins le quart. De rien, Jess. » Il raccrocha.

« De quoi s'agit-il ? s'enquit Mireille, joviale.

— Si seulement je trouvais autant d'intérêt à ma vie que vous, Mireille, grommela Owen.

— Que voulait-il ? » insista-t-elle. Tous les soirs, au dîner, Mireille rapportait fidèlement les activités de son employeur à son mari, Frank, qui travaillait à la station-service du port, et à ses deux filles qui s'intéressaient de moins en moins aux allées et venues d'Owen à mesure qu'elles entraient dans la période mouvementée de l'adolescence. La curiosité de Mireille agaçait Owen, mais au fil des ans, il avait fini par s'y résigner.

Il soupira à nouveau. « Il veut que j'aille chercher quelqu'un pour l'emmener à la réunion de l'école ce soir.

— La nouvelle qui travaille au journal ? »

Il secoua la tête d'un air las. « En effet. Comment le savez-vous ?

— J'ai deviné, déclara-t-elle, dissimulant à grand-peine sa satisfaction. Comment se fait-il qu'il vous demande d'aller la chercher ?

— Aucune idée. Elle a des ennuis avec sa voiture, je crois.

— Ah ça, des ennuis, elle en a, susurra Mireille d'une voix lourde de sous-entendus.

— Votre scepticisme se justifie mal, en l'occurrence, répondit Owen, indifférent.

— Je répète seulement ce que j'ai entendu. »

Atterré par la stupidité de cette remarque, Owen la foudroya du regard. « Puis-je savoir de quoi vous parlez, Mireille ? »

Elle sourit benoîtement. « Je parle de ce qui est arrivé à la kermesse. À cette femme que vous devez passer prendre ce soir. Tout le monde en discutait à la criée, ce matin. »

Owen renifla, exaspéré. « Allez-vous me le raconter, ou bien dois-je retourner à mon travail ?

— D'habitude, vous dites que vous n'aimez pas les ragots, observa Mireille coquettement, incapable de résister à son nouveau rôle.

— Je compte jusqu'à trois, rétorqua-t-il, maussade.

— Très bien, souffla-t-elle. Voilà, hier à la kermesse, la nouvelle aidait au stand de pâtisserie… »

Malgré lui, Owen se surprit à écouter avec intérêt le récit de sa femme de ménage.

« Tout est réglé. » Jess reposa le combiné et se tourna vers Maggie. « Owen passera te chercher dans une demi-heure et te conduira à la réunion. »

Assise à la table de cuisine, Maggie regardait par la fenêtre en caressant distraitement Willy lové sur ses genoux. « Je ne peux pas y aller. »

Il prit une autre chaise et s'assit en face d'elle. « Il le faut, Maggie. Tu ne vas pas te terrer éternellement chez toi. Aujourd'hui, je t'ai permis de rester à la maison, mais ça ne peut pas durer. Tu dois sortir, affronter les gens. La réunion de ce soir est une bonne occasion pour toi. Tu n'auras qu'à écouter, puis à rédiger un papier là-dessus. Owen sera avec toi, il prendra des photos. Tout ira bien, tu verras. »

Elle le considéra d'un air dubitatif. « Tu viendras aussi ? »

Jess secoua la tête. « Tu n'as pas besoin de te cacher derrière moi. Tu n'as rien fait de mal. Il n'y a vraiment pas de quoi avoir honte. »

Elle scruta son visage. « Tu le penses réellement ? »

Il acquiesça gravement. « Bien sûr. » Son regard chercha le sien, comme pour réitérer les excuses qu'il lui avait déjà présentées dans la journée. Et elle les accepta à nouveau, non parce qu'elle était convaincue de sa confiance en elle, mais parce qu'elle ne supportait pas le fossé qui s'était creusé entre eux. Il avait envie de croire en elle. Cela, elle en était sûre, et il allait falloir s'en contenter. C'était plus qu'elle n'aurait jamais pu espérer.

Se détournant, elle se mordit la lèvre. « Il y aura tous ces gens…, expliqua-t-elle, désemparée.

— Raison de plus pour y aller.

— Tu ne peux pas imaginer ce que je ressens. Les sentiments horribles que ça réveille en moi.

— C'est peut-être le moment de m'en parler », fit-il doucement, lui pressant les mains.

Elle soutint posément son regard anxieux, puis baissa la tête. « Non. Pas maintenant. J'irai à cette réunion.

— C'est comme ça que je t'aime », murmura-t-il.

Pendant quelques instants, ils restèrent silencieux, assis l'un en face de l'autre, main dans la main. Finalement, Maggie soupira. « Il faut que j'aille me préparer, je suppose. »

Jess approuva d'un signe de la tête. « Vas-y. Moi, je rentre.

— Qu'est-ce que tu vas faire ce soir ?

— Pas grand-chose. Lire. Regarder un film peut-être. Ou alors aller boire une bière, si je me sens seul », ajouta-t-il avec un grand sourire, tout en enfilant sa veste.

Maggie se leva et posa Willy devant sa gamelle. Aussitôt, il se mit à laper son lait. Elle noua les bras autour de Jess, regrettant de le voir partir. « Tu me manqueras. Je me sens tellement flageolante. »

Il l'étreignit, puis s'écarta et la tint à bout de bras. « Tout se passera bien.

— Tu crois ? »

Un couinement à leurs pieds détourna leur attention. « Évidemment. » Jess se baissa pour ramasser le chiot qui mordillait avidement le revers de son pantalon. « Willy pense la même chose. Pas vrai, Willy ? » Il embrassa le chiot sur la tête et le reposa à terre. Ensuite, il se tourna vers Maggie. « Va te préparer. Il n'y a pas de problème. »

Elle se dirigea sans conviction vers sa chambre, et eut un dernier regard pour Jess qui s'apprêtait à sortir par la porte de la cuisine. Avec sa veste à carreaux et sa tignasse indisciplinée, il avait l'air si juvénile. Elle savait bien que, de près, son épaisse chevelure était striée de mèches grises et que rides et ridules cernaient ses yeux empreints de bonté. Mais à cette distance, il ressemblait aux garçons des fermes voisines qu'elle avait connus dans son enfance, à l'aise dans les champs et pâturages qui composaient leur univers. En le regardant, elle le trouva intolérablement lointain. Lourd de secrets, son passé s'engouffrait dans l'abîme qui les séparait. Elle tendit la main vers lui.

« Je m'en vais. » Arrivé à la porte, il lui rendit son geste qu'il avait pris pour un salut. Elle leva le bras comme pour le retenir, mais il ferma la porte et disparut.

La nuit était froide et exceptionnellement claire. En escaladant la colline en direction de sa maison, Jess aspira goulûment une bouffée d'air pur. Il s'arrêta un instant sur le pas de la porte pour écouter le murmure de l'océan tout proche. C'était un cadre de vie idéal, pensa-t-il une fois de plus. Même le silence et l'obscurité de la maison lui semblaient accueillants.

Contournant habilement les meubles dans le noir, il alla droit dans la cuisine et alluma la lumière. Puis il sortit le café du réfrigérateur, mit de l'eau à bouillir et retourna au réfrigérateur chercher quelque chose à manger. Sur la deuxième tablette, il y avait un plat de ragoût, reliefs d'un repas qu'il avait partagé avec Maggie deux ou trois soirs plus tôt. Il sourit en revoyant son expression tandis qu'elle le regardait extraire minutieusement les petits pois de son assiette.

« Si tu n'aimes pas les petits pois, pourquoi en mets-tu dans ta recette ? »

Il la considéra d'un air surpris. « C'est la recette de ma mère.

— Autrement dit, pas de ragoût sans petits pois ? » L'incrédulité de Maggie se mua en une crise de fou rire quand elle le vit exhumer de la poubelle la boîte de petits pois vide et s'écrier « Plus jamais ! ».

La bouilloire siffla, rappelant Jess à ses occupations présentes. Il versa l'eau dans le filtre et, en attendant qu'elle s'écoule, mit le plat de ragoût dans le four. Après avoir bu une tasse de café, il s'assit, solitaire, à la table de cuisine pour manger. Le robinet qui gouttait et le ronron de l'horloge murale furent les seuls bruits à accompagner son repas rapide. Lorsqu'il eut terminé, il empila la vaisselle sale dans l'évier et fit couler un peu d'eau. La cuisine, d'ordinaire agréable, lui semblait maintenant vide. Il décida d'aller fumer la pipe dans son bureau.

Jess alluma la lampe à côté de son fauteuil préféré et parcourut du regard la pièce tapissée de livres. Durant les années de son mariage, c'était devenu son refuge favori. Le calme absolu, troublé seulement par le grondement de l'océan, l'apaisait, le consolait des éternelles récriminations de Sharon. Jamais elle ne venait le déranger dans son bureau, intimidée par l'atmosphère feutrée du lieu, agacée par tous ces ouvrages qui permettaient à Jess d'échapper à ses jérémiades. C'était son havre de paix. Même après son divorce, il avait conservé un attachement particulier pour cette pièce.

Il jeta un coup d'œil sur les livres et les papiers qui jonchaient son bureau en désordre. Un de ces jours, il faudrait tout ranger, pensa-t-il en examinant les titres des volumes qui gisaient là où il les avait laissés. Il prit le rapport sur la défense de l'environnement qu'il avait commencé à lire et le reposa aussitôt, peu emballé par ses pronostics impersonnels. À côté, il y avait deux manuels de bricolage qu'il étudiait en vue de réparations à effectuer sur la toiture. Sur l'appui de fenêtre, il y avait un roman d'espionnage en livre de poche. Jess le feuilleta un instant et le remit nerveusement à sa place.

Avec stupéfaction, il se rendit compte que ce calme, d'habitude si réconfortant, se teintait maintenant d'un sentiment de solitude. Il s'était vite accoutumé à la présence de Maggie, à sa voix l'appelant d'une autre pièce, à sa silhouette dans l'encadrement d'une porte. Il se surprenait à guetter son apparition.

Impatiemment, il tapota le fourneau de sa pipe sur le bord du cendrier et regarda la pendule à côté du poste de télévision. *Elle n'est pas encore rentrée,* pensa-t-il. *J'essaierai plus tard.* Il fixa sans le voir l'écran gris-vert en songeant à Maggie. Soudain, il se souvint, soulagé, qu'on était lundi soir et que c'était presque l'heure du match de foot. Il alluma le téléviseur et s'installa confortablement dans son fauteuil.

Les rires préenregistrés d'un sitcom tirant à sa fin résonnèrent bruyamment dans la pièce. Jess se laissa bercer par les images colorées, dépourvues de sens, qui défilaient à l'écran. Il avait déjà hâte d'entendre la voix nasillarde du commentateur annonçant le début du match. Au milieu d'un spot publicitaire pour une marque de céréales, il perçut subitement un bruit de tapement qui tranchait avec la voix enthousiaste du présentateur. Se penchant en avant, il baissa le son et dressa l'oreille. Tout était silencieux dans la maison. Il augmenta le volume juste au moment où le générique du match apparaissait à l'écran, avec les premiers commentaires noyés dans une musique assourdissante. Au bout de quelques minutes, le tapement reprit. Jess fronça les sourcils et éteignit le poste. Puis il quitta son bureau et gagna l'entrée à travers les pièces sombres.

Il ouvrit la porte et regarda dehors. II n'y avait personne. Il allait refermer quand un mouvement dans les buissons attira son attention. « Qui est là ? »

Une silhouette émergea de l'obscurité.

« Evy ! s'exclama-t-il. Salut ! »

La lumière diffuse de l'entrée éclaira les traits pâles et tirés de la jeune fille. Dans la pénombre, ses yeux ressemblaient à deux trous noirs. « Je n'étais pas sûre de vous trouver chez vous. J'ai frappé, mais vous n'entendiez pas.

— La télé marchait. Viens, entre.

— Je ne reste pas. Je suis simplement passée vous emprunter quelque chose.

— Tu peux entrer une minute, non ? Qest-ce qu'il te faut ?

— J'ai un tuyau qui fuit à la cave. J'ai besoin d'une clé pour le réparer.

— Le réparer ? Et comment tu vas faire ? »

Evy haussa les épaules. « Je me débrouillerai. »

Il eut un sourire amusé. « Avec un peu de chance, tu finiras par provoquer une inondation.

— Ce n'est sûrement pas si compliqué que ça. »

Jess secoua la tête. « Pour être têtue, tu es têtue. Allez,

entre et attends-moi. Je vais chercher la clé, puis on ira jeter un œil sur ce tuyau.

— Vous n'êtes pas obligé », dit Evy.

Il dissimula un sourire. Il la soupçonnait fort d'être venue dans l'espoir qu'il lui proposerait son aide. « Ça ne me dérange pas. Laisse-moi juste le temps d'aller prendre mes clés de voiture.

— Vous n'en avez pas besoin. Je vous conduirai.

— Et je rentrerai comment ?

— Je vous raccompagnerai. Je suis trop contente de pouvoir m'échapper de la maison, vous savez. Vraiment. »

Résigné, il comprit que ce voyage de retour nécessiterait de sa part une invitation à boire un verre. *Ça ne fait rien. Au moins, j'aurai de la compagnie.* « D'accord. » Il ouvrit le placard pour décrocher sa veste. « Allons-y. Les outils sont dans le garage. »

Evy le suivit dans le garage et tint la torche qu'il lui avait remise en entrant. « Je devrais installer un éclairage ici », grommela-t-il en fourrageant dans la boîte à outils. Il en sortit deux clés à molette de tailles différentes. « Ça ira, je pense. » Il se redressa.

Pour aller chez elle, Evy, agrippée au volant, conduisit avec prudence, gardant ses distances par rapport aux rares voitures qu'ils rencontraient, et répondant par monosyllabes aux tentatives de Jess d'engager la conversation. Lorsqu'elle se fut arrêtée et qu'elle eut coupé le contact, elle resta assise, raide et le regard fixe. Avant d'ouvrir la portière, Jess risqua un coup d'œil sur son visage immobile et regretta brièvement la tranquillité de son bureau. La perspective de passer la soirée en sa compagnie maussade et peu loquace ne l'enchantait guère.

Il s'étira en feignant de pousser un soupir de contentement. « Quelle nuit ! Regarde-moi ces étoiles. »

Evy descendit de voiture et claqua la portière. « Venez », lança-t-elle impatiemment.

Il la regarda, étonné. « Pourquoi cette hâte, tout à coup ? »

Elle le dévisagea une seconde, l'air absent. « C'est à cause de la fuite, répondit-elle finalement. Elle va s'aggraver. »

Jess la suivit dans la maison. Elle se dirigea droit vers la porte de la cave, mais il s'arrêta à l'entrée du séjour. Adossée à une pile d'oreillers, Harriet Robinson reposait sur le canapé, les bras ballants.

« Bonsoir, Harriet, fit-il avec bonté. Comment ça va, aujourd'hui ? »

La vieille femme remua faiblement les lèvres, tel un poisson. S'approchant d'elle, Jess lui tapota la main. « Evy m'a parlé de la fuite au sous-sol. Nous allons la réparer vite fait.

C'est par là », l'interrompit Evy.

Il sourit tristement à l'invalide. « À tout à l'heure.

— Donnez-moi ça. » Evy désigna les clés qu'il tenait à la main et lui tendit la torche en échange. « Vous allez regarder, et moi, je vous passerai ce dont vous avez besoin.

— Très bien », acquiesça-t-il, passablement surpris par son ton autoritaire. Elle devait se sentir plus sûre d'elle ici, sur son propre territoire. Il l'observa pendant qu'elle examinait les clés. Après les avoir soupesées, elle serra la plus grosse dans la main. Jess se rappela avec embarras sa dernière visite dans cette maison, quand il avait repoussé ses timides avances dans sa chambre. Peut-être sa brusquerie s'expliquait-elle par le désir de dissiper la gêne née du souvenir de cet incident. Evy releva la tête. « On y va ? »

Il poussa la porte de la cave. L'odeur qui l'assaillit le força à reculer. « Mon Dieu, souffla-t-il en grimaçant de dégoût. Qu'y a-t-il là-dedans ? Un cimetière de chiens ?

— Des ordures. Il faudrait que je nettoie », répondit Evy sur un ton d'excuse.

Au moins, il savait maintenant pourquoi la maison sentait aussi mauvais. Il contempla la jeune fille d'un air sceptique. Elle était toujours très ordonnée. Y avait-il un autre aspect de sa personnalité qu'il ignorait ? Une tendance au laisser-aller ?

Elle leva sur lui un regard désemparé. « Vous préférez peut-être me laisser faire. »

Il soupira. « Non. Je vais y jeter un coup d'œil. Mais jure-moi de t'attaquer à cette cave sans trop tarder. Ce n'est pas sain de conserver de la nourriture avariée. Ni pour toi ni pour ta grand-mère. »

Evy baissa la tête en signe de contrition. « Promis », chuchota-t-elle.

Satisfait, Jess alluma la torche, prit une inspiration et commença à descendre. Evy lui emboîta le pas.

« Encore une marche, indiqua-t-elle. C'est là, au plafond, sur votre gauche. »

Jess braqua le faisceau sur le tuyau qu'elle lui montrait. « Je ne vois rien. » Il scruta le métal rouillé. « Ils sont un peu fatigués, mais tout a l'air sec. Tu es sûre que c'est là ? » Il éclaira les joints au-dessus de lui et secoua la tête. « Je ne vois rien », répéta-t-il.

Le fracas d'une clé qui venait de tomber le fit se retourner.

Il lui fallut quelques secondes pour comprendre ce qu'il voyait. Evy lui faisait face : son visage blanc, squelettique, était tordu par un rictus qui révélait ses dents. Par-dessus son épaule, elle brandissait la grosse clé, prête à frapper.

C'est une blague, pensa-t-il. *Elle me fait marcher. Ça ne peut pas être vrai.* Il essaya de parler, mais il avait la gorge nouée.

« Qu'est-ce que tu fais ? » L'intensité farouche de son regard ne laissait aucune place au doute.

Le cœur de Jess cessa de battre un instant, puis se remit à palpiter follement. « Non, cria-t-il en voyant son bras fendre l'air telle une faux. Evy, non ! »

La dernière chose qu'il entendit fut son cri guttural tandis qu'elle abattait la clé sur lui. Une douleur fulgurante lui transperça le crâne. Puis ce fut le néant.

15

La main sur la poignée de la portière, Owen hésita. Fallait-il descendre ou simplement klaxonner? Désireux de paraître le plus naturel possible, il décida finalement de rester dans la voiture en laissant tourner le moteur.

Quelques secondes après le deuxième coup de klaxon, les lumières s'éteignirent dans la maison, et Maggie parut sur le pas de la porte. L'éclairage extérieur l'auréola d'un halo jaune qui conférait à sa fine silhouette une allure fantomatique. Elle se fondit dans l'obscurité, et Owen la perdit de vue jusqu'à ce qu'elle monte à côté de lui.

« Je serais bien rentré, expliqua-t-il, mais nous sommes un peu en retard. »

Elle hocha la tête sans répondre.

« Ainsi, poursuivit-il, s'efforçant d'engager la conversation pendant qu'il faisait demi-tour, vous avez des ennuis de voiture, paraît-il. Ces saloperies de bagnoles, on ne peut jamais s'y fier. »

Il manœuvra pour sortir, puis jeta un coup d'œil sur Maggie qui n'avait toujours pas desserré les dents.

« C'est une véritable plaie, si vous voulez mon avis.

Ma vieille Jeep, là, tient bien le coup, mais il suffit qu'une pièce se détraque pour que tout le reste suive, par solidarité. Je la porte chez Mary, à la station Shell. Vous connaissez Mary ? Un type formidable. Il vous prend les yeux de la tête en vous assurant qu'il vous fait faire des économies. »

Sentant qu'elle s'était tournée vers lui, il se mit à fredonner un air.

« En fait, dit-elle tout bas, ma voiture marche parfaitement. »

Il cessa de chantonner et, sans quitter la route des yeux, fronça les sourcils.

« Je ne voulais pas y aller seule. J'avais peur. »

Owen se tortilla sur son siège et esquissa une moue impatiente. Il continuait à fixer la ligne blanche. « C'est ridicule », commenta-t-il, bourru.

Maggie ne broncha pas. « Peut-être. »

Un silence gêné s'installa entre eux. Owen se racla la gorge, mais ne dit rien. Un soupir échappa à Maggie. L'air tendu, elle détourna la tête.

Il se remit à fredonner, puis s'interrompit brusquement. Ils effectuèrent le reste du trajet sans échanger un mot.

« Amérique, Amérique, Dieu répand sa grâce sur toi… »

Un chœur de voix enfantines, stridentes, jaillit par les fenêtres closes de l'école et s'évanouit dans l'air nocturne tandis qu'ils arrivaient sur le parking. Owen descendit et fouilla derrière son siège où il avait rangé son matériel de photo.

« Dieu répand la crasse sur toi », tonna-t-il de sa voix de stentor.

Maggie sourit. Elle lui savait gré de chercher à la dérider.

« On y va ? » Owen se mit un appareil autour du cou et accrocha une sacoche en cuir sur son épaule. « Tenez, gardez-moi ça. »

Elle prit les boîtes de pellicules.

« Ne les perdez pas. J'en aurai besoin tout à l'heure. »

Il se dirigea à grands pas vers l'entrée de l'auditorium. Se retournant, il vit Maggie plantée à côté de la voiture. « Vous venez ? » appela-t-il avec une pointe d'irritation.

Elle se ressaisit et le rejoignit, serrant convulsivement son bloc-notes dans sa main moite. « Je croyais qu'il s'agissait d'une réunion de parents d'élèves », murmura-t-elle quand Owen poussa la porte de l'auditorium. À l'intérieur, les jeunes choristes attaquaient une nouvelle chanson, avec si peu de coordination qu'on n'en distinguait même pas les paroles.

« Oh, ils donnent d'abord un petit concert. Histoire d'attendrir les parents. » Il passa la tête par la porte et entra par le fond de la salle. Maggie se faufila derrière lui et s'arrêta dans la pénombre. Sur sa gauche, elle aperçut une chaise vide contre le mur. Elle s'assit à la hâte et baissa les yeux sur la première page de son bloc-notes.

Owen déposa la sacoche en cuir à côté d'elle et remonta l'allée centrale entre les rangées de chaises pliantes occupées par les parents et autres habitants de

Heron's Neck. Se postant au milieu, il leva le posemètre au-dessus de sa tête. Sous les regards curieux du public, il saisit son appareil et colla l'œil au viseur. Habitués à sa présence aux manifestations locales, la plupart des membres de l'assistance reportèrent aussitôt leur attention sur le chœur. Changeant de position, Owen effectua la mise au point et commença à mitrailler. Au bout de quelques prises, il s'accroupit et inclina l'appareil vers les gradins.

Maggie détacha les yeux de son bloc et examina la salle. Un panier de basket-ball trônait au-dessus de la chorale d'enfants dans ce qui normalement était un gymnase. Les murs moutarde s'ornaient de dessins bigarrés représentant des pèlerins curieusement proportionnés et des dindons au plumage violet et vert vif. L'innocence colorée de ces images la fit sourire. Par contraste, les parents paraissaient bien ternes, perchés sur leurs inconfortables sièges pliants. Maggie reconnut certains de ces visages ordinaires, tournés d'un air extatique vers les enfants qui massacraient allégrement leur chanson, accompagnés par un piano aigrelet que l'on avait du mal à distinguer du fond de la salle.

En les regardant chanter, elle éprouva une tendresse mélancolique pour ces écoliers anonymes. Ils suivaient avec application le professeur invisible qui donnait le ton au piano, mais, emportée par son élan, chaque petite voix partait de son côté. Ceux qui chantaient le plus fort, avec le plus de zèle, seraient probablement grondés, pensa-t-elle.

En balayant la salle du regard, elle crut remarquer qu'Owen lui faisait signe. Précipitamment, elle baissa le nez sur son bloc-notes en espérant s'être trompée. Soudain, sans aucune erreur possible, elle l'entendit chuchoter impatiemment son nom.

Elle releva les yeux. D'un hochement de tête, il lui désigna sa sacoche en cuir. Quelques personnes dans le voisinage d'Owen se retournèrent. Elle se baissa à contrecœur pour ramasser la sacoche. Elle redoutait de se retrouver dans l'allée centrale ; silencieusement, elle maudit Owen de l'avoir forcée à quitter sa place à l'écart. Lentement, elle se leva et se dirigea vers lui.

En atteignant le passage entre les sièges, elle aperçut le piano et l'accompagnatrice. Elle reconnut la blonde frisée qui l'avait invectivée à la kermesse après l'accident des garçons. Maggie s'arrêta net : elle n'avait pas envie de s'exposer davantage. Owen l'appela à nouveau en gesticulant avec exaspération. L'air hébété, elle regarda sa main tendue vers la sacoche, secoua la tête et recula d'un pas.

Agacé, il la rejoignit en deux enjambées, suivi de quelques regards réprobateurs.

Sans ménagement, il lui arracha la sacoche et l'ouvrit. « Votre attitude est parfaitement grotesque », s'énerva-t-il en fourrageant à l'intérieur. Les enfants continuaient à s'égosiller, mais l'accompagnement musical faiblit et s'interrompit.

Ayant trouvé l'objectif qu'il cherchait, Owen remit le sac à Maggie et retourna à sa place dans l'allée centrale. Par-dessus son épaule, elle croisa le regard du professeur de musique qui avait repoussé sa banquette et s'était levée pour la toiser à travers la salle. Les voix nasillardes, haut perchées, se turent une à une, à mesure que les enfants se rendaient compte qu'on les avait lâchés au beau milieu de la chanson.

« Je vous ai dérangés ? Pardon. » Owen agita la main en direction de l'estrade. « Continuez, s'il vous plaît. Ça ne se reproduira plus. Désolé. »

Un murmure de contrariété parcourut le public occupé à commenter l'interruption. Puis le brouhaha cessa, et les gens se réinstallèrent pour écouter. Cependant, le professeur de musique n'avait pas repris sa place au piano. Elle fixait toujours Maggie et, de temps à autre, son regard glissait sur Owen. « Que faites-vous ici ? » s'écria-t-elle d'une voix forte mais tremblante.

Pris au dépourvu, Owen répondit sur un ton conciliant : « Je suis là pour les *Nouvelles de la Crique*. Je prends des photos de la réunion pour l'édition de mardi. Comme vous le savez certainement », ajouta-t-il, suave.

Le professeur de musique ne prêta guère attention à son intonation vaguement condescendante. « Et elle ? » questionna-t-elle d'un ton strident, désignant Maggie qui se tenait, hagarde, dans la travée, assistant à la scène comme s'il s'agissait d'un accident qu'elle était impuissante à prévenir.

« Miss Fraser, expliqua Owen, est ici en qualité de reporter pour couvrir ce petit événement. Et nous aimerions continuer pour pouvoir rentrer chez nous, si vous n'y voyez pas d'inconvénient. »

La femme hésita. Les lèvres pincées, elle regarda avec défi Maggie, puis Owen. « Non, dit-elle.

— Comment ça, non ? Non quoi ? s'enquit Owen, agacé.

— Il est hors de question qu'elle reste. Elle n'a rien

à faire ici. Vous pouvez prendre toutes les photos que vous voulez, mais elle doit partir.

— De quoi parlez-vous ? s'écria-t-il parmi les murmures surpris de l'assemblée et les chuchotements excités des écoliers qui n'avaient encore jamais vu humilier un adulte en public.

— Sa place n'est pas parmi nous. Dois-je entrer dans les détails devant tous ces enfants ? Qu'a-t-elle fait hier, hein ? À une manifestation publique ?

— Incroyable, bégaya Owen. Jamais je n'ai entendu une chose pareille. » Il se tourna vers Maggie comme pour lui témoigner sa solidarité.

Le visage blême, elle se retenait à la chaise la plus proche. D'un geste vif, elle jeta la sacoche en cuir. Owen se précipita pour la rattraper. Maggie fit volte-face et, d'une démarche brusque, sortit de la salle en claquant les portes battantes.

Le professeur de musique se tourna vers ses élèves qui se pinçaient et se poussaient du coude, ravis d'assister à un spectacle aussi délicieusement scabreux. « Calmez-vous, glapit-elle. Nous allons reprendre la chanson depuis le début. » Elle s'assit au piano et plaqua résolument trois accords. Son visage empourpré était moucheté de taches blanches. À contrecœur, les enfants reportèrent leur attention sur elle. Avec autorité, elle attaqua l'introduction.

Anxieusement, Owen tâta le contenu de son sac pour s'assurer qu'il n'y avait pas eu de casse. « Incroyable », marmonna-t-il tout haut en rassemblant son matériel. Plusieurs « Chut ! » accompagnèrent sa bruyante retraite. « Fichez-moi la paix, vous ! » Il pointa un doigt menaçant sur une femme qui se tassa sous son regard glacial. Les voix enfantines ponctuèrent sa marche vers la sortie.

En arrivant au parking, il aperçut Maggie adossée au capot de la Jeep, le dos voûté comme si elle avait reçu un coup. Réprimant son envie de lui poser la main sur l'épaule, il ouvrit la portière arrière et mit son sac sur le siège.

« Quelle mouche vous a donc piquée ? demanda-t-il sur un ton léger. Vous avez décidé de casser tout mon matériel ou quoi ? »

Elle le foudroya du regard. « Merci infiniment. Ce fut inoubliable.

— Non, mais attendez ! Vous n'allez pas me rendre responsable de cet incident sordide ?

— Je vous avais dit en venant que j'étais inquiète ! Je voulais m'installer discrètement dans un coin. Seulement, il a fallu que vous me traîniez sur le devant de la scène. Qu'est-ce qui vous a pris ? Vous ne pouviez pas faire trois pas pour venir chercher votre maudit sac ? Vous… vous avez préféré m'humilier, me jeter en pâture à ces…

— Du calme, tonna Owen, lui agrippant les bras qui tremblèrent sous sa poigne. Primo, j'avais effectué tous les réglages à partir de ce point précis. C'est pourquoi je vous ai demandé de m'apporter ma sacoche. Et, deuzio, vous ne pouvez m'accuser de ce qui est arrivé ce soir. Je n'y suis pour rien.

— Je m'y attendais. » Elle se dégagea avec brusquerie. « Jess m'a dit : “Va à la réunion. Tout se passera bien." J'étais sûre, moi, que ça finirait ainsi. Je connais les gens. Mais non, Jess a toujours raison. Et vous…

— Maggie, l'interrompit-il, personne n'aurait pu le prévoir. Nous sommes un peuple civilisé. On ne part pas du principe que nos voisins vont se conduire comme des Huns. Je suis vraiment navré que vous ayez dû subir ça.

— Je le savais !

— Ce serait formidable si tout le monde se montrait raisonnable, mais ce n'est pas toujours le cas. On vous reproche ce qui est arrivé à ces enfants non parce qu'il y a des preuves, mais simplement parce que vous êtes nouvelle ici. Il se trouve que votre trisaïeul n'était pas dans le nid-de-pie quand le navire de Horace McWhirter a accosté cette île. » Il fit une pause, puis ajouta, songeur : « Encore heureux qu'il ne l'ait pas baptisée McWhirterville, hein ?

— Vous êtes au courant de ce qui s'est passé à la kermesse », observa-t-elle d'un air morne.

Ennuyé, Owen hésita. « Désolé. En général, j'essaie de ne pas faire attention aux ragots.

— Ce n'est pas grave, répondit-elle avec lassitude. Tout le monde le sait.

— Allons, ne le prenez pas ainsi. Vous êtes en train de vous laisser démolir à cause d'une histoire de rien du tout. Ça va se tasser, vous verrez. Écoutez, à mon arrivée ici, les gens traversaient quasiment la rue pour m'éviter. On aurait dit que je débarquais d'une soucoupe volante. » Il secoua la tête en s'esclaffant à ce souvenir.

« Je ne me sens pas bien, dit-elle. Je voudrais rentrer.

— J'essaie simplement de vous expliquer que j'ai connu ça.

— Je n'ai pas envie d'en parler. »

Owen soupira et contourna la voiture pour gagner la place du conducteur.

« Voulez-vous que je vienne avec vous ? demanda-t-il avec douceur en s'engageant dans l'allée qui menait vers la maison.

— Non.

— Jess aurait sûrement préféré que je ne vous laisse pas seule.

— Jess m'a poussée à aller à cette réunion, marmonna-t-elle.

— C'était pour votre bien.

— Je sais. » Il y eut un silence. « J'aurais dû les envoyer tous paître.

— Peut-être. »

Ils se turent, chacun absorbé dans ses pensées. Finalement, Owen demanda : « Qu'allez-vous faire maintenant ?

— Je n'en sais rien. Ruminer probablement.

— Pourquoi ne m'invitez-vous pas à boire un verre ?

— Non. J'ai envie d'être seule. » Elle ouvrit la portière et descendit. « Bonsoir, Owen. »

À la lueur des phares, il la regarda marcher vers la maison. « Bonsoir. » Il secoua la tête et recula en direction de la route. Il trouvait Maggie bizarre, mais en même temps, son visage lui était étrangement familier. Si seulement il arrivait à la situer ! Ennuyé, il se rendit compte qu'il n'avait pas insisté pour rester parce que les événements de la soirée l'avaient fatigué. Les problèmes des autres le fatiguaient toujours. Il avait hâte de retrouver la quiétude de sa maison au-dessus du lagon. Mais en arrivant à l'embranchement qu'il devait emprunter pour rentrer chez lui, il éprouva un sentiment de malaise. Il se retourna pour voir s'il y avait des voitures à droite, mais la route était plongée dans l'obscurité. Soudain, pendant qu'il restait là, il lui vint à l'esprit que la lumière extérieure de la maison de Maggie, allumée au moment de leur départ, était éteinte. *J'aurais dû attendre qu'elle rentre. M'assurer que tout allait bien*, pensa-t-il.

Lentement, il tourna à gauche et prit la route du lagon. Cette lumière éteinte le tracassait. Il ralentit et regarda en arrière. La propriété des Thornhill n'était déjà plus en vue. *L'ampoule a dû griller*, se dit-il. Il accéléra et commença à gravir la chaussée sinueuse. C'était un soulagement de savoir qu'il serait bientôt chez lui.

Ils ne te laisseront pas en paix, pensait-elle en se dirigeant vers la porte. *Une fois qu'ils te collent une étiquette, c'est fini. Peu importe que ce ne soit pas toi. Tu auras beau crier ton innocence ou brandir les poings, ça ne changera rien. Tu es cataloguée une bonne fois pour toutes*. Maggie avait l'impression de pouvoir se traîner à peine sous le poids de la chape de plomb qui s'était abattue sur elle.

Perdue dans ses réflexions, elle dut se cogner le tibia contre une marche pour s'apercevoir enfin qu'il n'y avait pas de lumière dehors. Perplexe, elle se frotta la jambe en regardant le globe éteint. Sans lumière, la maison avait l'air sinistre, mais parfaitement silencieuse. Elle s'approcha de la porte et posa la main sur la poignée, tendant l'oreille pour déceler le moindre bruit insolite. Tout était calme. *Ce doit être l'ampoule.* Elle poussa la porte et entra, cherchant l'interrupteur à tâtons. Elle pressa le bouton, mais la pièce demeura plongée dans le noir.

« Il y a quelqu'un ? » appela-t-elle d'une voix qu'elle essaya de raffermir.

Pour toute réponse, elle distingua des gémissements et jappements étouffés provenant du fond du couloir.

« Je suis là, Willy. » Elle s'arrêta sur le seuil, hésitant à pénétrer dans l'obscurité. Dans le silence, elle se rendit compte qu'elle n'entendait plus le tic-tac de l'horloge de la cuisine ni le bourdonnement du réfrigérateur. Elle contourna la table et tira sur le cordon de la lampe. Rien. « Une panne de courant, dit-elle tout haut. Zut ! »

Malgré son agacement, elle se sentit brusquement soulagée. Ses yeux commençaient à s'habituer à l'absence de lumière, et la pièce lui parut être dans l'état où elle l'avait laissée. Elle tâtonna jusqu'à la cheminée, trouva une bougie dans un chandelier en cuivre et une boîte d'allumettes. Elle alluma la mèche et, levant la bougie, décrivit un arc de cercle autour d'elle. Il n'y avait aucune trace de désordre.

L'électricité était totalement imprévisible sur cette île. Elle l'avait entendu répéter maintes et maintes fois. *Je devrais jeter un œil sur le disjoncteur,* pensa-t-elle.

Tenant la bougie devant elle, elle se dirigea vers la cuisine où se trouvait le compteur électrique. De l'autre côté du séjour provenaient les glapissements rassurants de Willy. « Tout de suite, cria-t-elle en ouvrant le placard pour inspecter la rangée de fusibles. Un petit instant, Willy. »

Par chance, elle avait demandé à Jess de lui montrer l'installation électrique lorsque les plombs avaient sauté dans la cuisine la semaine précédente. Si ce n'était pas une coupure de courant, il devait s'agir de l'un des principaux fusibles, puisque la panne semblait affecter toute la maison. Elle leva la bougie pour mieux les éclairer. Ils paraissaient en bon état, mais mieux valait s'en assurer. Elle voulut les retirer, et le fusible du haut lui tomba pratiquement dans la main. *Il a dû se dévisser*, pensa-t-elle en fronçant les sourcils. Excité, le chiot continuait à aboyer de plus belle. « Minute, Willy, laisse-moi remplacer ce plomb. » Elle l'examina avec attention, puis le remit en place et le vissa énergiquement.

Les lumières se rallumèrent, et le réfrigérateur se remit à bourdonner. Au même instant, un hurlement de douleur résonna à travers la maison. Maggie fit un bond et se précipita dans le séjour. Le cri atroce retentit à nouveau, quelque part au fond. Elle courut vers la chambre. En passant devant la salle de bains, elle sentit soudain une odeur de chair et de poils brûlés.

Elle s'arrêta net et, le cœur battant, entra dans la salle de bains. Elle se pencha et se figea, les mains sur la bouche pour étouffer un cri.

Au fond de la haute baignoire sur pieds, le minuscule chiot gisait, les pattes raides, dans quelques centimètres d'eau. Ses yeux en boutons de bottine lui sortaient de la tête. La puanteur était insupportable.

« Willy ! hurla Maggie, se baissant vers l'animal immobile. Que s'est-il passé ? » D'un geste brusque, elle retira les mains. Son regard venait de tomber sur le rasoir électrique fumant immergé dans l'eau à deux doigts du corps rigide de Willy. Elle suivit des yeux le fil jusqu'à la prise murale. Avec une exclamation étranglée, elle l'arracha rageusement de la prise parmi un crépitement d'étincelles.

« Quel ignoble individu... ? » Maggie chancela, saisie d'un tremblement irrépressible. Elle tendit les mains vers le petit cadavre pour les ramener aussitôt, les poings serrés, sur sa poitrine. Ses yeux se révulsèrent.

« Non ! » Elle se mit à secouer la tête, et sa voix monta comme une rivière en crue. « Willy, non ! » Sa plainte déchirante emplit la pièce, mais le chiot n'entendait rien, ne sentait rien. Il ne vit pas sa maîtresse le pleurer, recroquevillée sur elle-même, en serrant les poings.

16

D'une main crasseuse, Maggie essuya la sueur qui perlait sur son front. Plantant la pelle dans la terre, elle s'appuya sur le manche ; ses yeux secs et inexpressifs fixaient le monticule de boue à ses pieds. « Désolée, Willy. » Elle posa la pelle contre le mur et rentra dans la maison.

La lumière chaude que les fenêtres diffusaient dans la nuit ne lui fut d'aucun réconfort. Dans sa tête, son voyage avait déjà commencé. Elle alla chercher ses valises dans le placard où elle les avait rangées deux semaines plus tôt et les déposa, ouvertes, sur son lit. Un à un, elle entreprit de vider les tiroirs de la commode. Ce ne fut pas long : elle n'avait pas eu le temps d'accumuler grand-chose.

Et voilà, pensait-elle. *C'est fini.* L'espace d'une seconde, elle contempla les valises en oubliant le pull qu'elle tenait à la main. *N'importe qui d'autre appellerait la police en disant quelqu'un s'est introduit chez moi et a tué mon chien. La police s'occuperait de tout. Les voisins compatiraient.* Elle rit brièvement, sans joie, et regarda le pull comme s'il s'agissait d'un fragment de roche lunaire. Puis elle se rappela à l'ordre, jeta le pull dans la valise et la referma d'un coup sec.

Attends un peu qu'Emmett soit mis au courant de ton passage ici. Toutes ces lettres. Ces projets soigneusement échafaudés. Quelle importance maintenant? C'était sans espoir. Elle ne pouvait pas rester. Qui donc était responsable de la mort cruelle de Willy? Un instant, elle songea à Grace, mais chassa aussitôt cette idée. Même Grace n'aurait pas commis un acte aussi odieux. Il s'agissait peut-être d'un ami des Cullum ou bien de jeunes punks qui auraient appris ce qui était arrivé aux garçons. Peu lui importait, au fond, qui c'était. La mort de Willy était comme une croix enflammée. L'expression du sentiment général. Le message était clair. C'était révoltant, mais à quoi servait-il de se le répéter? Maggie saisit la valise et la laissa tomber à côté de la porte.

Elle balaya du regard l'intérieur austère de la chambre. On eût dit qu'elle n'avait jamais habité ici. Elle jeta un coup d'œil sur le lit, fait avec soin, les deux oreillers côte à côte. Jess. Il fallait le prévenir de son départ. Il serait furieux à cause de Willy, mais il la supplierait de rester, de ne pas baisser les bras. Il ne comprendrait pas sa décision. Elle alla dans la cuisine et décrocha le téléphone. Après avoir composé son numéro, elle laissa sonner six fois, mais il ne répondit pas. Elle raccrocha, presque soulagée. Elle redoutait de lui annoncer la mort de Willy. Si seulement elle s'était occupée du chiot avant de remettre le fusible! Qui plus est, elle avait honte d'avouer qu'elle fuyait, qu'elle renonçait à se battre.

Reste, lui dirait-il. *Pense à nous.* Maggie secoua la tête et se frotta les yeux. Il ne savait pas. Il ne pouvait pas comprendre. Toutes ces années de prison. Les brimades sans fin. Elle n'allait pas continuer à vivre en paria. Voilà que ça recommençait; seulement, cette fois, elle était libre de partir. Il n'y avait pas de murs ou de barreaux pour la retenir.

Impatiemment, elle s'empara du combiné et composa à nouveau le numéro de Jess. Elle ne voulait pas prendre le risque de rester. C'était trop dangereux. Elle se connaissait trop bien. Un surcroît de pression… La sonnerie du téléphone résonnait inlassablement à son oreille. Où pouvait-il bien être? Elle regarda l'horloge. Il commençait à se faire tard. « Réponds », le pressa-t-elle tout haut. Mais le téléphone sonnait toujours dans le vide.

Elle raccrocha le combiné et alla sans but précis dans le séjour. Là, elle essaya tous les fauteuils, mais aucun ne lui parut confortable. Se levant, elle se mit à arpenter la pièce. D'un côté, elle avait envie de partir et de l'appeler du continent. Si elle se dépêchait, pensa-t-elle avec un coup d'œil sur la pendule, elle pourrait encore attraper le dernier ferry de la soirée. Mais alors même qu'elle y réfléchissait, elle comprit qu'elle ne le ferait pas. Il fallait qu'elle le voie une dernière fois. Peut-être même lui dirait-elle la vérité. Elle le lui devait probablement. Il avait cru en elle. Il l'avait aimée.

Maggie s'extirpa du fauteuil où elle s'était réinstallée et retourna dans la cuisine. Elle composa le numéro, mais n'obtint qu'une sonnerie. Elle ne pouvait pas partir comme ça, sans un mot. Le récepteur collé à l'oreille, elle regarda par la fenêtre. Juste au-delà de la portion éclairée du jardin, il y avait la tombe de Willy. Elle aurait voulu l'enterrer plus près du ruisseau, là où Jess et elle l'avaient emmené jouer le premier soir, mais l'obscurité l'en avait dissuadée.

Elle raccrocha, s'assit pesamment sur une chaise et examina ses mains. Elles tremblaient de façon incontrôlée. Au bout d'un moment, elle se rendit compte qu'elle claquait des dents. Elle se leva et alla regarder dans le placard sous l'évier. Il y avait une bouteille d'alcool dedans ; elle l'avait trouvée en faisant le ménage. Le long goulot qui dépassait au fond attira son œil. Elle tendit la main vers la bouteille de whisky et, ce faisant, effleura un récipient en plastique blanc qu'elle manqua renverser. Hésitante, elle considéra l'étiquette blanc et bleu du détergent. Elle songeait à la nuit où elle avait bu dans un récipient identique, à la douleur fulgurante, immédiate, qui avait suivi. Maggie fronça les sourcils. Elle s'interdisait de penser trop souvent à sa tentative de suicide.

Machinalement, elle porta la main à sa gorge. D'un doigt distrait, elle massa l'endroit jadis traversé par la canule qui l'avait maintenue en vie. Il ne restait plus aucune trace, juste une minuscule cicatrice à la base du cou. Drains, bouteilles et poches de sang l'avaient rendue à cette existence qu'elle avait finalement décidé d'assumer. Dans les mois et les années qui avaient suivi, ç'avait été une lutte de tous les instants. Elle ne pouvait pas se permettre de replonger.

Elle attrapa la bouteille de whisky par le goulot. Pendant qu'elle se versait une rasade dans une chope à bière, son regard erra à travers la cuisine. Elle ferma les yeux, se raidit et porta la chope à ses lèvres. S'efforçant de ne pas faire attention au goût, elle but goulûment, à grands traits. En descendant, le liquide brûlant provoqua une sensation d'engourdissement.

Evy regarda dans le réfrigérateur et en sortit deux paquets sous cellophane.

« Autant le faire ce soir », déclara-t-elle.

Le sang clair, transparent, des morceaux de poulet s'insinua dans les plis de l'emballage et coula sur ses doigts. Elle secoua les paquets au-dessus de l'évier et les jeta sur l'égouttoir. « Nous aurons du poulet pour demain. » Elle se retourna pour juger de l'effet de ses paroles. « Tu aimes bien le poulet, non ? »

Harriet Robinson surveillait sa petite-fille avec des yeux effrayés.

« Pas vrai ? » insista Evy.

La vieille femme cilla et continua à la fixer.

Evy la scruta un moment et, malgré son manque apparent de réaction, parut satisfaite. « Je sais ce que tu aimes. »

Elle prit le premier paquet et planta le doigt dans le film transparent. Au bout de plusieurs tentatives, elle réussit à le déchirer, et son ongle déchiqueté s'enfonça dans les replis jaunes de la peau. Elle arracha l'emballage ; le sang liquide du volatile ruissela sur sa paume.

« Beurk ! fit-elle en grimaçant. J'ai horreur de ça. C'est tellement salissant. » Elle inspecta soigneusement les différents morceaux avant de les étaler sur le plan de travail. Puis elle reporta son attention sur l'autre paquet.

« Ça fait beaucoup, il y aura plein de restes. Mais qui sait, ajouta-t-elle en se tournant vers sa grand-mère. Peut-être que nous aurons des invités ! »

La vieille femme l'observait intensément.

Evy prit un couteau et piqua l'emballage du second paquet. « Je sais, dit-elle avec un soupir. Nous n'avons jamais d'invités. »

Un grincement se fit entendre du côté du fauteuil roulant. Elle pivota sur elle-même. « Que se passe-t-il ? » Sa grand-mère ne semblait pas avoir bougé. Rassurée, Evy retourna à sa tâche.

« Franchement, je ne vois pas comment je pourrais m'occuper de toi, faire tout ce que j'ai à faire et en plus, recevoir des invités. Je n'ai que deux bras. » Elle saisit la carcasse et tira. Les os craquèrent, et la carcasse s'ouvrit en deux. Elle la plaça sur la planche à découper et s'empara d'un couteau à viande. D'un coup sec, elle sépara les deux moitiés.

« Je sais ce qui te tracasse, poursuivit-elle. Tu es au courant de ce qui est arrivé à Jess. » Elle regarda l'infirme en quête d'une confirmation. Harriet Robinson cligna rapidement des yeux, comme pour se débarrasser d'une poussière.

Evy enleva une moitié de la carcasse de la planche et fouilla dans le tiroir à côté de l'évier, d'où elle sortit un couteau à lame effilée. Elle le posa parallèlement à la planche et souleva un bout de peau de poulet. Distraitement, elle frotta la peau entre ses doigts comme pour tester la qualité d'un tissu. Puis, d'un geste abrupt, elle la détacha de la chair. Le morceau faillit s'envoler, et elle le plaqua sur la planche. La peau se décolla dans un bruit de succion et se balança mollement entre ses doigts.

« Je sais que tu l'aimais bien. "Bonjour, Harriet. Comment ça va aujourd'hui ?" Il était si gentil avec toi. Beaucoup trop gentil, marmonna-t-elle. Avec tout le monde. » Elle prit le couteau pointu et l'appuya sur la partie charnue du volatile. « Au départ, je n'avais pas l'intention de le mêler à ça. » Elle planta la pointe du couteau dans le gras de son index. Une minuscule goutte de sang perla sur son doigt, mais elle ne s'en aperçut même pas. « Seulement, les choses ont tourné autrement. » Elle enfonça le couteau dans la chair de poulet, près de l'os, et commença à la découper. Brusquement, elle s'interrompit et jeta un regard perçant à sa grand-mère qui suivait tous ses mouvements comme si Evy avait été un cobra. Son geste soudain fit tressaillir la vieille femme.

« Écoute, en ce qui te concerne, je crois qu'il y a un os. » Evy rit de sa propre plaisanterie, mais se reprit aussitôt. « Enfin, pas vraiment un os, rectifia-t-elle. Seulement, promets-moi une chose. Si jamais on t'interroge au sujet… de ce que tu sais, en bas, n'en parle pas. »

Elle contempla la déchirure qu'elle avait pratiquée et, introduisant le couteau à l'intérieur, se mit à tailler dans la chair. « Il ne faut pas que quelqu'un le découvre. Alors, si on te demande où j'étais ce soir, par exemple, ou ce que j'ai fait, tu n'es pas au courant. J'étais avec toi, un point c'est tout. C'est important, ajouta-t-elle gravement. Promets-le-moi. » Elle scruta le visage de sa grand-mère pour voir si elle avait bien compris. L'air effrayé de l'infirme la troubla. Elle secoua la tête.

« Ne t'inquiète donc pas. Il ne se passera rien. Personne ne te posera de questions. Il n'y a aucun risque pour qu'on s'aperçoive de quelque chose. Je t'ai fait peur pour rien. Crois-moi, c'est presque fini. Encore un peu de patience, et tout rentrera dans l'ordre. »

Elle laissa tomber le couteau avec fracas et prit la carcasse, glissant impatiemment le doigt entre la chair et l'os. « Je sais, tu aurais préféré que ce ne soit pas Jess. Moi aussi. Mais c'est comme ça. On ne pouvait pas faire autrement. Il l'a cherché. Jamais il n'aurait dû s'amouracher d'elle. Il suffit de la voir pour savoir ce qu'elle est. » Sa voix monta ; elle enfonça les doigts dans la chair du poulet.

« Il couchait avec elle. Exactement comme mon père. C'est toi-même qui me l'as dit. » Evy détacha le blanc des os cassants. « Il a eu ce qu'il méritait ! » Les os craquèrent entre ses doigts.

De toute la force de ses nerfs en lambeaux et de ses fibres inertes, Harriet Robinson bascula en avant. L'espace d'un instant, on eût dit qu'elle allait se mettre debout : son corps chétif se souleva au-dessus du siège en cuir qui normalement la tenait prisonnière. Puis elle s'abattit comme une masse sur le sol de la cuisine.

Evy fit volte-face, le blanc de poulet dégoulinant dans une main, les os broyés dans l'autre.

Sa grand-mère gisait, la joue sur le linoléum froid, incapable de lever les yeux sur sa petite-fille. Ses membres inutiles étaient écartelés, hormis le bras gauche replié sous elle. Elle respirait avec difficulté par la narine et le coin de la bouche qui n'étaient pas écrasés contre le sol. Les yeux grands ouverts, elle fixait les pieds de la table de cuisine.

Lentement, Evy se retourna vers l'évier, les sourcils froncés comme si elle avait oublié ce qu'elle était en train de faire. Se ressaisissant, elle prit l'autre moitié de la carcasse sur l'égouttoir et la passa sous l'eau.

« C'est vrai, murmura-t-elle. C'est toi qui me l'as raconté. Je me souviens de tout ce que tu m'as dit. Il couchait avec elle, elle l'a tué et elle s'en est tirée à bon compte. Elle était drôlement jalouse de maman et de moi, non ? Et elle n'a écopé que quelques années de prison. C'est tout. Rappelle-toi. Tu disais que de nos jours, on pouvait s'en sortir presque impunément, même après avoir commis un meurtre. Tu te rappelles ? »

Allongée, impuissante, sur le sol, la vieille femme avait mal partout. Ses yeux couraient d'un coin à l'autre de la cuisine comme des souris dans un labyrinthe pendant que la voix monocorde de sa petite-fille lui distillait goutte à goutte ses propres paroles, tel le venin qui sourd des crochets d'un serpent.

17

À chaque mouvement désordonné de la dormeuse, la bouteille vide glissait un peu vers le bord de la table. Maggie gémit et laissa retomber sa tête sur son avant-bras. La bouteille vacilla et tomba avec fracas.

Réveillée en sursaut, Maggie se dressa d'un bond. Hébétée, le cœur battant, elle regarda autour d'elle et vit la bouteille cassée sur le sol de la cuisine. Elle s'affaissa sur la chaise : elle avait un point de côté et sentait une douleur lancinante au-dessus du sourcil droit. Elle appuya son front endolori sur son bras replié. L'odeur de la table lui rappela son pupitre d'écolière, lorsqu'elle était obligée d'y poser la tête à l'heure de la sieste, incapable de dormir à cause des effluves suffocants du bois verni. À présent, malgré la sensation désagréable, elle était trop épuisée pour se relever.

Elle tourna la tête sur le côté. Dehors, le ciel gris et lourd se teintait timidement d'une pâle lueur argentée. Sur l'évier, il y avait la chope où il restait encore deux doigts de whisky. À sa vue, Maggie eut l'estomac barbouillé. Lentement, elle se redressa, les doigts sur les paupières. Elle jeta un coup d'œil sur le cadran lumineux de l'horloge murale. Six heures moins le quart.

Elle grimaça et donna un coup de pied dans les tessons de bouteille.

Elle avait la gorge tellement sèche qu'elle avait du mal à déglutir. Sans oublier le goût répugnant dans sa bouche. Elle regarda le téléphone. Pendant qu'elle vidait la chope, elle avait appelé Jess à plusieurs reprises. Sans résultat. La dernière chose dont elle se souvenait était d'avoir bu directement à la bouteille.

« Il faudrait que je ramasse ça », marmonna-t-elle en contemplant les éclats de verre. Elle se baissa et commença à les rassembler. Il y en avait partout. Le sommet pointu d'un gros tesson émergeait, tel un iceberg, du lait qui restait dans la gamelle de Willy. Une vague de nausée submergea Maggie. Elle se leva, titubante et, la main sur la bouche, se rua dans la salle de bains. Elle l'atteignit juste à temps : le whisky jaillit en geyser de son estomac révulsé.

La crise de vomissements la laissa affaiblie, mais en même temps plus lucide. Elle se regarda dans la glace avec un sentiment d'irréalité. Elle avait l'air pâle et fatiguée, mais pas tellement plus que d'habitude. Son visage ne trahissait aucune trace de son désespoir : c'en était étonnant. Question d'entraînement, pensa-t-elle, désabusée.

Elle ouvrit l'armoire à pharmacie et prit d'une main tremblante la boîte d'aspirine. Elle sortit quatre cachets et les avala avec une gorgée d'eau. Puis, d'un pas traînant, elle gagna la chambre. Pendant quelques minutes, elle resta assise sur le bord du lit, les yeux clos dans la lumière grisâtre de l'aube. Elle pensa retourner dans la cuisine pour rappeler Jess, mais décida qu'il n'apprécierait guère d'être réveillé d'aussi bonne heure, surtout s'il était rentré tard. Où était-il allé? Son oreiller ressemblait à un nuage. Avec précaution, elle y posa la tête et remonta la couverture sur son corps fourbu, sans prendre la peine de se déshabiller. Le réveil sur sa table de nuit était réglé sur sept heures. Mais elle n'avait pas envie de le mettre. Elle n'avait aucune raison d'arriver au bureau à l'heure, simplement pour annoncer à Jess qu'elle partait. *On n'a pas besoin d'être à l'heure pour donner sa démission.* Où avait-il passé la nuit? Elle retourna le réveil et ferma les yeux. *J'arriverai quand j'arriverai. Qu'ils aillent se faire pendre.*

Il était presque onze heures trente quand Maggie pénétra au siège des *Nouvelles.* En déposant ses bagages dans le vestibule, exactement comme le jour de son arrivée deux semaines plus tôt, elle fut frappée par l'ironie de la situation. Elle passa ostensiblement devant la salle de rédaction et se dirigea vers le bureau de Jess. Elle entendit Grace l'interpeller : « Hé, attendez une minute ! »

Sans lui prêter attention, Maggie frappa énergiquement à la porte de Jess. Grace surgit dans le couloir. « Un instant, s'il vous plaît. Je vous parle. »

Maggie la toisa avec froideur. « Mais moi, je n'ai pas envie de vous parler, riposta-t-elle, ravie de sa propre insolence. J'aimerais voir Jess.

— Jess n'est pas là. D'ailleurs, je voudrais bien savoir où il est. »

Le visage de Maggie s'allongea. « Il n'est pas là? » répéta-t-elle.

Grace se redressa avec indignation. « Vous voulez dire que vous n'êtes pas au courant? »

Interloquée, Maggie secoua la tête.

« Ne prenez donc pas cet air innocent. Compte tenu de la nature de vos relations, j'ai tout naturellement pensé qu'il était chez vous. Ou vice versa. Je croyais que vous viendriez ensemble, à supposer que vous ayez décidé de venir, ajouta Grace, acide.

— Pourquoi n'avez-vous pas appelé?

— Je ne voulais pas vous déranger tous les deux.

— Jess n'était pas chez moi. Je ne sais pas où il est. Il n'a même pas téléphoné?

— Je constate que vous non plus, vous n'avez pas téléphoné. »

Maggie ne releva pas la pique. « Il ne vous prévient pas, d'ordinaire, quand il est en retard?

— Si. Mais, je vous l'ai dit, je pensais que vous arriveriez ensemble.

— J'ai compris, Grace. Seulement, je n'ai pas revu Jess depuis hier soir sept heures. J'ai essayé moi-même de le joindre, mais il n'était pas là. »

L'indignation de Grace commençait à se muer en une anxiété mal dissimulée. Les deux femmes se dévisagèrent en silence. « Ce n'est pas dans les habitudes de Jess de ne pas donner signe de vie, dit Grace finalement. Je vais appeler chez lui. » Et elle se hâta de regagner la salle de rédaction.

« Que se passe-t-il? »

Maggie sursauta. Se retournant, elle vit Evy, adossée au mur, la tête penchée sur le côté.

« C'est Jess, marmonna-t-elle. Il n'est pas venu au bureau aujourd'hui. »

Evy eut un mince sourire. « Il fait l'école buissonnière. » Maggie secoua la tête en regardant droit devant elle. « Ça m'étonnerait.

— Pourquoi ?

— Il aurait dit quelque chose. Il n'était pas chez lui hier soir non plus. »

Evy haussa les épaules. « Je suis sûre qu'il n'y a pas de problème. Jess est assez grand pour prendre soin de lui.

— J'espère que vous avez raison.

— 'Scusez-moi. » Evy passa devant Maggie en évitant son regard. À la vue de son visage pâle et fermé, Maggie se rendit soudain compte qu'elle ne l'avait pas revue depuis l'incident à la kermesse. Un sentiment de honte la submergea au souvenir de son éclat.

« Evy… »

La jeune fille s'arrêta et se tourna vers elle.

« Je… je voulais vous parler de dimanche dernier. Vous allez bien ? »

Evy toucha pensivement sa narine. « Oui.

— Je crois que je vous dois de nouvelles excuses.

— Ce n'est pas grave. C'était plus fort que vous. »

Maggie se hérissa. « Pas vraiment. Mais j'ai eu tort de vous accuser. Et de vous bousculer de la sorte…

— Quelle histoire, fit Evy comme pour clore le sujet.

— Il ne répond pas », annonça Grace d'une voix stridente en sortant dans le couloir. Elle ne cachait plus son inquiétude.

« Où pourrait-il bien être ? demanda Evy.

— Aucune idée. Mais je ne vais pas rester là, les bras ballants, à imaginer toutes sortes de scénarios invraisemblables. »

Evy soupira en signe d'assentiment.

« À ce propos, où est passé Mr. Emmett ? Nous n'avons toujours pas eu de ses nouvelles. Comment peut-on partir en voyage d'affaires sans donner la date de son départ et de son retour ? Je vais prévenir la police.

— La police ? chuchota Maggie.

— À moins que vous n'ayez une explication valable à fournir sur son absence », rétorqua Grace avec humeur.

Maggie la regarda, désemparée. « Je ne sais pas. J'ai du mal à réfléchir.

— Tant pis. Je vais en parler Jack Schmale. Evy, retourne finir ce qu'il y a sur ton bureau. Nous avons du pain sur la planche. »

Evy fila dans la salle de rédaction.

« Venez avec moi, dit Grace à Maggie. Il aura sans doute quelques questions à vous poser.

— Vous allez au poste de police ? s'enquit Maggie faiblement.

— Évidemment ! »

Je ne peux pas aller à la police. Je ne peux pas. Cette perspective lui donnait le vertige. Elle était absolument convaincue qu'en franchissant le seuil du poste de police, elle s'évanouirait.

« Vous n'avez pas envie de le retrouver ? demanda Grace sur un ton accusateur.

— Bien sûr que si !

— Alors, allons-y.

— Je ne me sens pas très bien, Grace. J'ai peur d'être malade. Pourquoi ne l'appelez-vous pas pour lui suggérer de passer ? On perdrait moins de temps. »

Grace la scruta. « Qu'avez-vous ? Vous avez bu ou quoi ? »

Maggie saisit le prétexte. « Oui, un verre ou deux hier soir, pour calmer mon… ma rage de dents. Ça m'a porté sur l'estomac. Je dois avoir un début de grippe.

— D'accord, je vais lui téléphoner. »

Grace regagna précipitamment son bureau, décrocha le téléphone et composa le numéro du poste de police de Heron's Neck.

« *Riiiiii-di Pagliaccio…* »

La voix du ténor vibrait de sanglots contenus. Les mains jointes et les yeux fermés, Jack Schmale écoutait d'un air à la fois béat et tourmenté. C'était son passage préféré de l'opéra. À travers le casque, la musique se déversait dans ses oreilles.

Dans ce cocon sonore, à l'abri de ses paupières closes, Jack Schmale frôlait l'extase. Il imaginait très bien le clown solitaire chantant sa douleur au milieu de la scène. Jack avait vu *I Pagliacci* durant la tournée bostonienne du Metropolitan Opera, deux ans plus tôt. Il programmait toujours ses vacances en fonction de la saison lyrique. Une fois même, voilà dix ans, il s'était rendu à la Scala.

Il leva le menton de satisfaction tandis que le ténor achevait triomphalement son air. Puis il rouvrit les yeux et cilla comme un homme qui sort d'une transe. Il parcourut du regard la salle exiguë du poste de police qui constituait son cadre de travail. Aussi grisonnants que lui, les murs étaient recouverts de notices jaunies et d'affiches plus ou moins anciennes. Les deux bureaux étaient tout éraflés, et les carreaux, noirs de poussière. L'objet le plus récent était le magnétophone portable de Jack, précieux cadeau d'anniversaire de sa femme Wilma.

Sur le pas de la porte, un jeune homme en uniforme bleu batifolait avec une petite brune aux joues roses. Elle riait aux éclats, révélant ses dents minuscules et brillantes comme la nacre. Penché vers elle, il continuait à parler. Jack fronça les sourcils d'un air désapprobateur par-dessus ses lunettes qui lui glissaient du nez. La musique reprit. Marquant le tempo d'un doigt distrait, il fixa le couple dans l'entrée. Totalement absorbés l'un par l'autre, les deux jeunes gens ne se rendaient compte de rien. Dans les écouteurs de son casque, Jack pouvait capter occasionnellement les bribes de leur badinage.

Peut-être, pensa-t-il avec un soupir, *que je ne montre pas le bon exemple*. Il éteignit le magnétophone à regret et, ôtant le casque, se tourna vers le couple.

« Agent Prendergast ! »

Le jeune homme moustachu s'écarta du chambranle contre lequel il était appuyé. « Oui ? demanda-t-il poliment.

— Vous devriez aller jeter un œil sur la résidence des Taylor. J'avais promis à Cyrus de la surveiller pendant qu'ils étaient aux Bermudes. »

La fille aux joues roses murmura un au revoir et

s'éclipsa dans la boutique d'en face où elle était employée. Prendergast la suivit d'un regard mélancolique avant de se tourner vers son patron.

« OK. Autre chose ?

— Non.

— Bon, alors j'y vais.

— Eric... »

Le ton préoccupé de son supérieur arrêta le jeune agent de police. « Oui ? »

Schmale s'éclaircit la voix. « Au fait, comment va Joanie ? Ça fait longtemps que je ne l'ai pas vue. »

À la mention de sa femme, Prendergast rougit. « Elle va bien. Elle est très occupée avec le bébé. »

Jack hocha la tête et jeta un regard en direction de l'épicerie d'en face.

« Autre chose, chef ? s'enquit le jeune homme avec raideur.

— Non, non. Allez vite chez les Taylor.

— Bien, chef », répondit Prendergast en rajustant sa casquette.

Lorsque la porte se fut refermée derrière lui, Schmale secoua la tête. « Voilà comment les ennuis commencent », déclara-t-il tout haut. En soupirant, il entreprit de passer en revue sa collection de cassettes.

La sonnerie du téléphone le prit au dépourvu. Agacé par cette interruption, il remit la boîte de cassettes dans le tiroir. *Turandot* attendrait. Il se racla la gorge, décrocha et dit d'une voix bourrue : « Police. » Quelle ne fut pas sa surprise d'entendre Grace Cullum bredouiller anxieusement que Jess Herlie n'était pas venu travailler.

« Bien, mesdames. Pour commencer, expliquez-moi exactement quel est le problème.

— Je croyais, annonça Grace d'un air important, que Jess était avec elle. » Et elle désigna Maggie, tassée sur une chaise. « Ils étaient, vous comprenez… » Grace hésita, ne sachant comment salir la réputation de Maggie sans compromettre Jess. « On les a vus ensemble en dehors du bureau. Voilà pourquoi je n'ai pas voulu téléphoner et les interrompre en plein milieu… »

Evy laissa échapper un rire légèrement hystérique qui lui valut des regards glacés.

« Donc, poursuivit Grace, j'ai préféré attendre. Finalement, elle est arrivée. Elle prétend ne pas l'avoir vu depuis hier. J'ai tout de suite appelé chez lui, mais ça ne répond pas. En temps ordinaire, je ne vous aurais pas dérangé Jack, mais comme nous sommes toujours sans nouvelles de Mr. Emmett, je suis inquiète, évidemment.

— Vous avez bien fait, Grace. » Le policier se tourna vers Maggie. « Quel est votre nom, s'il vous plaît?

— Margaret Fraser », marmonna-t-elle.

Jack Schmale scruta son visage comme s'il cherchait à assembler deux pièces d'un puzzle. Puis il haussa les épaules et nota son nom sur son carnet. « Quand avez-vous vu Jess Herlie pour la dernière fois?

— Hier soir. Vers sept heures.

— À quel endroit?

— Il était… nous étions à la maison. Ensuite, il est rentré chez lui. »

Schmale la dévisagea intensément. « Et vous ne l'avez plus revu, vous ne lui avez plus parlé depuis ?

— Non. Je suis sortie. À mon retour, j'ai essayé de le joindre, mais il n'était pas là. »

Schmale retira ses lunettes, les plia et les rangea dans leur étui dans la poche de sa chemise. « Bien. Avant de s'affoler, il faudrait d'abord faire un saut chez lui. Il est peut-être tombé malade. » Jack se voulait rassurant, mais son ton ne convainquit personne. Grace et Evy se regardèrent. Maggie fixait le plancher.

« Je vous donnerai un coup de fil dès mon retour. » Jack se dirigea vers la porte. « En attendant, tâchez de vous rappeler son emploi du temps, des rendez-vous que vous auriez pu oublier.

— Impossible, protesta Grace. Je les aurais notés sur le calendrier.

— Ma foi, tout le monde peut se tromper. » Schmale remonta la fermeture Éclair de sa veste en cuir. Mais, au moment de sortir dans le vestibule, il s'arrêta net et se retourna vers les trois femmes.

« À qui c'est, ça ? » tonna-t-il.

Elles le rejoignirent à la porte. Il prit les valises posées à l'entrée de la salle de rédaction.

« Elles sont à moi », fit Maggie, embarrassée.

Il les examina pensivement. « Ah, bon. J'ai cru un instant qu'elles étaient à Jess. Vous partez ?

— J'en avais l'intention.

— En vacances ?

— Non. Je m'en vais. » Maggie se sentait ridicule. « Je suis juste venue prendre quelques affaires et prévenir Jess de mon départ.

— Ce n'était pas prévu, hein ? »

Pour se donner une contenance, elle se passa les mains sur le visage. Evy et Grace ne la quittaient pas des yeux. « J'ai… je ne me plais pas ici. J'avais envie d'aller ailleurs. Jess était au courant », mentit-elle.

Jack Schmale fit la moue et considéra les valises qu'il avait posées l'une sur l'autre. « Si on en parlait dans la voiture ? »

Grace et Evy échangèrent un coup d'œil furtif. « Dans la voiture ? bégaya Maggie.

— J'aimerais que vous m'accompagniez chez Jess. Ça ne vous ennuie pas, n'est-ce pas ? »

Maggie ouvrit la bouche, mais aucun son n'en sortit. « Je peux vous l'emprunter quelques minutes, Grace ?

— Bien sûr.

— Dans ce cas, allons-y. »

Hébétée, elle prit son manteau et suivit le chef de la police.

Malgré la suggestion de Jack de parler en chemin, ils ne desserrèrent pratiquement pas les dents de tout le trajet. À peine monté dans la voiture, il alluma la radio réglée sur une station de musique classique, et l'habitacle s'emplit de voix puissantes chantant dans une langue étrangère.

Derrière cette muraille sonore, Maggie se sentait à l'abri. La présence d'un policier à ses côtés la rendait malade d'angoisse. Le frottement incessant du cuir chaque fois qu'il tournait le volant lui portait sur les nerfs. Le grattement du stylo qui dépassait de sa poche contre son insigne se mêlait à la musique comme un crissement d'ongles sur un tableau noir. Les clés accrochées à son ceinturon cliquetaient, menaçantes, en s'entrechoquant avec les menottes suspendues à côté. Pour éviter le regard placide de son compagnon, Maggie contemplait la route désormais familière qui menait vers la maison de Jess. Où était-il passé? À mesure qu'ils s'en rapprochaient, l'eau apparaissait de plus en plus souvent sur leur gauche.

« C'est joli par ici, dit Schmale. Ma femme Wilma et moi-même avons habité plusieurs années dans ce coin au début de notre mariage.

— Ah oui?

— C'est un endroit idéal pour la pêche. Et puis, je pouvais mettre mes disques aussi fort que je le voulais sans ennuyer personne. » Il rit à ce souvenir. « Sauf Wilma, quelquefois. Mais c'est beaucoup trop loin de la ville. Je passais le plus clair de mon temps sur la route.

— C'est très beau, opina Maggie. La vue sur la mer... »

Schmale s'engagea sur le chemin étroit qui grimpait jusqu'à la maison. « Sa voiture est là. »

Elle avait déjà remarqué la Compact dernier modèle de Jess. Schmale s'arrêta derrière et coupa le moteur. « Allons jeter un coup d'œil », fit-il en regardant sa passagère d'un air imperturbable. Il quitta la voiture et commença à descendre en direction de la jetée et du hangar qui servait de garage à bateaux. Une fois, il se retourna pour s'assurer que Maggie était bien là où il l'avait laissée.

Un brouillard gris montait de l'eau, humide et désolant. Maggie vit Jack secouer le cadenas et risquer un regard par la fenêtre du hangar. Elle se tourna vers la maison. Elle la revoyait accueillante, brillamment éclairée, le jour où Jess l'avait amenée ici pour la première fois. « J'ai pratiquement tout fait moi-même, avait-il expliqué en désignant fièrement les boiseries, les étagères et les murs nouvellement plâtrés. Ça m'a pris des années. Sauf les rideaux. Les rideaux, c'est Sharon. Quand nous avons emménagé ici. » Jack remonta pesamment et la rejoignit sur le chemin. « Son hors-bord est là, grommela-t-il. Allons voir dans la maison. »

Il frappa deux fois, sans résultat. Alors il abaissa la poignée et entra, Maggie sur ses talons. Tout était calme à l'intérieur.

Jack fit le tour du rez-de-chaussée, allumant les lumières pour examiner chaque pièce vide. Finalement, il revint retrouver Maggie au salon.

« Je vais voir en haut. Il n'est pas ici. »

Elle hocha la tête et le regarda gravir bruyamment l'escalier. « Jess ? » appela-t-il.

Le salon était dans son état de désordre habituel, même si les quelques meubles antiques hérités des parents de Jess lorsqu'ils avaient quitté l'île brillaient, encaustiqués, dans l'attente d'invités ou de relations d'affaires. Des plantes en pot sur l'appui de fenêtre s'affaissaient par manque d'eau. Elle passa dans la cuisine où tout était bien rangé, à l'exception d'une tasse avec un fond de café sur la table. *Il n'a pas pris son petit-déjeuner,* pensa-t-elle machinalement. Jess buvait du thé le matin, et du café le soir. Ce qu'elle savait de lui la surprit. La moindre habitude qu'elle avait constatée, la moindre discussion qu'ils avaient eue ensemble étaient gravées de façon indélébile dans sa mémoire. Elle aurait pu les réciter par cœur, comme une leçon de catéchisme.

Dans le bureau, ses piles de livres et de papiers offraient un spectacle poignant. On eût dit qu'il venait juste de sortir. Sa pipe, qu'elle lui avait rendue si peu de temps auparavant, reposait sur le bord du cendrier comme s'il l'avait posée là à la hâte, au dernier moment, avant de disparaître.

Elle retourna dans le couloir. Au-dessus, on entendait les pas lourds de Jack Schmale et les portes des placards qui claquaient. Maggie essaya la porte de derrière et s'aperçut qu'elle n'était pas fermée à clé. Elle sortit sur la terrasse. Par un temps clair, on pouvait voir l'eau clapoter contre l'embarcadère en contrebas. À présent, le brouillard l'enveloppait d'un épais nuage gris, mais on distinguait toujours le bruissement ininterrompu des vagues.

Dehors, sur la terrasse, il y avait une table en osier avec des canettes de bière vides et un exemplaire trempé des *Nouvelles de la Crique*. À côté trônait un fauteuil à bascule fatigué avec un vieux pull négligemment jeté sur le dossier. Maggie attrapa le pull et le caressa. Son doigt se prit dans un trou de la manche effilochée. Serrant le vêtement usé sur sa poitrine, elle fixa sans le voir le paysage baigné de brouillard. Des images de Jess l'assaillaient. Et l'atmosphère sereine de la maison ne faisait qu'accentuer la crainte qui commençait à germer en elle.

« Ohé, où êtes-vous ? » La voix de Jack Schmale retentit dans le couloir.

Maggie tressaillit. « Par ici. »

Schmale poussa la porte donnant sur la terrasse. Elle lui lança un regard interrogateur.

« Il n'est pas là. »

Maggie acquiesça de la tête. Elle le savait déjà.

Dans sa main gauche, le policier tenait le portefeuille de Jess. « Clés de voiture, montre, portefeuille. Tout était sur la commode. Où qu'il soit allé, il n'avait pas l'intention de s'absenter longtemps.

— Il y a du café d'hier soir sur la table de cuisine. » Les mains tremblantes, Maggie remit soigneusement le pull sur le dossier du fauteuil.

« Il n'a pas fait allusion à une sortie éventuelle ? »

Elle secoua la tête. « Rien.

— Tâchez de vous souvenir. Il n'a pas pu se volatiliser dans la nature. »

Elle lança un regard impuissant à Jack.

« Vous n'avez plus qu'à défaire vos bagages, ajouta-t-il. Personne ne partira d'ici pour le moment. Il se peut que j'aie d'autres questions à vous poser.

— Vous allez m'arrêter ? demanda-t-elle faiblement.

— Pourquoi le ferais-je ? riposta le vieux policier avec humeur. Vous avez commis un crime ?

— Non, souffla-t-elle.

— Je ne vois rien de louche… pour l'instant. » Distraitement, il se tapotait la paume avec le portefeuille de Jess.

« Les gens vont dire…, marmonna-t-elle.

— Les gens parlent. Moi, j'applique la loi. Et je vous

conseille fortement de rester ici. Que je ne vous surprenne pas en train de sauter dans le premier ferry. »

Elle hocha la tête et se détourna du paysage embrumé. Une seconde, ses yeux s'attardèrent sur le pull recouvrant le fauteuil, tel un épouvantail. « Essayez de me le retrouver, fit-elle sans conviction.

— Je le retrouverai », promit Schmale d'un air sombre. Mais elle savait, avec une certitude qu'elle était incapable de s'expliquer, qu'il ne le retrouverait pas. Du moins, pas pour elle.

18

La première chose dont Jess eut conscience fut une sensation de froid humide sur sa joue gauche. Il déplaça légèrement la tête sur le sol inégal en terre battue, et une douleur fulgurante lui transperça le crâne, lui coupant le souffle. Il s'immobilisa et attendit qu'elle passe. Puis, prudemment, il tenta de remuer les mains.

Tordues derrière son dos, elles étaient tellement engourdies qu'elles ne semblaient plus faire partie de sa personne. Il essaya de les écarter. Une corde serrée, qui ne bougea pas d'un pouce, les maintint dans leur position inconfortable. Elle devait être très épaisse, même si, à sa chair insensibilisée, elle ne faisait guère plus d'effet qu'un fil. Il tira sur ses chevilles et découvrit qu'elles étaient liées de la même façon.

Le mal de tête revint, éclipsé cependant par les douleurs qui s'éveillaient dans les diverses parties de son corps. Gauchement, il s'efforça de fléchir les doigts. La contracture des épaules qui s'ensuivit lui arracha un gémissement. Ses muscles se relâchèrent, et il s'affala sur la terre froide.

Il ouvrit les yeux. Il avait l'impression que ses

paupières étaient truffées d'éclats de verre. L'obscurité l'empêchait de voir autour de lui.

Refermant les yeux, Jess essaya de réfléchir. Il ignorait depuis combien de temps il gisait là dans le noir. Depuis plusieurs jours, peut-être. À moins que ce ne soit vingt-quatre heures. La cave humide où il se trouvait était silencieuse et sans lumière. Ses moments de lucidité avaient été rares et décousus. Il voulut rassembler ses souvenirs, mais son cerveau demeurait aussi vide et obscur que l'endroit où il était prisonnier.

Il finit par renoncer, mais une image se présenta alors à son esprit. Evy. Brandissant une clé à molette au-dessus de sa tête. Les yeux étincelant d'une fureur indicible.

Il se rappelait maintenant. Mais ne comprenait toujours pas. *Pourquoi ?* L'inconfort physique l'empêcha toutefois de pousser plus loin l'analyse de cet acte monstrueux. La tête lui élançait, et sa vessie le faisait souffrir. Malgré la puanteur qui régnait au sous-sol, son estomac criait famine. Il tira sur ses mains ligotées dans un accès de rage impuissante. *Quand est-ce qu'elle revient ?* Au-dessus de lui, il entendait des bruits, des mouvements. Puis le silence.

Jess souleva le torse pour reposer sa tête plus confortablement. À force d'être resté aussi longtemps dans cette position, son cou semblait sur le point de se rompre. L'indignité de sa posture le révoltait ; tant pis s'il avait mal, il fallait qu'il s'assoie. Il avait besoin de s'appuyer contre un mur, de ne plus avoir le visage dans la poussière. Dans un effort fébrile, il se traîna vers le mur qu'il savait être derrière lui.

Une violente douleur dans la poitrine l'arrêta. Une côte, pensa-t-il. Cassée et pointue comme un sabre. Cela avait dû se produire au moment de sa chute dans l'escalier. Avec une prudence redoublée, il se propulsa en avant. Ce ne devait plus être très loin. Il sentait déjà le mur se dresser en face de lui. Il poussa sur ses jambes et heurta quelque chose de rigide, qui avait l'aspect d'un polochon.

Jess remua les doigts. Très vaguement, comme à travers une longue distance, il perçut le peu de sensations qui lui restaient. À tâtons, ses mains affaiblies explorèrent le polochon derrière lui et se figèrent. Elles venaient de rencontrer une forme sans conteste identique à la leur.

Avec un cri étranglé, Jess palpa les contours d'une main humaine. Indifférent à la douleur, à l'effort terrible que cela lui demandait, il roula sur lui-même et se retrouva face à l'horreur.

Le cadavre fixait le plafond, une plaie béante à la tête, les pieds écartés et les mains raidies dans la mort.

Le visage à la mâchoire pendante portait encore les traces de l'agonie, mais le regard de William Emmett était vide d'expression. L'âme du directeur du journal l'avait fui au moment suprême de la fin.

Désespoir et incrédulité se mêlèrent dans le hurlement étouffé de Jess. « Oh, mon Dieu, Bill ! » cria-t-il à travers le linge enfoncé dans sa bouche.

Frappé de stupeur, il contemplait le spectre devant lui. Dans l'humidité de son tombeau souterrain, le corps commençait à enfler. Jess étouffa soudain, asphyxié par l'odeur nauséabonde qui s'en dégageait. Il roula sur le dos, s'efforçant de respirer par sa bouche bâillonnée. Les yeux au plafond, il imitait inconsciemment la posture du mort.

Elle l'a tué. Elle a tué Bill. Il tentait d'assimiler ce fait irréfutable. Et que devait-il en déduire pour lui ? Un frisson involontaire le parcourut. Il regarda le cadavre. Il avait l'impression de tomber dans le vide et se sentait coupé de tout ce qui était tangible, rationnel. Une seule pensée lui traversait l'esprit. Elle était folle. Elle avait tué Bill Emmett, et elle était folle. Avec une force animale née d'une peur panique, il se débattit dans ses liens, les secoua, les frotta contre le sol en terre dans un effort désespéré pour les desserrer.

Tout à coup, il vit de la lumière et entendit un claquement. La porte de la cave s'était ouverte. Quelqu'un piétinait et marmonnait en haut des marches. Jess secoua la tête comme pour l'éloigner. Les yeux rivés sur l'escalier faiblement éclairé, il aperçut Evy qui descendait lentement, ployant sous le poids d'une énorme bassine en métal.

Au bout de trois marches, elle s'arrêta. Ses bras grêles tremblaient, encombrés de leur fardeau. L'eau débordait de la bassine, se répandant sur son pull.

Sans un regard pour son captif qui l'observait fixement, elle posa la bassine sur la marche du haut. Puis, avec précaution, elle descendit à reculons, déplaçant de marche en marche le récipient plein à ras bords. Une fois en bas, elle le souleva dans un ultime effort et le déposa sur le sol en terre, non loin de Jess. Satisfaite, elle se tourna vers son prisonnier.

« Tout le monde vous a cherché, aujourd'hui », fit-elle, affable.

Le regard de Jess alla de son visage placide, inexpressif, à la bassine à côté de sa tête. *Elle va me noyer.*

Avec un soupir, Evy se percha sur le bord de la première marche. À l'évidence, elle n'avait pas l'intention d'y rester ; elle s'y était posée momentanément, tel un papillon de nuit. « Ils n'arrivent pas à comprendre où vous êtes passé. Naturellement, je ne peux pas le leur dire. »

Elle changea de position. Machinalement, les yeux de Jess pivotèrent vers le cadavre de William Emmett qu'on distinguait maintenant dans la clarté diffuse qui filtrait par la porte ouverte.

« Ah, dit-elle d'un air entendu. Je vois que vous avez trouvé Mr. Emmett. » Evy secoua la tête. « Je l'aimais bien, vous savez. Mais bon sang, ce qu'il était coriace ! Il n'est pas parti tout de suite. Il n'a pas arrêté de gémir et de geindre ici, dans la cave. Ça a été beaucoup plus long que je ne le pensais. Un vieux comme lui ! »

Le regard figé de Jess reflétait toute l'horreur que lui inspiraient ces confidences désinvoltes sur la fin terrible du vieil homme. Evy parut s'en offusquer.

« Eh bien, quoi, ne me regardez pas comme ça, déclara-t-elle sèchement en se levant. Ce n'est pas ma faute s'il a été lent. Et puis, après ce que vous avez fait, vous n'avez pas le droit de me regarder de haut. »

Il contemplait, incrédule, la mine sereine de la jeune fille. Se baissant, elle repoussa ses cheveux en arrière. Il tenta de se dégager, mais elle plaqua une main sur son épaule et examina les ecchymoses sur sa tête, là où elle l'avait frappé. La peau décolorée se révéla sensible au toucher. Jess grimaça. Même dans la puanteur ambiante, il sentait l'odeur aigre de son haleine sur son visage.

« Ça, c'est une bosse ! » Se redressant, elle le considéra d'un air appréciateur.

« Oui, reprit-elle en suivant le fil décousu de ses pensées, tout le monde se demande où vous êtes. Tout le monde vous cherche. L'ennui, c'est qu'ils l'ont dans le collimateur maintenant. Ils surveillent tous ses faits et gestes. Et alors là, ça ne va pas du tout. Je ne veux pas d'histoires, moi. Je veux que tout se passe gentiment. Dans les normes. Pour que je puisse enfin lui régler son compte. »

Maggie, pensa-t-il. *Mais pourquoi?* Était-ce de la jalousie? Un instant, il se souvint des soupçons de Maggie. Et pourquoi avait-elle tué Bill Emmett? L'esprit en effervescence, Jess s'efforçait de donner un sens à ses propos. Une chose était sûre : Maggie était en danger. Et sa propre vie ne tenait qu'à un fil.

« Je trouverai un moyen, assura Evy. J'ai déjà mon idée là-dessus. » Elle se mit à faire les cent pas devant lui. Il essaya de la suivre des yeux, mais elle tournait en rond.

« Vous n'y comprenez rien, hein? Vous êtes là à vous demander ce qui se passe. Vous pensiez que je vous aimais bien, pas vrai? » Elle s'accroupit en face de lui. « Et alors? cria-t-elle d'une voix que la colère avait rendue stridente. Ça vous était égal, non? De toute façon, vous êtes sorti avec elle. Vous vous en moquiez. Vous avez couché avec elle. »

Elle se releva brusquement et entreprit de traîner la

bassine vers lui. Jess vit son dos se contracter sous l'effort. Arc-boutée contre le récipient récalcitrant, elle arborait une expression à la fois pathétique et butée. C'était un air qu'il connaissait bien. Souvent, il avait éveillé sa compassion. Jamais il ne s'était douté de quoi que ce soit. Jamais il n'avait soupçonné le mal terrible qui rongeait son âme.

« Là », fit-elle. Apparemment satisfaite de la nouvelle place de la bassine, Evy se redressa et la contempla un moment. Puis elle se tourna vers Jess. « C'est pour vous. »

Il regarda ses yeux pâles, et une vague de nausée proche de la terreur le submergea. *Elle ne va pas faire ça !* Courbé, les genoux repliés, il tenta de s'éloigner en rampant. Evy éclata de rire. Tout à coup, il la sentit glisser les bras entre ses coudes et s'installer à califourchon sur lui. Il lança des ruades pour essayer de la déloger. Mais elle se cramponnait, tenace, avec une force impressionnante.

« Voyons, susurra-t-elle en l'empoignant fermement, qu'y a-t-il? Je veux simplement faire votre toilette. » Elle le laissa retomber lourdement sur le sol en terre et s'empara de la serviette accrochée à la ceinture de sa jupe.

La poitrine de Jess se soulevait convulsivement; il cherchait à reprendre son souffle tout en la fusillant du regard. Immensément soulagé qu'elle ne veuille pas le noyer, il frissonna néanmoins à l'idée qu'elle le touche. Evy plongea la serviette dans la bassine et tenta de lui éponger le visage. Il eut un mouvement de recul. L'eau déborda; déséquilibrée par son geste brusque, Evy l'agrippa par la chemise, mais il se dégagea avec une violence telle qu'il crut se froisser un muscle du dos. Elle lui assena un coup de pied rageur dans les côtes.

« Très bien, siffla-t-elle, soyez sale. » Elle lui jeta la serviette mouillée qu'il reçut en plein visage.

« Vous ne voulez pas que je prenne soin de vous, s'écria-t-elle en remontant. Vous préférez rester sale. J'aurais dû m'en douter. Après ce que je vous ai vu faire avec elle. Eh bien, c'est la dernière chose que je fais pour vous. Vous n'avez qu'à pourrir ici. Vous pouvez mourir aussi sale que vous l'êtes maintenant. »

Il vit ses jambes et ses chevilles gravir l'escalier. Arrivée en haut, elle hurla : « Vous n'avez qu'à pourrir ! » La porte claqua, et Jess se retrouva dans le noir, pantelant, perclus de douleurs. Il regarda le cadavre de William Emmett. Les dernières paroles d'Evy résonnaient encore à ses oreilles.

19

Depuis trois jours, le ciel se montrait menaçant. Les nuages orageux s'amoncelaient comme des chars d'assaut prêts à passer à l'attaque, plongeant l'île dans une grisaille de plus en plus profonde. En fin d'après-midi, le vent se mit à souffler en rafales. Au crépuscule, tandis que Maggie se tenait devant l'église silencieuse au bout de la grand-rue, elle sentit enfin les premières gouttes de pluie.

Trois pénibles journées s'étaient écoulées depuis la disparition de Jess. Elle avait vécu leur douloureuse succession comme un cauchemar au ralenti. Le matin, elle se rendait au bureau, uniquement pour échapper au terrible silence de la maison. Jack Schmale passait régulièrement pour les informer du déroulement de l'enquête. Chaque fois qu'elle apercevait son visage soucieux dans l'encadrement de la porte, Maggie tressaillait, et son cœur bondissait de crainte et d'espoir. Avait-il retrouvé Jess ? Ne l'avait-il pas retrouvé ? Savait-il qui elle était réellement ?

Mille fois elle avait regretté de n'avoir pas dévoilé son passé dès son arrivée. Car à son inquiétude pour Jess se mêlait la conviction que si Jack Schmale découvrait son histoire, on ne manquerait pas de l'accuser de sa disparition. Mais les visites de Jack ne s'accompagnaient d'aucune révélation. Et ses comptes rendus laconiques ne contribuaient guère à alléger l'atmosphère sinistre qui régnait aux *Nouvelles*. Grace passait son temps à maugréer et à claquer les tiroirs entre deux crises de larmes. Evy était trop nerveuse, trop agitée pour travailler. Maggie les observait avec méfiance. Elle savait qu'elles la croyaient coupable. Elle avait surpris une conversation entre Grace et Jack.

« Et elle ? avait demandé Grace, agressive.

— Nous avons placé la résidence des Thornhill sous surveillance, expliqua Jack patiemment.

— Elle a tenté de s'enfuir. Pourquoi ce départ précipité, si elle n'était pas au courant de ce qui est arrivé à Jess ?

— Pourquoi s'est-elle arrêtée ici pour lui dire au revoir ? » rétorqua Jack.

Maggie s'était éloignée. Peu lui importait, au fond, ce qu'ils pouvaient penser. Jess ne revenait pas.

La nuit, ses rêves l'empêchaient de dormir. Sœur Dolorita se dressait devant elle, l'insultait, les yeux étincelants de fureur. Baignée de sueur, elle se levait d'un bond et allait finir la nuit dans un fauteuil. Le matin, elle se réveillait fébrile, incapable d'accomplir ne serait-ce que les tâches les plus élémentaires.

Elle ignorait ce qu'il était advenu de Jess, mais une chose était sûre : si elle avait quitté Heron's Neck le jour même de son arrivée, ou si elle n'y était jamais venue, il n'aurait pas eu le moindre ennui.

Le vent avait forci et la pluie la criblait de toutes

parts. L'eau ruisselait sur son visage, s'insinuait sous le col du vieux ciré qu'elle avait trouvé chez les Thornhill. Elle était nu-tête et n'avait pas de parapluie. Pendant quelques instants, elle resta là à grelotter, courbée sous les assauts de la tempête. Finalement, elle décida de bouger.

Elle regarda derrière elle le portail en chêne massif de l'église. Au-dessus de l'entrée, on lisait, gravé dans le bois : *Venez à Moi…*

« Et je vous jugerai, vous punirai, et vous ne serez plus jamais en paix », lâcha-t-elle rageusement. Elle se retourna vers la rue pour reprendre ses errances sans but qui étaient devenues une habitude ces derniers soirs. C'était mieux que de rester seule dans une maison vide. Là-bas, elle s'assoupissait dans un fauteuil, vaincue par la fatigue, et dans son sommeil, elle entendait les aboiements de Willy ou bien Jess à la porte. Un court instant, elle se laissait bercer par la douceur de ces images, puis la réalité faisait brutalement irruption dans son rêve ; elle se relevait d'un bond et retombait dans le fauteuil, les yeux grands ouverts, le cœur battant à tout rompre et la détresse à portée de la main, prête à l'envelopper dans son voile sombre.

Au bord du trottoir, Maggie hésita sur la direction à prendre. Quelque chose de blanc dans les buissons attira son regard. Elle se baissa et ramassa une image pieuse chiffonnée, déjà gorgée de pluie. Elle la défroissa. Sur le papier aux tons pastel figuraient une prière et une effigie de Jésus, les yeux levés au ciel. Cela lui fit penser aux illustrations dans le missel de son enfance.

Il était doré sur tranche, avec un fin ruban violet pour marquer les pages. C'était son trésor le plus cher.

Elle le tenait ouvert sur ses genoux, même si elle était incapable de déchiffrer la langue étrange dans laquelle il était écrit. Assis à côté d'elle, son père lui tournait les pages. Elle aimait s'installer au bout de la rangée pour tendre son petit soulier blanc vers l'ombre pourprée du vitrail qui lui colorait la jambe en rose. Une douce sensation de paix et de sérénité l'envahit à ce souvenir du temps jadis, avant que tout ne bascule.

Lentement, Maggie remonta les marches et approcha du portail en chêne. Sa main s'attarda sur la poignée. Finalement, elle entra, traversa le vestibule et regarda à l'intérieur. Le moindre bruit résonnait dans le silence de la nef. Dans la pénombre, on distinguait les silhouettes courbées de quelques paroissiens éparpillés dans les rangées étroites. Elle tressaillit quand une femme se leva au fond, posa un genou à terre, puis se hâta vers la sortie en se signant. Les yeux baissés, elle passa devant Maggie et referma la porte derrière elle. Rassurée de ne pas avoir été repérée, Maggie poussa le battant et se glissa dans l'église. Se réfugiant dans l'ombre d'une travée latérale, elle s'assit non loin de la sortie. Son cœur battait si fort qu'elle craignit que les fidèles en prière ne l'entendent.

Elle se sentait comme un espion infiltré dans le camp ennemi. Pendant plusieurs minutes, elle garda la tête baissée pour essayer d'apaiser le tumulte de ses sentiments. Autrefois familiers, les paroles et les rites de l'Église lui étaient devenus totalement étrangers. Elle ne se rappelait même plus ce qui l'avait décidée à entrer.

Une quinte de toux sèche, venant d'un homme assis à l'avant, déchira le silence recueilli. Maggie leva la tête et se risqua à regarder autour d'elle. Un Christ mélancolique la contemplait du crucifix qui surplombait l'autel. Sur sa gauche, il y avait une statue de la Vierge avec un placide enfant Jésus dans les bras. Seuls les cierges et quelques lampes à gaz vacillantes éclairaient la nef.

Dehors, la bourrasque s'acharnait sur l'île et, de temps à autre, une branche venait cogner contre un vitrail inondé de pluie. Mais là, dans la quiétude de cette église, Maggie se sentait au chaud et vaguement réconfortée. Elle repensait aux premières années de sa vie lorsque, à Noël, des boîtes de sucres d'orge s'empilaient devant la statue de la Vierge, une pour chaque enfant de la paroisse.

Au souvenir de ces joies innocentes, elle fut submergée de tristesse et de nostalgie. Posant le front sur les mains qu'elle avait inconsciemment jointes sur le dossier du banc de devant, elle regarda ses doigts entrelacés, étonnée de se voir adopter une attitude de prière.

Une violente rafale de vent secoua l'édifice. Deux autres personnes se levèrent, se signèrent vaguement et se dirigèrent vers la porte. Sans se redresser, Maggie eut l'impression d'être la dernière à rester dans l'église.

Elle s'humecta nerveusement les lèvres. Ses mains demeuraient unies comme si elles étaient collées l'une à l'autre. Frissonnant dans le courant d'air, elle se laissa tomber sur le prie-Dieu. Au début, une sorte de torpeur parut s'emparer d'elle. Puis, lentement, en s'interrompant, elle se mit à murmurer les paroles du *Memorare,* une imploration à la Sainte Vierge. Peu à peu, les mots émergeaient des profondeurs du refus et du désespoir. « Ô, Mère du monde incarné, ne dédaignez pas mes supplications, mais dans Votre miséricorde… »

Une main vigoureuse lui pressa l'épaule droite. Maggie sursauta et, avec un cri étouffé, pivota vers l'intrus. Elle vit, penché sur elle, le visage barbu d'Owen Duggan.

« Que faites-vous ici ? » demanda-t-elle sèchement. Elle avait honte d'avoir été surprise au milieu de sa pitoyable supplique.

« Excusez-moi de vous déranger. » Il prit place à côté d'elle et secoua son parapluie. « Je vous ai vue entrer et j'ai eu l'impression que vous aviez besoin de compagnie. »

Elle se releva et s'assit lourdement sur le banc en bois. « J'espère que je ne tombe pas trop mal, hein ? Je n'ai pas interrompu une vision ou une quelconque extase mystique ? »

Elle eut un pâle sourire. « Non. Simplement, ça faisait un moment que je n'avais pas mis les pieds dans une église.

— Eh bien, point trop n'en faut. Absorbez la lumière divine par petites doses, au début.

— Vous trouvez ça idiot.

— Je trouve ça parfait. Du moment que ça vous fait du bien. »

Elle hocha la tête. Il y eut un silence.

« Ça m'aide un peu. Mais j'ai toujours…

— Hmmm?

— Toujours aussi mal. Rien ne peut me soulager, à ce stade. Sauf si Jess... »

Owen haussa les épaules. « Allons, allons. Je sais, moi, ce qui pourrait vous soulager. Je vous invite à dîner. Vous n'avez pas mangé, je parie. »

Elle le considéra avec curiosité. « Pourquoi?

— Pourquoi quoi?

— Pourquoi êtes-vous si gentil avec moi? Il se pourrait que je sois responsable de la disparition de Jess. C'est ce que tout le monde pense par ici.

— Ah oui? L'avez-vous fait disparaître d'un coup de baguette magique? Non. Je ne crois ni aux contes de fées, ni aux pommes empoisonnées, ni aux sorcières. Pas plus qu'au reste, d'ailleurs, ajouta-t-il en jetant un coup d'œil autour de lui.

— Vous savez très bien de quoi je parle.

— Ça m'étonnerait, répondit-il en examinant ses ongles soignés. Vous m'aviez l'air d'avoir un faible pour lui. »

Maggie sentit son visage se plisser. Elle prit une profonde inspiration. « J'ai faim, annonça-t-elle à brûle-pourpoint.

— Alors, on y va. »

Owen se leva et s'écarta pour lui céder le passage. Elle sortit sans regarder l'autel. Il la suivit et referma la porte derrière eux.

Une mince silhouette vêtue de noir se dressa dans l'ombre qui baignait les profondeurs de l'église. Restée seule dans la nef, Evy s'approcha de l'autel, l'ovale blême de son visage masqué par les plis d'un voile noir.

Elle prit un cierge dans le casier près de l'autel et l'alluma à l'aide d'un autre, parmi ceux qui brûlaient déjà sur la herse. Puis, le bâton de cire effilé à la main, elle s'arrêta devant la statue de la Vierge. Elle contempla le visage rond, ébréché, de Marie, et les mains ouvertes, potelées, de l'enfant Jésus. Ses yeux bleu pâle étaient dénués de toute expression. Des gouttelettes de cire glissaient le long du cierge, tombaient et durcissaient sur ses doigts. Raide comme un piquet, elle ne prêtait pas attention à la cire chaude qui lui coulait sur les mains, ni à la mèche qui se consumait progressivement. Longtemps, elle resta en contemplation devant la statue. Le cierge fondait, jusqu'à ce que la flamme vienne lui lécher la peau. Elle ne sembla pas s'en apercevoir.

Une brusque rafale de vent retourna le parapluie d'Owen.

« Courons », cria-t-il en désignant les lumières clignotantes des Quatre-Vents.

Maggie regarda dans la direction qu'il lui indiquait. « Sommes-nous obligés d'aller là-bas ? » Elle se tourna à regret vers le petit café d'en face, vide à l'exception du jeune garçon derrière le comptoir. Mais sa voix se perdit dans la bourrasque. Déjà, Owen se dirigeait à grands pas vers le restaurant sur le port. Essuyant la pluie de son visage, Maggie le suivit.

Il gravit les marches et lui ouvrit la porte. Elle pénétra dans l'entrée brillamment éclairée.

« Enlevez donc votre imperméable. Je vais l'accrocher. »

Elle se débarrassa de son ciré mouillé, et Owen le

suspendit avec le sien au portemanteau. Comme mue par une pensée de dernière minute, elle se passa les doigts dans les cheveux dans un vain effort pour remettre ses mèches trempées en place. Dans la salle, la serveuse au visage allongé et aux cheveux filasse nattés en couronne jeta un coup d'œil sur elle et lui tourna le dos. Owen lui prit le coude.

« Allons manger, fit-il, jovial.

— La serveuse a l'air occupée.

— On se débrouillera sans elle. » Il repéra l'une de ses tables préférées près de la fenêtre et s'y dirigea, saluant au passage les quelques clients qui finissaient de dîner. Maggie eut l'impression de subir un tir croisé de regards hostiles. Les yeux rivés sur le dos d'Owen, elle le rejoignit et s'assit sur la chaise qu'il lui avançait.

« Quelle soirée ! observa-t-il sur un ton léger en étudiant la carte. Je suis surpris de trouver du monde ici. »

Maggie le regardait d'un air pensif. « C'est gentil à vous de m'avoir invitée. Je crains malheureusement de ne pas être de très bonne compagnie.

— Ça vaut mieux que pas de compagnie du tout. » Owen se replongea dans le menu. « Elle arrive, cette serveuse ? » Impatienté, il parcourut la salle d'un regard circulaire.

« Elle n'avait pas l'air très aimable quand nous sommes entrés.

— Elle n'est jamais très aimable, grommela-t-il. Oh, et puis zut, il n'y a pas le feu, hein ? »

Il prit un paquet de crackers dans la corbeille en osier

et déchira l'emballage, réduisant en miettes les crackers du dessus. Il s'empara ensuite de la main de Maggie et lui en fit tomber plusieurs dans la paume. « Mangez donc des crackers aux huîtres. Buvez votre eau. »

Prise au dépourvu, elle grignota docilement les petits biscuits secs et but dans son verre.

Owen déchira un autre paquet. « Alors, comment ça va, au journal ? »

Elle le considéra d'un air incrédule. « Un peu mieux.

— En dehors des problèmes évidents, j'entends.

— Pour le moment, il continue à sortir. Du moins, c'est ce qui est prévu. Grace a pris la direction des opérations jusqu'au retour de Mr. Emmett. » *À supposer qu'il revienne.* Mais elle ne s'attarda pas sur cette pensée.

« À en juger par votre mine, ça m'étonnerait que vous soyez très productive.

— Je suis fatiguée, reconnut-elle.

— Fatiguée ? Je pense bien ! Vous tremblez comme une feuille. La glace dans votre verre, on dirait une harpe éolienne. »

Maggie reposa le verre pour faire cesser le tintement des glaçons. « J'ai passé une mauvaise semaine.

— Voulez-vous qu'on en parle ? » s'enquit-il négligemment.

Elle évita son regard. « Parler de quoi ? Vous savez tout aussi bien que moi. Jess a disparu. On semble croire ici que c'est ma faute. Je ne dors pas de la nuit. Qu'y a-t-il d'autre à ajouter ?

— Aucune idée. » Il la scruta, songeur. « J'aimerais bien savoir de quoi vous avez si peur.

— J'ai peur pour Jess », rétorqua-t-elle, sur la défensive.

Il balaya son explication d'un geste de la main. « Bon sang, nous sommes tous inquiets pour lui. Mais vous, vous avez les nerfs en pelote et, à mon avis, ce n'est pas uniquement à cause de Jess. Je l'ai remarqué dès notre première rencontre. »

Agrippant le rebord de la table, elle secoua légèrement la tête. « Je vois. C'est un interrogatoire. Et moi qui croyais qu'il s'agissait d'une véritable invitation ! »

Il abattit son énorme poing sur la table. « Écoutez, Maggie, fit-il gravement, à voix basse. Je me fiche éperdument de ce que vous avez à cacher. Je dis seulement que je suis avec vous. Je trouve que vous êtes quelqu'un de bien. »

Elle le dévisagea, perplexe. « Merci.

— Si vous avez envie de parler, parlez. Sinon, vous pouvez passer la soirée le nez dans votre assiette. Moi, ça m'est égal. À condition qu'on se décide à nous servir, évidemment. »

Penché en avant, le colosse était planté sur sa chaise comme un rocher dans la mer. Son ton bourru trahissait sa sincérité. Lasse, Maggie fut subitement tentée de se blottir contre lui, de lui confier ses secrets, de se décharger sur lui de son fardeau.

Il vit qu'elle était sur le point de parler. Il l'observait discrètement, prenant garde de ne pas manifester un intérêt qui risquerait de l'effaroucher. Elle fronça les sourcils et fit plusieurs tentatives, mais s'interrompit à chaque fois comme si elle ne savait par où commencer. Il attendait.

« J'ai l'impression que c'est ma faute », dit-elle enfin.

Owen ne broncha pas. « Quoi donc? demanda-t-il calmement.

— Voyez-vous, même si j'ignore ce qui lui est arrivé et que je ne suis pour rien dans sa disparition, je me sens responsable. »

Il attendit la suite, mais elle s'enferma dans le silence. « Comment ça? hasarda-t-il.

— C'est dur à expliquer. J'ai déjà vécu ça dans le passé. Il y a très longtemps. Quelque chose de semblable... »

En prononçant ces mots, elle se sentait comme une muette qui aurait soudain recouvré l'usage de la parole. Elle avait mille choses à dire, mille choses qui se bousculaient dans son esprit, mais les formuler s'avérait infiniment difficile. Le son de sa propre voix prononçant ses pensées secrètes lui était étranger. « C'était terrible. Il s'agit d'un homme que j'ai aimé. Je ne sais toujours pas ce que je venais faire là-dedans. Je ne peux pas me débarrasser de l'impression que... »

Ses explications décousues n'étaient pas faciles à suivre, mais Owen ne l'interrompit pas. Il pressentait qu'il allait obtenir les réponses aux nombreuses questions qu'il se posait sur elle. Et ses aveux commençaient à trouver un écho dans sa propre mémoire.

« J'étais très jeune quand ça s'est passé. Mais même à l'époque, je me suis sentie coupable. Je savais pourtant que ce n'était pas moi, mais je me le suis reproché. Vous voyez ce que je veux dire? »

Il avala une gorgée d'eau et reposa son verre sur la table. « Qu'est-il arrivé, exactement ? »

Elle le regarda, le front pâle et froncé de désespoir. Un éclair traversa l'esprit d'Owen. Elle avait été impliquée dans un procès. Il en était sûr. Mais lequel ? Il réprima l'envie de le lui demander de but en blanc. Maggie s'humecta les lèvres comme si elle allait se remettre à parler.

« Je travaillais pour cet homme. J'étais amoureuse de lui. Seulement, il était marié. C'était il y a douze ans, presque treize maintenant. J'étais encore une gamine à l'époque… »

Tout à coup, le brouhaha des conversations cessa ; un jeune homme en ciré jaune fit irruption dans la salle et apostropha le barman d'une voix de stentor : « Jack Schmale est-il ici ? »

C'était Prendergast, du bureau du shérif. Les clients se tournèrent vers lui. Tout le monde savait qui était Jack Schmale, et cela, allié à l'urgence du ton, éveilla leur curiosité. La serveuse émergea de la cuisine et s'adossa au comptoir. La lumière des spots transformait sa couronne de tresses en un halo.

Conscient d'être le point de mire de tous les regards, Prendergast en profita pour pousser son enquête plus avant. « Personne ici n'a vu Jack Schmale ? » questionna-t-il sur un ton officiel. Les clients murmuraient entre eux, mais il n'obtint pas de réponse.

Finalement, un homme en veste à carreaux répliqua : « Avez-vous essayé la capitainerie ? Avec le temps qu'il fait, il est peut-être allé contrôler le départ des ferrys. »

Le regard de Prendergast s'éclaira, comme si cette idée ne l'avait même pas effleuré. Il remercia l'homme d'un signe de la main et tourna les talons. La serveuse s'approcha de lui et le retint par le bras. « Dis donc, Eric, que se passe-t-il ?

— C'est Jess Herlie », annonça-t-il d'un air important. Le silence qui régnait dans la salle lui montrait que les clients étaient suspendus à ses lèvres. « Je pense que nous avons fini par le retrouver. Sa barque vient de s'échouer sur North Beach.

— Il… il va bien ? » demanda la jeune femme d'une voix frémissante.

La peur qui se lisait dans ses yeux fit au jeune policier l'effet d'une douche froide. Sa réponse grave résonna dans la salle silencieuse : « Hélas, je crains que non. Apparemment, on dirait qu'il s'est noyé. »

20

Les éclairs des torches et le crépitement des radios conféraient à la plage déserte une sinistre atmosphère de carnaval. La Jeep d'Owen freina brusquement sur un épaulement sablonneux. Sans attendre son arrêt complet, Maggie sauta par la portière et courut en titubant dans le sable humide des dunes.

« Attendez, nom de Dieu ! » pesta Owen en descendant pesamment à son tour. Il gravit péniblement les montagnes de sable, redoutant ce qui l'attendait de l'autre côté. Plus il s'efforçait de garder son parapluie ouvert au-dessus de sa tête, plus le vent et la pluie battante semblaient se rire de ses efforts. Il pataugeait et glissait sur les pentes détrempées. Devant lui, il distinguait les lumières éparpillées sur la plage. Le ressac martelait furieusement le rivage. Une poignée d'hommes, radio à la main, étaient massés autour de l'épave d'une petite embarcation dont les planches avaient été déchiquetées par les rochers qu'elle avait dû franchir avant de s'échouer sur la plage. À quelques mètres d'eux, Maggie grelottait, les yeux rivés sur la barque. Ses vêtements flottaient autour d'elle comme des voiles mal bordées. Prostrée, elle ne prêtait pas attention aux trombes d'eau qui se déversaient sur elle. Owen se précipita vers elle et, galamment, brandit son parapluie estropié au-dessus de sa tête et de ses épaules ruisselantes.

« Que se passe-t-il? » s'exclama-t-il.

Maggie fixait l'épave couchée sur le flanc au milieu du sable. « Je n'en sais rien. Je crois que c'est la barque de Jess. » Les faisceaux lumineux qui se promenaient sur l'embarcation ravagée éclairèrent le nom *Sharon II* peint en travers de la poupe.

« A-t-on retrouvé Jess? » cria Owen.

Elle secoua vaguement la tête. « Je ne crois pas.

— Dans ce cas, la barque s'est détachée peut-être toute seule pendant la tempête, grommela-t-il. Tenez-moi ça. » Il lui tendit le parapluie. « Il y a bien quelqu'un qui devrait pouvoir nous renseigner. »

Il plaça le manche entre les doigts glacés de Maggie et, s'approchant du groupe d'hommes, se mit à hurler pour couvrir le bruit du ressac. Leurs torches vacillantes décrivaient dans le ciel des figures fantasques. Clouée au sol, Maggie ne quittait pas la barque des yeux. Le canot. Elle ne se souvenait même plus que Jess en possédait un. *Owen a peut-être raison,* pensa-t-elle. *Il s'est peut-être détaché tout seul.* Elle tenta de se représenter le ponton derrière la maison. L'avait-il simplement laissé amarré là-bas? Elle le revit en train de lui montrer fièrement le hors-bord dans le hangar. Il l'y avait déjà rangé pour l'hiver. « Le *Sharon,* avait-il expliqué. Je n'ai pas pris le temps de changer le nom. À vrai dire, je n'en avais pas d'autre. Jusqu'à présent. Nous le peindrons ensemble au printemps. »

Maggie se tourna vers la mer déchaînée rugissant sous les assauts du grain. L'océan que Jess aimait tant. L'avait-il englouti ? Le lui avait-il pris ? Était-il devenu son tombeau ?

Owen revint vers elle, la tête baissée pour se protéger des rafales de vent. Elle l'empoigna par le revers de son pardessus. Dans son regard levé sur lui se lisait un espoir insensé.

Le colosse haussa les épaules et la poussa en direction des dunes. « Retournons en ville. »

Désemparée, Maggie secoua la tête.

« Son matériel était dans la barque, cria-t-il, vaincu. C'est Schmale qui l'a. Ils l'ont déjà rapporté en ville. Allez, venez. On gèle ici. »

Les hommes avec les torches commençaient à se disperser. Plusieurs d'entre eux entreprirent de traîner l'épave sur le sable. Maggie fixa les flots implacables qui s'écrasaient sur la plage avec une violence toujours renouvelée. Puis elle ferma les yeux et se laissa emmener par Owen.

« Et voilà », dit Jack Schmale avec un soupir, jetant la veste déchirée et trempée de Jess sur le sac à dos et la boîte à appâts posés sur la chaise à côté de son bureau.

Maggie et Owen contemplèrent la pile d'affaires.

« Le gilet de sauvetage a disparu, ajouta Jack. Mais à mon avis, il n'avait aucune chance de gagner le rivage. La tempête l'a emporté.

— C'est impossible », souffla Maggie.

Le vieux policier se gratta le front et se laissa tomber

sur son fauteuil pivotant. « Il a dû sortir pêcher de nuit et avoir des ennuis avec sa barque. Difficile de dire lesquels. La mer est un drôle de milieu. Tout peut arriver.

— Comment se fait-il, questionna Owen, que tout son attirail était dans le bateau, et pas Jess ?

— Il avait un petit casier au fond du canot. La plupart de ses affaires étaient là-dedans. J'ai même trouvé deux canettes de bière. Il avait sûrement l'intention de passer la nuit en mer. La veste était enfouie sous la proue. Elle s'était accrochée à un clou.

— Il avait déjà rangé le hors-bord pour la saison », observa Maggie d'une voix atone.

Jack haussa les épaules. « Il avait dû laisser le canot à l'eau. »

La porte claqua, et Prendergast fit irruption au poste de police. « On vient de rapporter la barque.

— Laissez-la au port en attendant. On s'en occupera quand il fera beau. » Prendergast ressortit en claquant à nouveau la porte. Jack soupira. « Il faut que j'appelle ses parents en Floride. Je dois avoir leur numéro quelque part. » Il prit un répertoire noir dans le tiroir de son bureau. « J'ai horreur de ça. »

Maggie s'éloigna d'un pas d'automate et alla s'asseoir sur la banquette dans le coin. Jack leva les yeux de son carnet. « Vous êtes libre de partir maintenant.

— Je pense qu'elle a besoin de reprendre ses esprits, répondit Owen avec un coup d'œil sur le visage livide de Maggie.

— Ce n'est pas ce que j'ai voulu dire, fit Jack avec bonté. Vous pouvez rester là autant que vous voudrez.

Mais vous êtes libre de quitter l'île. Si vous y tenez toujours. »

Elle le regarda sans comprendre, puis hocha la tête. « Je vous remercie », murmura-t-elle.

Jack se mit à parler à l'opératrice, et Owen rejoignit Maggie sur la banquette. « Je prendrais bien un remontant. Qu'en dites-vous ? Vous venez avec moi au *John B.* ? »

Elle secoua la tête. « Je n'ai pas envie.

— Ça vous fera du bien. On pourra discuter. » Il repensa à leur conversation au restaurant. Saurait-il un jour ce qu'elle avait été sur le point de lui révéler ? Pas ce soir, en tout cas.

« Allez-y, dit-elle. Je reste là encore une minute. Puis je rentre.

— Je vous dépose ?

— Non, j'ai ma voiture. Je préfère être seule. Je vous assure.

— Si vous insistez…

— Tout va bien. Vraiment. Allez-y.

— D'accord. Bonsoir. » Il lui étreignit légèrement la main et se leva. « Bonsoir, Jack. »

Schmale le salua distraitement et colla le récepteur contre son oreille. « Répondez, pressa-t-il l'opératrice. La liaison est épouvantable. »

Le regard de Maggie s'attarda sur les affaires de Jess empilées sur la chaise. *C'est donc ainsi que tout se termine*, pensa-t-elle. *Disparu, un point c'est tout. Fini l'amour, sans même un adieu. Exactement comme toutes les autres fois*. Comme tous les autres hommes qu'elle avait aimés. Elle avait beau se répéter que ce n'était pas une chaîne, chaque mort étant irrévocablement liée aux autres, elle ne parvenait pas à faire taire la funeste petite voix de la fatalité. C'était un accident, se disait-elle. Mais, inexorablement, sa mémoire la ramenait en arrière. La crise cardiaque de son père, le meurtre de Roger, l'accident de Jess. La mort, vautour invisible, l'accompagnait tout au long du chemin. Et elle y reconnut son châtiment.

« Allô, Sara ? hurla Jack dans l'appareil. Sara, ici Jack Schrnale. Je vous appelle de l'île, oui. Marcus est là ? Allez le chercher… Oui. J'ai une mauvaise nouvelle, ma chère. Malheureusement, oui. C'est au sujet de votre fils. »

Maggie se leva d'un bond. Elle n'avait pas le cœur d'assister à la conversation. Sans un mot pour le policier au téléphone, elle sortit du poste. Quelques hommes en ciré discutaient à l'abri de l'auvent. Les yeux baissés, elle s'efforça de les éviter. « Laissez-moi tranquille, marmonnait-elle. C'est tout ce que je vous demande. Laissez-moi tranquille. » Quelqu'un gravit les marches, lui bloquant le passage. Le regard de Maggie rencontra les yeux pâles d'Evy.

Les deux femmes se dévisagèrent un instant. « J'ai appris, pour Jess, bredouilla Evy. Je suis venue tout de suite. »

Maggie s'affaissa contre la rampe et baissa la tête. Elle grelottait de froid. À côté d'elle, Evy rajustait soigneusement son vieil imperméable, tirant en vain sur les manches pour se couvrir les poignets.

« On suppose qu'il s'est noyé », fit Maggie d'une voix blanche.

Evy acquiesça d'un signe de la tête. « C'est ce que j'ai entendu dire. Je n'arrive pas à y croire. »

Maggie ne répondit pas.

Evy l'observait avec circonspection. « Qu'allez-vous faire maintenant ?

— Je n'en sais rien. »

Il y eut un long silence. Finalement, Maggie s'aperçut qu'Evy essayait de parler. Évitant son regard, la jeune fille déclara d'une voix tremblante, mais maîtrisée : « Je suis vraiment désolée. Vous devez être très malheureuse. J'imagine ce que vous ressentez. »

Malgré sa lassitude, Maggie fut surprise par cet aveu. Elle scruta le visage défait d'Evy à la recherche d'une trace de dérision, mais n'y lut que de la détresse. *Elle me comprend*, pensa-t-elle. *Elle l'aimait aussi.*

Timidement, elle posa la main sur le poignet frêle veiné de bleu. « Je sais, dit-elle. Merci. »

Evy eut un mouvement de recul et ajouta rapidement, sur un ton normal : « Grace ne va pas tarder, j'imagine. »

Maggie frissonna. « Je ne veux pas attendre. Je rentre.

— Déjà ?

— Oui. » Elle jeta un coup d'œil sur la chaussée luisante. « Il pleut toujours.

— Des cordes, opina Evy. Je crois que je vais y aller aussi.

— Vous ne restez pas ? s'enquit Maggie, vaguement étonnée.

— Non. Autant que je parte. »

Après un bref regard sur la porte close du poste de

police, Maggie commença à descendre. Evy lui emboîta le pas.

« Où est votre voiture ? » cria-t-elle en nouant un bonnet en plastique sur sa tête.

Maggie pointa le doigt en direction du siège des *Nouvelles*.

« Venez avec moi. Je vous y déposerai. » Evy ouvrit la portière de son auto.

« Merci. Je préfère marcher.

— Vous allez être trempée.

— Je le suis déjà. »

Maggie se dirigea vers sa voiture. Les réverbères défilaient devant ses yeux fatigués comme dans un brouillard.

Evy la suivit du regard avant de se glisser sur le siège humide. *Très bien,* pensait-elle. *Quoi que tu fasses, ça m'arrange.* Elle mit le moteur en marche et recula pour sortir de sa place de stationnement. Puis, lentement, elle remonta la rue derrière Maggie. En dépassant la silhouette abattue qui se traînait péniblement sous la pluie, elle donna un bref coup de klaxon et agita la main. Maggie lui fit signe et la regarda passer. En traversant la grand-rue, Evy aperçut la vieille Buick noire garée à l'angle. Elle continua tout droit, mais une fois qu'elle eut perdu Maggie de vue, tourna à gauche et encore à gauche.

Avec une lenteur calculée, elle fit le tour du pâté de maisons. Arrivée à l'angle de la grand-rue, elle constata, déconcertée, que la voiture de Maggie était toujours là. Evy se gara précipitamment au parking de la supérette et éteignit ses feux.

Mais qu'est-ce qu'elle attend ? Plus elle tardait à partir, et plus cela devenait problématique. Evy tambourina impatiemment sur le volant. C'était le jour idéal pour agir. La plupart des gens étaient enfermés chez eux, à cause de la tempête. Elle pouvait vaquer à ses occupations sans se faire remarquer. Maintenant qu'ils avaient retrouvé la barque de Jess, Jack Schmak et Prendergast se contenteraient probablement de remplir les formulaires et de se perdre en conjectures jusqu'à la prochaine embellie.

En pensant à Jess, Evy revit Maggie émergeant, hagarde, du poste de police. La nouvelle lui avait causé un choc. Tant mieux. Maggie paraissait sur le point de craquer ; déjà elle parlait toute seule. *Tout va marcher comme sur des roulettes. Si seulement elle se remuait !*

Soudain, la voiture qu'elle surveillait s'ébranla, comme propulsée par la force de ses pensées. *Enfin* ! Elle laissa passer quelques secondes avant de redémarrer. L'idée que l'instant tant attendu fût à portée de la main l'emplissait d'exaltation. *Prudence*, pensa-t-elle. *Pas d'impairs.*

La voiture d'Evy sortit lentement du parking et se mit à filer de loin la vieille Buick noire. Machinalement, Evy se prépara à tourner à gauche, sur la route qui menait hors de la ville. Cependant, juste avant le tournant, la Buick bifurqua sur la droite, en direction du ferry. Décontenancée, irritée par ce contretemps, Evy hésita une minute. Puis elle suivit à une distance respectueuse.

À l'issue d'un débat intérieur, Maggie résolut de laisser les clés sur le tableau de bord. *Qui la volerait ? Il se trouvera bien quelqu'un pour la ramener chez les Thornhill.*

Elle s'efforçait de ne rien oublier, mais son agitation l'empêchait de se concentrer. Les doigts crispés, elle fouilla dans son sac pour la troisième fois.

« Portefeuille, dit-elle tout haut. Argent, carnet d'adresses, trousse de maquillage. » Elle touchait chaque objet au fur et à mesure qu'elle les nommait. Une boule d'angoisse lui obstruait la gorge. « Les clés, fit-elle. Laisse les clés. » D'une main tremblante, elle repêcha les clés de la maison et les posa sur le tableau de bord.

« Là. » À travers les prismes des gouttes de pluie sur le pare-brise, elle vit les lumières du ferry qui tanguait sur les vagues, se dirigeant vers le débarcadère. La vue du bateau la calma.

Elle s'obligea à faire mentalement l'inventaire des affaires qu'elle laissait chez les Thornhill. Elle ressentait le besoin de récapituler tout ce qu'elle abandonnait derrière elle. Le bilan fut maigre. Quelques vieux vêtements. Deux ou trois livres. Les objets se succédaient, comme dans un kaléidoscope, dans le tumulte de ses pensées. Rien d'irremplaçable, sauf peut-être le parfum, cadeau de Jess. Tant pis, décida-t-elle.

Elle ouvrit la portière, serrant son sac contre elle, et sortit dans la tempête. Le vent la poussa contre la voiture. Elle regarda le bateau approcher, fendant lentement les flots en furie. *Vite,* le pressa-t-elle impatiemment. Elle ne prêtait aucune attention à l'eau qui ruisselait sur son visage et son cou.

Ce soir, je dormirai à l'hôtel. Et demain, elle partirait

ailleurs. Dans une autre ville, n'importe où, pourvu que ce soit loin.

Je suis si fatiguée. L'image de Jess, désormais perdu pour de bon, s'imposa à son esprit. *Il faut seulement que je m'en aille. Pour recommencer à zéro.*

Recommencer à zéro ? Le doute s'insinua en elle. La pluie coulait le long de ses joues. Plissant le visage, elle se boucha les oreilles avec les poings. Sa décision était prise. Le lointain mugissement de la sirène franchit la barrière de ses mains. Le bateau heurta le ponton avec un bruit mat qui couvrit le grondement de la tempête. S'enveloppant dans son ciré, Maggie courut vers la billetterie.

Derrière le comptoir, un jeune homme en chemise grise était en train de fermer son guichet. Elle fit irruption dans la salle, se précipita vers lui et se mit à cogner contre la paroi en plastique. Il la souleva un peu, juste assez pour pouvoir l'entendre.

« Je voudrais un billet pour le dernier bateau en partance.

— Désolé, répondit-il en désignant le débarcadère. C'était le dernier. Il n'y aura plus de bateaux ce soir.

— Mais je dois partir !

— Pas ce soir. La mer est trop mauvaise. Demain matin, si le temps se lève. » Et le guichetier tira sur le volet.

« Un instant, insista Maggie. D'après l'horaire, il y a encore un bateau ce soir. » Elle pointa le doigt sur le tableau des départs.

Le jeune homme secoua la tête. « C'est la tempête, on n'y peut rien.

— Écoutez, s'écria-t-elle, s'arc-boutant contre la paroi de plastique pour essayer de la relever. C'est très important. C'est une urgence. »

Le guichetier la fusilla du regard. « Lâchez ça !

— S'il vous plaît », supplia-t-elle en se cramponnant au volet.

Il n'avait pas l'air de vouloir céder. Puis il se tourna vers un homme chauve et râblé assis derrière un bureau. « Dis donc, Tom, fit-il d'une voix qui sonnait comme un appel au secours, nous avons un petit problème ici »

Maggie pivota sur elle-même et se rua dehors. Quelques voitures sortaient lentement du ventre du ferry, et les rares passagers descendaient à la queue leu leu la passerelle chancelante. Sans réfléchir, elle courut vers les hommes d'équipage qui s'apprêtaient à fermer le bateau pour la nuit.

« Attendez, s'il vous plaît ! »

Les matelots virent accourir une femme qui gesticulait sans se soucier de la pluie ruisselant sur ses cheveux et ses vêtements.

Elle s'élança vers l'homme qui dirigeait les opérations et l'empoigna par la veste. « S'il vous plaît, fit-elle, à bout de souffle. Il faut absolument que je parte ce soir. »

L'homme au teint basané rit, et ses dents étincelèrent dans l'obscurité. « Voyons, ma petite dame, n'avez-vous pas remarqué qu'il pleut ? » Il rencontra le regard de Maggie, et son sourire s'évanouit. « Qu'est-ce qui vous arrive ? »

Ses camarades s'interrompirent dans leur travail pour les observer avec curiosité.

« D'après l'horaire, il doit y avoir encore un bateau ce soir, bégaya-t-elle. Il faut que je le prenne.

— Désolé, répondit le matelot, tapotant gentiment la main qui l'agrippait par la manche. Vous n'avez plus qu'à attendre demain matin.

— Je ne peux pas, cria-t-elle en le lâchant. Il faut que je parte ce soir. »

Le visage grêlé de l'homme reflétait la consternation. « Vous avez quelqu'un qui est malade là-bas ? demanda-t-il d'une voix chantante, en désignant le continent par-dessus son épaule. Ne vous inquiétez pas. Ça finit toujours par s'arranger. Mais il est hors de question que nous prenions la mer ce soir. Elle est beaucoup trop mauvaise. »

Une peur farouche, irraisonnée, brilla dans les yeux de Maggie. « Aidez-moi, chuchota-t-elle. Je vous paierai. » Les autres membres de l'équipage s'étaient massés autour d'eux.

« Je ne peux rien faire pour vous. Tiens, ajouta-t-il avec soulagement, voilà le capitaine. Vous n'avez qu'à lui en causer. »

Se retournant, elle vit un homme à la stature massive, coiffé d'une casquette aplatie. Elle se précipita vers lui.

« Capitaine, implora-t-elle, s'efforçant de parler normalement, je sais très bien qu'il y a la tempête et qu'il fait très mauvais en mer, mais je dois quitter l'île ce soir, et d'après l'horaire, il reste encore un départ.

— Désolé, m'dame. Il nous est impossible de reprendre la mer.

— Mais il le faut ! Vous êtes obligé de faire encore

un voyage. Vous ne pouvez pas me garder prisonnière ici ! »

L'homme la dévisagea, médusé. Les veines saillaient sur le front et dans le cou de Maggie ; ses yeux lançaient des éclairs. Il leva les mains comme pour l'écarter de son passage.

Alors, elle courut aveuglément sur la digue glissante vers le ferry qui se balançait dans les énormes vagues. Ses semelles de cuir dérapaient sur les planches mouillées. *Pourvu que j'arrive à monter à bord !* Elle avait l'impression qu'une fois sur le bateau, elle se sentirait en sécurité. Elle entendait les hommes crier derrière elle. Il y avait encore un matelot sur le pont inférieur, dans le ventre caverneux du ferry. *Si seulement je monte là-dessus, ils seront bien obligés de m'emmener.*

« Revenez ! » lui criait-on.

Sourde à leurs appels, elle tituba en direction de la coque béante. Dans le noir, elle ne vit pas le cordage lové sur le pont, que le marin était en train d'enrouler autour d'une poulie. Elle se hâta vers les portes ouvertes du bateau. Sa cheville se prit dans le câble qui, filant à toute allure, se resserra autour d'elle. Elle ressentit une secousse brutale et tomba. Sa tête heurta un étambrai. Assommée, elle s'étala, les bras tendus vers les planches luisantes de la passerelle.

21

Maggie se sentait dériver. À demi consciente, elle flottait paisiblement dans une bulle ouatée. Mais peu à peu, sa béatitude fut troublée par une désagréable sécheresse dans la bouche. Elle passa sa langue rêche et collante sur ses lèvres gercées. Ce geste ne la soulagea guère ; sa bouche n'en devint que plus pâteuse. Immédiatement, un gant de toilette frais et humide fut pressé contre ses lèvres. Elle suça avidement le tissu mouillé et ouvrit péniblement les yeux pour voir son bienfaiteur.

« N'avalez pas le gant, dit Owen en le lui retirant.

— Owen, chuchota-t-elle.

— Salut. » Le colosse barbu se rassit sur la chaise à côté du lit et remit le gant dans une cuvette en plastique sur la table de chevet. En regardant autour d'elle, Maggie reconnut les murs clairs et le décor impersonnel de l'hôpital. Elle était fatiguée et avait mal au crâne.

« Qu'est-ce que je fais ici ?

— Eh bien, d'après ce que j'ai cru comprendre, vous vous êtes blessée en tentant de détourner un ferry hier soir. »

Elle grimaça, davantage au souvenir de ses frasques qu'à cause de son mal de tête.

« Rien de bien méchant, poursuivit Owen. Juste une bosse. La raison véritable de votre hospitalisation est, me semble-t-il, l'épuisement.

— Je voulais partir.

— C'est ce qu'on m'a dit. Je n'aurais pas dû vous laisser seule hier. Vous étiez au bout du rouleau, c'était clair.

— Vous n'y êtes pour rien. C'est simplement… tout ce qui s'est passé. Je n'en pouvais plus. J'ai voulu fuir…

— Ça a été dur pour vous.

— Oui.

— Vous teniez beaucoup à lui. »

Elle hocha la tête.

Owen soupira. « J'ai bien vu que vous aviez mal. Je ne sais pas. J'avais besoin d'un verre. Pour… disons, digérer tout ça.

— Je comprends. Mais vous n'avez rien à vous reprocher. C'est moi. J'ai eu l'impression qu'il m'arrivait à nouveau une chose terrible. C'est toujours pareil. Je tombe amoureuse d'un homme, et aussitôt… Enfin, il fallait à tout prix que je parte d'ici.

— C'est le contrecoup, dit Owen. Vous étiez à bout.

— Vous avez sûrement raison. À dire vrai, je suis toujours fatiguée. Bien que j'aie dû dormir des heures. Et tous ces rêves… Au fait, quelle heure est-il ?

— Cinq heures. »

Maggie ferma brièvement les yeux. « Je veux sortir d'ici, Owen. Il faut absolument que je parte. Chaque fois que je pense à Jess… » Sa voix se brisa. Elle se racla la gorge et tourna la tête sur l'oreiller.

Se levant, Owen remit en place le verre et le pichet d'eau à côté de son lit. « À mon avis, on va vous libérer demain matin. Le médecin passera vous voir. »

Maggie fit un effort pour recouvrer son calme.

« OK.

— Avez-vous besoin de quelque chose, avant que j'y aille ?

— Restez encore un peu.

— Je ne veux pas vous fatiguer. Avez-vous un moyen de transport pour rentrer à la maison demain ? »

Elle secoua la tête avec un pâle sourire. « À la maison, répéta-t-elle.

— Et si je venais vous chercher ?

— Vous n'êtes pas obligé.

— Ça ne me dérange pas. Je vous appellerai plus tard pour savoir à quelle heure je dois venir.

— Vous en êtes sur ?

— Ouais. » Owen enfila son parka qui ajouta une épaisseur supplémentaire à son impressionnante carrure. « Bon, j'y vais. »

Maggie le regarda sortir. Il tint la porte à l'infirmière qui arrivait avec un plateau de minuscules gobelets remplis de pilules.

« À nous, dit l'infirmière. Comment vous sentez-vous ? »

Distraite par son apparition, Maggie ne vit pas son ami partir. Lorsqu'elle leva les yeux, la porte s'était déjà refermée derrière lui.

Owen s'essuya les pieds sur le paillasson et accrocha son parka au portemanteau de l'entrée. Plusieurs bouts de papier étaient empilés sur la table du téléphone près de l'escalier. Il les prit et se mit à les examiner. À cet instant, Mireille parut dans l'encadrement de la porte, vêtue de son manteau d'hiver, un foulard fleuri sur la tête.

« Oh ! souffla-t-elle avant d'éclater d'un rire perlé. Je ne vous avais pas entendu rentrer.

— Je viens juste d'arriver.

— Comment va votre amie ? demanda Mireille d'un ton suggestif.

— Mieux, répondit Owen avec fermeté. Qu'y a-t-il pour le dîner ?

— C'est dans le four. » Elle fit un geste en direction de la cuisine. « Du ragoût, comme vous l'aimez.

— Une surprise ? fit Owen, une note sarcastique dans la voix.

— Oui. Il faut que je me sauve. »

Il grogna et se replongea dans la lecture des messages.

« Au fait, dit Mireille en s'arrêtant sur le pas de la porte. Il y a eu un appel important pour vous. »

Owen brandit les morceaux de papier. « Lequel ?

— C'est dedans. Une secrétaire du magazine *Life*. Le rédacteur en chef veut vous voir à New York demain à la première heure.

— Demain ?

— C'est ce qu'elle a dit. Vous n'avez qu'à lire le message.

— Ils vont publier ma série de reportages sur les oiseaux ?

— Je n'en sais pas plus.

— Je suis sûr que c'est ça. Il faudrait que je les rappelle. » Il consulta sa montre. « Il n'y a probablement plus personne là-bas. Zut !

— Il faut que j'y aille. J'ai une réunion paroissiale ce soir.

— Allez-y, marmonna Owen, fronçant pensivement les sourcils.

— Dois-je venir demain ?

— Je partirai par le premier bateau pour le continent. Là, il faudra que je prenne l'avion de sept heures trente, réfléchit-il tout haut.

— Demain ? » répéta Mireille.

Owen leva les yeux. « Inutile de vous déranger. »

Mireille sourit. « Bien. Faites un bon voyage. » Elle lui adressa un signe de la main et sortit à reculons.

Planté au milieu du couloir, Owen fixait le message qu'il tenait entre les doigts. *Ça alors*, pensait-il.

Le bruissement des stores qu'on baissait tira Maggie de sa torpeur. Elle regarda autour d'elle et vit le dos blanc de l'infirmière qui enroulait soigneusement le cordon autour d'un crochet dans le mur.

« Quelle heure est-il ? » articula-t-elle avec effort.

Sans se retourner, l'infirmière entreprit de changer l'eau et de refaire le lit vide à côté de celui de Maggie. « Presque sept heures et demie, répliqua-t-elle énergiquement.

— Je ne fais que dormir, se plaignit Maggie.

— Vous êtes là pour ça. » La femme s'approcha et posa une feuille de papier vert pâle et un crayon sur la couverture.

« Qu'est-ce que c'est?

— Le menu de demain. Vous n'avez qu'à cocher les plats que vous désirez. »

Maggie lui rendit le papier et le crayon. « Je n'en ai pas besoin. Je sors demain matin. » L'infirmière la dévisagea d'un air sceptique.

« Je vous assure. Le médecin est passé avant... » Elle s'interrompit, essayant de situer la visite du médecin, de la dissocier des rêves qui s'y mêlaient. Un jeune médecin avec des lunettes. De près, on voyait qu'il avait des poches sous les yeux. Il avait tenté de la convaincre de rester une journée de plus, mais face à son obstination, il avait fini par capituler.

« Le docteur Sorensen. Celui qui a des lunettes. Il a dit que je pourrais sortir demain matin. »

L'infirmière prit sa feuille de température, la regarda et l'accrocha à nouveau au pied du lit.

« Très bien. L'infirmière de nuit sera là bientôt, si jamais vous avez besoin d'elle. » Le téléphone à côté du lit se mit à sonner doucement. L'infirmière décrocha et tendit le combiné à Maggie avant de sortir.

« Allô », fit Maggie, hésitante.

C'était Owen. La conversation fut brève : il s'excusa de devoir s'absenter à l'improviste, et elle l'assura faiblement qu'elle pouvait se débrouiller sans lui. Elle reposa le combiné et s'allongea sur les oreillers, les yeux au plafond. Demain, elle pourrait partir. Pour aller où? Le désespoir l'enveloppa à nouveau comme un brouillard. Le bruit de la porte qui s'ouvrait lui procura une diversion bienfaisante.

Ce devait être l'infirmière qui avait oublié quelque chose. Quelle ne fut pas sa surprise lorsque, levant les yeux, elle vit Evy s'avancer vers son lit.

« Bonsoir, lança la jeune fille.

— Salut, Evy.

— Comment ça va ?

— Mieux. Je suis fatiguée.

— Il paraît que vous sortez demain.

— Oui. Asseyez-vous. » Maggie lui désigna une chaise. Evy s'assit, son manteau et son sac à main sur les genoux.

Elle jeta un coup d'œil sur la chambre, puis regarda Maggie qui scrutait son visage pointu.

« Comment est la nourriture ici ?

— Affreuse. Le peu que j'en aie goûté. »

Evy sourit furtivement et hocha la tête.

« Et le travail ? demanda Maggie.

— Nous étions fermés aujourd'hui. À cause de Jess. »

Maggie fixa le pied de son lit.

« Demain, il y aura un service funèbre.

— Ah !

— Vous viendrez ?

— Je ne crois pas.

— Non ? » Evy avait l'air incrédule. « Et pourquoi ?

— Je ne… » La voix de Maggie vacilla. Elle attendit de se calmer avant de reprendre : « J'ai l'intention de quitter l'île et j'ai des choses à faire avant.

— Vous êtes bien pressée de partir, on dirait.

— Pas du tout, riposta Maggie sèchement.

— D'accord, d'accord. » Evy haussa les épaules. « Ne vous fâchez pas.

— Désolée, marmonna Maggie.

— Ce n'est pas grave. » Evy se tortilla sur sa chaise. « Ils ont ramené votre voiture chez les Thornhill.

— Qui ça?

— Les flics. Je les ai vus.

— Oh, fit Maggie avec lassitude.

— Comment allez-vous rentrer chez vous demain? »

Maggie soupira. « Je n'en sais rien. Le taxi de l'île, je suppose. Owen a proposé de venir me chercher, mais il a un rendez-vous à l'extérieur. »

Evy hocha gravement la tête. Soudain, une idée parut lui venir à l'esprit. « Moi, je pourrais vous emmener.

— Vous n'y pensez pas, répondit Maggie précipitamment.

— Ça ne me gêne pas. »

Maggie la considéra, interdite. « Vous le feriez, Evy? Pourquoi? Nous ne sommes pas franchement amies, que je sache.

— C'est à vous de voir. Maintenant que Jess n'est plus là, ce serait stupide de se quereller. »

Maggie réfléchit tristement à ces paroles. Puis elle se pencha vers la visiteuse. « Vous ne me tenez pas pour responsable de ce qui est arrivé à Jess? »

Evy écarquilla les yeux. « Pourquoi? Il s'est noyé, non? Tout le monde le dit. C'est un accident. »

Maggie retomba sur les oreillers. « Oui, murmura-t-elle. Un accident.

— Alors, c'est oui ou c'est non? »

Elle contempla Evy d'un air ahuri. « Je vous demande pardon ?

— Je viens vous chercher ? »

Maggie hésita un instant. Finalement, elle hocha la tête. « Ça m'arrangerait beaucoup.

— Dans ce cas, vous irez peut-être au service funèbre avec moi ?

— Je vous l'ai déjà dit. Je n'ai pas envie d'y aller.

— Vous avez tort.

— Vous ne comprenez pas.

— Ah, mais si ! Vous avez peur des gens. Après tout ce qu'on a pu raconter sur vous. »

Maggie la regarda fixement.

« Et Jess, y avez-vous pensé ? Ne voulez-vous pas faire un effort pour lui ? »

Maggie remua convulsivement la tête sur l'oreiller. « Je ne sais pas. La simple idée d'y aller m'effraie.

— Tout se passera bien, vous verrez. Vous resterez avec moi. Si moi je ne vous en veux pas, pourquoi les autres vous en voudraient-ils ? » Elle se leva abruptement. « Il faut que j'y aille.

— Je vais réfléchir. J'irai peut-être. Merci d'être venue, Evy. C'est très gentil de votre part.

— À demain matin, alors. » Evy se dirigea vers la porte. Maggie soupira. Demain matin. Si seulement elle avait pu sortir ce soir !

« C'est moi ! » cria Evy en claquant la porte de derrière. Elle jeta un coup d'œil sur l'horloge de la cuisine. Cette visite à l'hôpital lui avait pris plus de temps que prévu. Et elle avait encore beaucoup à faire.

Elle choisit une banane noircie dans la corbeille de fruits et commença à l'éplucher. Pensivement, elle mordit dans la chair molle en réfléchissant à sa liste de corvées, comme une maîtresse de maison en train de préparer une soirée. Elle s'était déjà débarrassée d'Owen grâce au faux coup de fil de New York. Maintenant, au moins, elle ne l'aurait plus dans les jambes. Restaient les derniers préparatifs à effectuer chez les Thornhill. Afin que tout se déroule sans accroc demain. Et que personne ne doute par la suite de ce qui s'était passé.

Il fallait également qu'elle retrouve le pistolet de son grand-père. Elle savait qu'il était quelque part dans la maison. Sa grand-mère avait tendance à tout garder. Il était temps de s'y mettre, décida-t-elle.

Elle jeta la peau de banane à la poubelle et s'essuya délicatement les doigts avec une serviette en papier. Puis elle traversa le séjour en direction de l'escalier. Un fracas venant de la chambre de sa grand-mère l'arrêta. Aussitôt sur le qui-vive, elle s'engagea dans le couloir et poussa la porte de la chambre.

« Qu'est-ce que tu fabriques encore ? »

La vieille femme la regarda d'un œil torve.

Evy entra et inspecta la pièce. Le téléphone, posé d'ordinaire sur la table de nuit, gisait de guingois contre un pied de la table. Le fil s'était accroché à la poignée du tiroir, et le combiné était resté coincé dans le cadre du sommier en métal. La jeune fille ramassa l'appareil, remit le combiné en place et l'emporta à l'autre bout de la pièce.

« Il faut absolument qu'on te débarrasse de ça. Tu n'en as plus besoin. Tu ne pourrais même pas répondre correctement s'il sonnait. C'est toujours moi qui décroche. Je ferais mieux de le monter dans ma chambre. »

La vieille femme la regardait arpenter le plancher devant le lit.

« Qu'est-ce qui est arrivé à ton dîner ? » demanda Evy sévèrement en désignant la literie. Un plateau était posé de travers sur les couvertures. Les assiettes et la tasse avaient glissé sur le côté. Une tartine beurrée était collée à la courtepointe délavée, tandis qu'une grosse tache humide avec quelques nouilles au milieu s'étalait sur les draps.

« Franchement », fit Evy dans un soupir. Elle prit les assiettes et épongea grossièrement les dégâts avec une serviette froissée et maculée de graisse. « Ce n'est pas ta faute, je suppose. Je ne me suis pas beaucoup occupée de toi ces temps-ci. Quand tout sera terminé, il faudra qu'on décide de ce qu'on fera de toi. » Elle se pencha et essuya brutalement la bouche flasque de sa grand-mère.

« Tiens-toi tranquille maintenant. » Elle rajusta les draps trempés par-dessus le torse chétif qui se soulevait de manière spasmodique. « J'ai des choses à faire. »

Perdue dans ses pensées, elle se tapota la lèvre supérieure avec l'index. « Réflexion faite, tu dois justement avoir ce qu'il me faut. » Elle s'approcha de la massive commode en acajou, s'accroupit et tira sur les poignées du tiroir du bas. Le bois gonflé émit des craquements. Patiemment, Evy secoua le tiroir jusqu'à ce qu'il s'ouvre. Alors elle s'assit sur les talons et examina son contenu.

L'odeur de pétales de rose s'échappa du tiroir ouvert

en un nuage douceâtre. Une expression ravie illumina le visage cireux de la jeune fille.

« Regarde, mémé ! Toutes les affaires de maman ! » Avec précaution, elle sortit une liseuse en satin molletonné qu'elle pressa contre sa joue. Puis, amoureusement, elle caressa du bout des doigts un sac à main en suède gris avec un fermoir en forme de tête de cheval. Elle remit avec soin chaque objet en place jusqu'à ce qu'elle tombe sur un mouchoir en dentelle blanche.

« Oh, je le veux, s'écria-t-elle en le serrant sur sa poitrine. Tu avais dit que tout ça, ce serait à moi. Tu l'as dit quand maman est partie à l'hôpital. Et j'en ai besoin maintenant. » Elle leva le mouchoir pour mieux le regarder.

« Maman y mettait l'argent de la quête du dimanche. Pendant le sermon, elle faisait comme ça. » Joignant le geste à la parole, Evy roula en boule le fin carré blanc. Puis elle desserra la main, et le mouchoir chiffonné se balança mollement au bout de ses doigts. « Je ne vais pas le garder, promit-elle. Je te l'emprunte, c'est tout. »

Elle mit le mouchoir de côté et poursuivit son inspection. Elle s'extasia devant un collier d'ambre puis s'attarda devant la photo d'une collégienne dans un cadre en carton : on y voyait un visage aux yeux clairs et aux lèvres minces, surmonté d'une épaisse frange blonde. Les cheveux brillants et dorés étaient noués en un chignon austère. À regret, Evy rangea la photo dans le tiroir. Soudain, avec un petit cri de triomphe, elle sortit un chandail noir et moelleux au col arrondi. « C'est ce que je voulais ! Et ça aussi ! » s'écria-t-elle, exhumant une paire de gants blancs. Elle fouilla minutieusement le tiroir et finit par trouver une mantille en dentelle noire pliée en trois.

Elle la secoua, à la recherche de trous ou d'accrocs éventuels. « Elle est exactement comme la mienne. C'est pourquoi j'en ai pris une noire. Parce que maman avait la même. » Son regard s'adoucit devant cette vision depuis longtemps oubliée. « Elle était si jolie là-dedans. Toutes ces fleurs en dentelle noire sur ses cheveux blonds. On aurait dit un champ de tournesols. » Elle contempla le voile tombé sur ses genoux.

« Pourquoi a-t-il fallu qu'elle parte ? »

Couchée dans son lit, la vieille femme se souvenait. Ses yeux fixaient le plafond. Son menton tremblait.

« Tu sais très bien pourquoi », ajouta Evy, l'air patelin. Elle ramassa son butin et le pressa contre sa poitrine. Puis, d'un coup sec, elle referma le tiroir de la commode.

« C'est toi-même qui me l'as dit. Maintenant, tu fais semblant de ne pas être au courant. Eh bien, moi, je sais pourquoi. » Elle se releva, agrippant le bord du tiroir du haut à faire blanchir les jointures de ses doigts.

« Où est le pistolet ? » Elle tira sur la poignée jusqu'à ce que le tiroir cède brusquement, manquant la faire tomber à la renverse. Elle fourragea sans ménagement parmi son contenu et finit par s'emparer du vieux pistolet, qui avait appartenu à un grand-père dont elle n'avait aucun souvenir. « Ça y est, je l'ai ! » Elle brandit le pistolet d'une main, et le mouchoir, les gants, le pull et la mantille de l'autre.

« Elle l'a cherché. Sans elle, maman ne serait pas à

l'hôpital, papa ne serait pas mort, et je ne serais pas là avec toi. Pas vrai? Pauvre maman, ça l'a rendue si malade qu'elle ne me reconnaît même plus. Elle est obligée de passer sa vie à l'hôpital. Et tout ça à cause de cette femme. Bon, eh bien, demain, elle aura ce qu'elle mérite. Comme tu me l'as toujours dit. »

La vieille femme observait sa petite-fille avec des yeux luisant de frayeur.

« Ce n'est que justice. Reste tranquille maintenant, ordonna Evy. J'ai des choses à faire en bas. »

Harriet Robinson contempla son visage grimaçant jusqu'à ce qu'elle quitte la chambre. Puis son regard se reporta sur le téléphone qu'Evy avait posé sur la table contre le mur d'en face. C'était inutile. Même à supposer qu'elle arrive à l'atteindre.

Les yeux rivés au plafond, elle dressa l'oreille. Elle entendit Evy tirer le verrou et ouvrir la porte de la cave. Et le bruit de ses pas dans l'escalier fit ciller l'infirme.

La lumière extérieure brillait toujours chez les Thornhill. Grâce à elle, et à la faible lueur de sa lampe de poche, Evy réussit à contourner la maison sans trébucher. Elle avançait à pas de loup sur la pelouse envahie de mauvaises herbes, inspectant les portes et les fenêtres qui étaient toutes fermées. La dernière fois qu'elle était venue, pour s'occuper du chien, elle était entrée sans difficulté. Mais à dire vrai, elle ne s'attendait guère à trouver la maison ouverte cette fois-ci.

Pendant quelques minutes, elle resta debout, pensive, dans les hautes herbes. Puis, s'éclairant de sa lampe de poche, elle regarda à l'intérieur du sac à provisions qu'elle avait sur le bras. La lumière joua sur l'épingle à cravate en argent avec l'inscription « WME III » gravée en lettres fleuries. Plongeant la main dans le sac, elle en sortit le portefeuille usé qu'elle avait récupéré dans le veston d'Emmett avant de le brûler. Au fond du sac tintaient une chevalière en or et un porte-cigarette frappé d'un monogramme. Elle fut tentée un instant de conserver l'un des objets en guise de souvenir. Non, tout compte fait, mieux valait les cacher dans la maison. Quelque part où l'on pourrait les trouver à l'issue d'une fouille minutieuse. Découragée par toutes ces portes fermées, elle eut subitement une idée. Abaissant le faisceau de la lampe de poche, elle se fraya un passage vers la remise derrière la maison. Elle poussa la porte et éclaira l'intérieur. Là, juste à gauche du chambranle, un jeu de clés était suspendu à un clou.

Ils sont tous pareils par ici, pensa-t-elle avec dédain. Elle accrocha son sac à provisions au clou et referma la porte de la remise. Dissimuler les effets personnels d'Emmett dans la maison était l'affaire de quelques minutes ; elle s'en occuperait après s'être acquittée de son autre tâche.

Lorsqu'elle eut regagné la voiture, elle regarda à droite et à gauche, mais la route était sombre et totalement silencieuse. Rassurée, elle ouvrit le hayon arrière et contempla la volumineuse housse à vêtements qui remplissait tout le coffre. C'était drôle. Jamais, en voyant cette housse dans le placard où elle se trouvait depuis des années, Evy n'aurait imaginé à quel point elle lui serait utile un jour. Avec effort, elle la sortit du coffre. Elle jeta un coup d'œil en direction du ruisseau, là où il y avait le vieux cellier à fruits. Heureusement qu'elle s'en était souvenue. Il faisait trop noir pour y voir quelque chose, mais elle était capable de le localiser mentalement. Ça faisait un bon bout de chemin. Avec un soupir, Evy se dit qu'elle n'avait pas de temps à perdre.

Lentement, elle se mit à traîner le sac à travers les herbes bruissantes, le tirant par à-coups chaque fois qu'il butait contre une racine ou une pierre. *Il va en falloir, des boules de naphtaline, avant qu'on puisse réutiliser cette housse.* Maintenant qu'elle s'était accoutumée à son poids, elle avançait plus vite. *Heureusement que je suis forte.* Ces deux années passées à soulever sa grand-mère lui avaient musclé les bras. Encore un peu, et elle y était presque.

Alors qu'elle descendait le talus, son pied se posa sur un rocher moussu. Elle glissa et, avec un petit cri, lâcha son fardeau. Le sac roula jusqu'en bas et atterrit à moitié dans le torrent. Evy se redressa et promena la lampe de poche sur la pente rocailleuse ; avec précaution, elle poursuivit son chemin jusqu'au ruisseau pour récupérer le sac.

Ahanant et grognant, elle le hissa en direction de la lourde porte en bois du cellier. D'une main, elle saisit l'anneau en fer qui servait à l'ouvrir et pesa de tout son poids sur le battant.

La porte s'ouvrit à la volée. L'intérieur du cellier sentait les pommes et la terre humide. Evy poussa le sac et éclaira les recoins sombres du cellier depuis longtemps abandonné.

« Parfait », souffla-t-elle. Cela lui évitait d'avoir à

creuser un trou. Et de craindre qu'avec une bonne averse on ne le découvre un jour. Personne ne se donnerait la peine de regarder là-dedans. Et, dans le cas contraire, les soupçons se porteraient de toute façon sur feu Maggie Fraser.

S'agenouillant, elle posa la lampe à côté de la housse. Puis elle prit une profonde inspiration et, retenant son souffle, défit la fermeture Éclair. Les rabats en plastique s'écartèrent, révélant les restes putrides, en décomposition, de William Emmett.

22

« Vous avez un problème ? »

Obstinément, Maggie secoua la tête, refusant toute aide. Avec une concentration redoublée, elle essaya de finir de boutonner son chemisier, les mains tremblantes.

L'infirmière, Mrs. Grey, une femme joviale au visage ouvert, repoussa ses doigts sans autre forme de cérémonie et acheva la tâche en un tournemain. « Vous allez vous sentir un peu flageolante.

— Ça va, répondit Maggie. Je suis prête. » Pour la vingtième fois de la matinée, elle regarda par la fenêtre pour voir si Evy n'arrivait pas. Elle soupira et, se retournant, vit l'infirmière déplier un fauteuil roulant dans l'étroit passage entre le pied du lit et le mur.

« Je ne veux pas de ça.

— C'est juste pour sortir, répliqua Mrs. Grey, affable. D'ici jusqu'à la porte d'entrée. » Et elle quitta la chambre en trottinant.

Où est Evy ? pensa Maggie impatiemment. Elle regrettait de s'être laissé convaincre : maintenant, elle était obligée d'attendre. *Si j'avais fait venir le taxi, je serais déjà à la maison. Au lieu de tourner en rond ici, j'aurais fait mes bagages.* Maison. Quel mot dérisoire !

Réveillée depuis l'aube, elle s'était rendormie par à-coups, mais surtout, elle avait guetté le moment de la sortie. Voilà moins d'un mois, par une matinée grise comme celle-ci, elle avait attendu une autre sortie. La voisine, Mrs. Bellotti, était venue la chercher en prison. Ce soir-là, Maggie avait dîné chez elle, après quoi Mrs. Bellotti l'avait emmenée à la cave où elle conservait les affaires qu'elle avait réussi à sauver après la mise en vente de la ferme. Mrs. Bellotti était gentille, mais elle appréhendait d'héberger une ancienne détenue sous son toit. Après avoir dormi la première nuit chez elle, Maggie était allée à l'hôtel, le temps de préparer son voyage. Pour venir ici. Abattue, elle songea à l'échec de son bref séjour dans l'île. Durant sa dernière année de détention, elle y avait placé tous ses espoirs. Emmett lui avait offert une nouvelle existence ; or en quelques semaines, elle s'était débrouillée pour tout gâcher. Emmett. Pour la énième fois, elle se demanda quand il allait réapparaître. Seigneur, qu'allait-il penser de sa tentative de réinsertion ? Mais à quoi bon se poser cette question maintenant ?

Elle ramassa son sac à main, sortit l'horaire des ferrys et consulta sa montre. Il y avait encore deux départs avant midi. Elle jeta un coup d'œil inquiet dehors. Malgré la bruine, il devait sûrement y avoir des bateaux. Ils ne s'arrêtaient tout de même pas dès qu'il tombait trois gouttes. À nouveau, elle se leva et s'approcha de la fenêtre.

Elle ne s'attendait pas vraiment à voir quelque chose,

aussi fut-elle surprise d'apercevoir Evy, appuyée contre sa voiture, juste en face de l'hôpital.

La jeune fille était tête nue sous la pluie. Ses mains blanches serraient un sac en papier sur sa poitrine étroite. L'air à la fois absorbé et hagard, elle attendait le moment propice pour traverser. Le vent ébouriffait ses cheveux fins qui rebiquaient, lui donnant une apparence grotesque et hirsute.

Fronçant les sourcils, Maggie secoua la tête. Quelle improbable amie ! L'espace d'un instant, elle regretta la brave Mrs. Bellotti. Au même moment, Evy leva les yeux. Leurs regards se croisèrent. Maggie esquissa un sourire contraint. Evy, elle, se contenta de la dévisager, avant de reporter son attention sur la rue qu'elle traversa rapidement.

Le temps de mettre ses chaussures et de sortir son ciré du placard, Maggie la vit apparaître dans l'encadrement de la porte.

« Vous êtes prête ?

— Depuis plusieurs heures.

— J'avais des choses à faire, dit Evy, sur la défensive.

— Oui, oui, bien sûr. Simplement, je suis pressée de partir, c'est tout. Il faut que je monte là-dedans, ajouta Maggie en désignant le fauteuil roulant d'un signe de la tête.

— J'ai l'habitude. »

Se baissant, Evy vérifia d'un œil expert le mécanisme du fauteuil pour s'assurer qu'il était prêt à l'emploi. Puis elle se redressa et tendit le sac en papier qu'elle tenait sous le bras.

« C'est pour vous. Pour que vous les mettiez aujourd'hui. »

Maggie vida le sac sur le lit; à la vue du pull noir, de la mantille et des gants blancs, elle fronça les sourcils.

« Pour le service funèbre, expliqua Evy. J'ai pensé qu'il vous faudrait peut-être quelque chose de noir.

— Oh ! » Maggie s'assit lourdement sur le lit. « Le service. »

Evy prit le pull et le déplia pour bien le lui montrer. « Il y aura une cérémonie à l'église, et ensuite, on ira au cimetière où est enterré le frère de Jess. »

Tu ne tiendras pas le coup, lui souffla une petite voix intérieure. « Je me disais que, tout compte fait, je ne viendrais sans doute pas. J'ai encore mes bagages à faire, et j'aimerais prendre le bateau dans la matinée. »

La jeune fille la fixa d'un air incrédule. « Mais vous aviez dit que vous viendriez.

— J'ai dit que j'allais réfléchir. Désolée. Je crois que c'est trop pour moi, vu la journée qui m'attend. Je ne suis pas encore très vaillante; et puis, il y a le voyage. Il faut que je trouve un endroit où dormir… »

Evy jeta le pull sur le lit. Il s'accrocha à la couverture et resta suspendu sur le bord. « Alors là, bravo !

— Je regrette, Evy. Allez-y sans moi. Vous n'avez même pas besoin de me déposer. Je ferai venir le taxi.

— N'avez-vous donc pas de cœur ? »

Maggie la regarda. « Bien sûr que si.

— Vous ne teniez même pas suffisamment à lui pour lui dire adieu. »

Maggie se cacha les yeux d'une main. « Je ne crois pas que je pourrai le supporter.

— Je ne crois pas que je pourrai le supporter, l'imita Evy.

— Ne soyez pas cruelle.

— Cruelle ? Et Jess, avez-vous pensé à lui ? Il est mort, lui. À votre avis, y aurait-il eu ce service funèbre si vous n'aviez pas été là ? »

Maggie laissa retomber sa main. « Que voulez-vous dire ? chuchota-t-elle d'une voix rauque.

— Rien. » Evy baissa les yeux pour dissimuler son anxiété.

« Hier, vous m'avez assuré que vous ne me jugiez pas responsable de la disparition de Jess. Maintenant, vous dites le contraire. C'était un accident, et vous le savez. Je n'ai rien à voir là-dedans.

— D'accord, n'en parlons plus. Excusez-moi, marmonna Evy.

— Pourquoi aurais-je cherché à lui nuire ? Je l'aimais. Personne ne le comprend, ça ?

— Si vous l'aviez vraiment aimé, vous auriez pris le temps d'assister à l'office. »

L'air sombre, Maggie fixait le vide. Evy avait raison. C'était la moindre des choses. Elle avait accepté l'amour de Jess tout en sachant que c'était un tort. Et elle lui avait menti. Alors qu'il lui avait fait confiance. Elle revit son regard chaleureux et direct, regard qui s'illuminait à sa vue. Elle s'était montrée lâche depuis le début. Mais elle ne pouvait plus rien y changer. Au moins, elle l'accompagnerait dans son dernier voyage.

Lentement, elle ramassa le pull, enfila une manche, puis l'autre, et le passa par-dessus sa tête. Elle épingla le voile de dentelle noire sur ses cheveux roux et mit les gants. « Très bien, dit-elle. J'irai. »

Evy tapota le siège du fauteuil roulant, et Maggie y prit place.

« Nous avons sans doute raté une bonne partie de l'office, la rassura Evy. Si vous voulez, nous pourrons attendre dehors et simplement suivre les autres au cimetière. »

Machinalement, Maggie hocha la tête. Evy s'empara des poignées et poussa le fauteuil devant elle.

Un jour, quand il était petit, il était allé faire de la luge avec son cousin et d'autres grands garçons. Il trottinait derrière eux en traînant sa luge, fier de faire partie de la bande. Mais lorsqu'ils eurent fini de s'amuser et que le crépuscule bleu de l'hiver commença à descendre, ils s'égaillèrent en l'abandonnant là, pendant qu'il dévalait la pente une dernière fois. Il ne savait pas comment rentrer chez lui. Tout seul au pied de la colline, il les appelait dans l'ombre qui s'épaississait. « Revenez », criait-il; puis, comprenant qu'il n'y avait personne pour l'entendre : « Maman ! » Il avait le visage gelé, le nez qui coulait. D'une petite voix d'abord, ensuite plus fort : « Maman ! »

Comme une eau claire rompant une digue, la conscience de Jess refit surface. Ses yeux, déjà ouverts, recouvrèrent la vue. Couché sur le côté, face contre terre, il découvrit avec surprise qu'il avait versé des larmes; mélangées à la boue, elles avaient laissé des traînées noires sur ses pommettes. Soulevant sa tête endolorie, il regarda autour de lui. La dépouille pitoyable d'Emmett avait disparu. Il s'en souvenait maintenant.

Elle était descendue chercher le corps. Il n'aurait su dire quand. Il avait desserré son billon à force de le mâcher et buvait avidement à la bassine lorsqu'il entendit la porte s'ouvrir. Promptement, il s'affala sur le sol et feignit l'inconscience. Méfiante, elle lui donna plusieurs coups de pied pour voir sa réaction. Les paupières closes, il demeurait inerte. Brusquement, il sentit ses doigts se planter comme des serres dans sa chevelure. Une poignée de cheveux dans la main, elle lui tira la tête en arrière. Sans broncher, il ouvrit la bouche, mais pas les yeux. Elle le lâcha alors et, tout en marmonnant, s'attela à sa tâche macabre. D'un œil, il la regarda grogner et peiner pour introduire le cadavre d'Emmett dans une sorte de grand sac, après quoi elle le traîna vers l'escalier comme s'il s'agissait d'une poubelle remplie de détritus. Tandis qu'elle montait, tirant le sac derrière elle. Jess sentit la tête lui tourner et perdit connaissance.

À présent, il contemplait le mince rai de lumière grise et phosphorescente qui scintillait dans le noir au-dessus de lui. De temps à autre, une ombre le traversait, puis tout redevenait clair. C'était le bas de la porte. Il s'imagina qu'en approchant le visage de cet interstice, il pourrait aspirer une bouffée d'air frais. La puanteur qui régnait dans la cave ne lui donnait plus la nausée. Elle collait à lui maintenant comme une seconde peau. Mais la perspective d'une goulée d'air pur l'attirait irrésistiblement.

Accoutumé à l'obscurité, Jess voyait la longue volée

de marches qui menait jusqu'à la porte. C'était l'unique issue : elle n'était pas bien loin, et pourtant, elle lui semblait être sur un autre continent. Il fallait cependant qu'il sorte de là. Ses membres étaient ankylosés ; seul un petit picotement de temps en temps lui rappelait encore qu'il avait des bras et des jambes. Il n'avait pas mangé depuis qu'elle l'avait abandonné ici. Elle allait le laisser mourir dans ces oubliettes. Il se demandait si Maggie était toujours en vie. Il lui fallait tenter sa chance. Il n'allait pas croupir là, enterré vivant.

Le regard de Jess se posa sur le filet de lumière. Elle paraissait filtrer à travers la porte. *Le bois est vieux,* pensa-t-il. *Vieux et pourri.* Un imperceptible espoir germa en lui. On pouvait l'enfoncer, à condition de s'aider d'un objet lourd. Désespéré, il songea que sa tête et son épaule étaient ses seuls outils. Avec lassitude, il s'affaissa à nouveau sur le sol. Ses tempes palpitaient douloureusement. Il se souleva avec effort. Il fallait qu'il essaie. C'était mieux que mourir ici.

Avec une lenteur laborieuse, il rassembla les forces qui lui restaient et se mit à ramper vers l'escalier. Se propulsant à l'aide de son genou et de son épaule, il avançait centimètre par centimètre sur le sol froid et humide. Tous les dix centimètres, il s'arrêtait, pantelant ; la terre collait à ses lèvres sèches et craquelées, lui obstruant les narines. La chemise retroussée presque jusqu'aux aisselles, il s'écorchait le torse. Les gravillons dans le sol creusaient des trous dans ses genoux anguleux. Tant bien que mal, il aspirait une bouffée d'air puis poursuivait son chemin. Finalement, au bout d'un périple interminable, il se retrouva au pied de l'escalier.

Jess laissa tomber la tête sur la première marche. Le bois rugueux, fendillé, lui entamait la chair. Il redoutait la perspective de se hisser là-haut, marche après marche, en s'exposant aux échardes qui ne manqueraient pas de se loger sous sa peau. Mais la lumière qui filtrait par la porte vermoulue l'encouragea à continuer.

Il se reposa, mais pas trop longtemps, de peur de sombrer à nouveau dans l'inconscience, de perdre de vue son objectif comme une barque dérivant au fil de l'eau. Il fallait absolument qu'il se concentre sur l'escalier et la porte en haut des marches.

Il inspira profondément et se souleva en s'appuyant sur un coude. Son arrière-train atterrit lourdement sur la marche du bas ; sa tête heurta la contremarche du dessus. Il se maintint en équilibre, osant à peine respirer pour ne pas tomber. Lentement, il se contorsionna, s'arc-bouta contre les dures planches en bois, et se propulsa vers le haut.

Sa progression pénible ne s'accompagnait ni de pensées, ni de doutes, ni d'inquiétudes. Toutes les fibres de son être étaient tendues vers un seul but : gravir une marche après l'autre. Ses mains et ses pieds, engourdis, étaient comme des poids morts qu'il traînait derrière lui. Sa peau, transpercée d'éclats de bois, était à vif. Un brouillard dangereusement proche menaçait d'engloutir la précieuse lucidité à laquelle il se cramponnait. Jess essaya de compter pour le chasser, mais il revenait, persistant, tentateur. Levant la tête, Jess regarda les minces rais de lumière qui filtraient à travers la porte. Il était si près maintenant qu'ils lui tombaient sur les manches. Il se força à rester vigilant.

Dans un ultime effort désespéré, il atteignit la dernière marche. Le visage collé à la fente, il aspira l'air du dehors. Un air qui se révéla moins frais, moins pur qu'il ne l'espérait. Mais il se sentit revigoré tout de même.

Pendant quelque temps, il resta couché là, à deux doigts de renoncer à son idée d'enfoncer la porte. Il voulait respirer, simplement respirer, jusqu'à ce que quelqu'un vienne. Soudain, la vision de l'ombre se mouvant à travers la bande de lumière lui revint à l'esprit. Il imagina Evy ouvrant la porte. Personne ne viendrait. Aucun secours. Il devait tenter sa chance.

Jess se redressa jusqu'à s'asseoir sur la marche du haut. Cette position lui donna le vertige, et il appuya la tête contre la porte de sa prison. Au bout de quelques instants, son étourdissement passa. Il ouvrit les paupières. Il allait devoir cogner la porte de toutes ses forces en espérant qu'elle céderait. Il l'examina du mieux qu'il put. Comme il s'en doutait, le bois était vieux et pourri par endroits. Il chercha la poignée des yeux : la porte devait être fermée de l'extérieur. Il pensa à l'éventualité d'un verrou, mais dans une vieille maison comme celle-ci, il était peu probable qu'il y en ait un. Il essaya de se souvenir du soir où il était venu voir la « fuite ». Il fouilla sa mémoire, essayant de se remémorer Evy en train d'ouvrir la porte. Une nouvelle pensée lui glaça alors le sang. Et si elle était chez elle? Juste de l'autre côté, à le guetter? Cette idée le fit frissonner. Il dut attendre de recouvrer son calme. Non, la maison était silencieuse. Evy était sûrement sortie. D'une manière ou d'une autre, il fallait agir.

Il se positionna de sorte qu'il ait le maximum d'impact

en enfonçant la porte. Froidement, il anticipait déjà la douleur à venir : c'était comme si elle allait affecter quelqu'un d'autre. Son seul souci était de franchir l'obstacle. Il se rappela une émission sur les champions de karaté qui cassaient des blocs de bois. On disait qu'au moment de frapper, ils imaginaient déjà leur main de l'autre côté. Jess s'efforça de se concentrer.

Il se pencha en arrière, aussi loin que possible sans tomber de son perchoir de fortune. Son corps se raidit en prévision du choc. *Un,* compta-t-il mentalement. *Deux, trois.* Il se jeta contre la porte.

Quelques personnes émergeaient déjà du portail en chêne lorsque la voiture d'Evy s'arrêta devant l'église.

Evy donna au pare-brise embué un coup d'essuie-glaces pour leur permettre de mieux voir. Un couple âgé descendait les marches, assisté de Charley Cullum et d'un autre homme que Maggie ne connaissait pas. « Les parents de Jess ? » questionna-t-elle.

Evy hocha la tête, observant la procession qui commençait à se disperser tandis que les gens montaient dans les voitures. « Je crois, oui. Mais nous sommes arrivés ici juste au moment où ils déménageaient ; je ne les ai donc jamais vraiment rencontrés. »

Maggie se demanda furtivement si Sharon était là. Puis elle n'y pensa plus. Quelle différence, au fond, cela pouvait-il faire maintenant ?

La cloche de l'église sonna lugubrement le glas parmi le vrombissement des moteurs qui démarraient. Maggie avait les yeux rivés sur le portail qui déversait son flot de paroissiens en deuil. Leur vue la paralysait.

Grace Cullum passa devant leur voiture, serrant convulsivement par la main ses deux jeunes fils qui trépignaient. Tête basse, Jack Schmale suivait, non loin derrière. Se détournant, Maggie vit Ned et Sadie Wilson en train de grimper dans leur camion de l'autre côté de la rue. Ned avait l'air emprunté dans son costume foncé ; ses chaussettes blanches dépassaient de l'ourlet trop large.

« Tiens, voilà les Wilson », observa Evy.

La serveuse des Quatre-Vents sortit au bras d'un beau garçon barbu vêtu d'une veste en treillis. Sa couronne de tresses oscillait au rythme de ses sanglots. Les yeux secs, Maggie regarda le jeune homme l'aider à monter sur sa moto.

« Il faut y aller, dit Evy en rallumant le moteur. Le cimetière n'est pas tout près. C'est presque à côté de chez vous. »

Elles roulèrent en silence ; on n'entendait que les rafales de vent et le crissement régulier des essuie-glaces. Le triste cortège de voitures serpentait le long de la route, trouant le brouillard de ses phares. Par la vitre ruisselante, Maggie contemplait les bouquets d'arbres dénudés qui défilaient sous ses yeux. Chaque branche, chaque caillou, chaque feuille morte lui rappelait Jess. Si elle se refusait à fermer les paupières, c'était uniquement pour ne pas voir son visage.

« Il y a beaucoup de monde, fit Evy. Surtout par un temps pareil.

— Oui, répondit Maggie sans enthousiasme.

— Jess était très aimé par les gens d'ici. »

Maggie hocha la tête. « Croyez-vous qu'il y aura des bateaux aujourd'hui ? »

Evy poussa un soupir exaspéré. « Évidemment. Pourquoi n'y en aurait-il pas ?

— À cause du brouillard et de la pluie.

— Ce n'est rien, ça. Je vais vous dire ce qui est mauvais. C'est la route. » Les yeux plissés, elle se pencha sur le pare-brise. « On n'y voit pas grand-chose.

— Faites attention. »

Evy haussa les épaules. « C'est juste là, après la montée. » Quelques minutes plus tard, elle s'arrêtait derrière une file de voitures, et elles contemplèrent toutes deux la forêt de pierres tombales, fantomatiques dans la brume. Certains membres de la procession étaient venus avec des brassées de fleurs, incongrûment éclatantes, qu'ils déposèrent autour de l'une des tombes. Lentement, les nouveaux arrivants quittaient la chaleur de leurs véhicules pour rejoindre le petit îlot d'effervescence macabre, dans le silence du cimetière.

« Bon, allons-y », dit Evy.

Maggie eut un mouvement de recul. « Je ne peux pas.

— Venez, s'impatienta Evy. Là, tenez, prenez ça. »

Elle lui tendit un mouchoir délicatement bordé de dentelle. Maggie hésita, puis le prit et le porta à son nez, respirant sa fragrance capiteuse et fleurie. Elle se frotta les doigts et remarqua alors la substance pulvérulente qui imprégnait l'étoffe de ses gants.

« C'est du talc, dit Evy.

— Ça sent bon. »

Evy était déjà dehors. Maggie la rattrapa dans la descente. « Avez-vous apporté un parapluie ?

— Je ne peux pas penser à tout », rétorqua Evy sèchement.

Serrant le mouchoir dans sa main gantée, Maggie lui emboîta le pas. À mesure qu'elles approchaient du cimetière, elle crut distinguer des visages dans la foule. Elle eut l'impression que des murmures saluaient leur arrivée ; aussi fixa-t-elle résolument la stèle sur laquelle on lisait : *Michael Herlie, 1948-1967.* Le nom de Jess serait-il gravé dans la pierre, même si son corps était toujours au fond de la mer ?

Le père Kincaid, frêle et grisonnant, s'avança vers la tombe. Le vent gonflait sa soutane. Un enfant de chœur en aube blanche tenait un parapluie au-dessus de sa tête. « Mes chers amis, commença le prêtre d'une voix flûtée. Nous voici rassemblés devant la tombe de Michael Herlie pour un dernier adieu à son frère, Jess. Deux jeunes hommes, deux frères aimants dans la vie, frappés dans la fleur de l'âge. À présent réunis dans la mort… »

Le vent emportait ses paroles, les dispersait comme un tas de cendres. Maggie l'entendait à peine. Que savait-il de Jess ? Peut-être l'avait-il baptisé, accueilli dans son église pendant des années ; peut-être même l'avait-il marié. Et maintenant, il prononçait son éloge funèbre. Tout le monde ici connaissait Jess depuis bien plus longtemps qu'elle. Seulement elle, elle l'avait aimé. Ses moindres gestes, ses moindres mots. Elle avait aimé le regarder, le toucher, écouter le son de sa voix. Elle aurait dû s'en contenter. N'aurait-il pas été possible de l'aimer de loin ?

Ce n'est pas ta faute, se rappela-t-elle. *Mais tu aurais pu le laisser tranquille,* riposta une petite voix insidieuse. *Encore fallait-il qu'il m'en donne la possibilité.* Jamais il n'aurait accepté un « non ». Le souvenir de son ardeur lui transperça le cœur.

« Tu retourneras à la terre... », psalmodia le prêtre.

Non. Pas Jess.

« Et tu redeviendras poussière... »

Adieu. Oh oui, adieu !

L'aspect irrévocable de la cérémonie ébranla le mur d'impassibilité derrière lequel Maggie s'était retranchée. Ravalées tant et tant de fois, les larmes se mirent à couler. Elles sourdaient une à une, pareilles à des gouttes de sang. Son corps était secoué de frissons, mais pas seulement à cause du froid... Elle porta le mouchoir à ses yeux et les épongea d'un geste rageur.

« Puissent les anges l'accueillir dans sa demeure céleste. » L'assistance fixait tristement la tombe noyée sous les fleurs.

Soudain, un hurlement de douleur quasi inhumain retentit au milieu du cimetière. Le prêtre interrompit son oraison et dévisagea Maggie qui, les mains sur les yeux, poussait des cris d'animal blessé. Un murmure scandalisé s'éleva parmi la foule.

« Arrêtez », implora Evy, tirant Maggie par la manche. Inquiète, elle regarda autour d'elle et l'entraîna vers la sortie.

Maggie titubait comme une aveugle, une main sur les

yeux, l'autre agrippant la veste d'Evy. « Oh, mon Dieu ! gémissait-elle.

— Nous sommes presque arrivées à la voiture. Tenez bon. » Evy, qui la guidait et la soutenait, lui ouvrit la portière. Tous les regards étaient rivés sur elles. Avec précaution, elle installa Maggie sur le siège et claqua la portière. Puis elle fit le tour de la voiture en courant et s'assit derrière le volant.

« Mes yeux, geignait Maggie. Oh, Seigneur, ils sont en feu ! » Un millier d'aiguilles brûlantes semblaient lui percer les globes oculaires. Elle avait l'impression que sa tête enflait au point d'éclater, et ses tempes palpitaient violemment. « Aidez-moi », suffoqua-t-elle, affolée.

Evy lui arracha le mouchoir roulé en boule. Il sentait toujours le parfum dont elle l'avait aspergé la veille. Mais les traces de la poudre à récurer se voyaient maintenant nettement sur le tissu. La pluie s'était avérée d'un grand secours. Le mouchoir était suffisamment trempé, indépendamment de la quantité de larmes que Maggie avait versées. Evy le froissa et le fourra dans son sac à côté du siège. *Il faut que je pense à ne pas m'en servir,* se dit-elle en réprimant un rire sans joie.

« Je vous en supplie, faites quelque chose, gémissait Maggie. Oh, mes yeux ! Conduisez-moi à l'hôpital. » Elle s'empara à tâtons du bras d'Evy.

« Je vais m'occuper de vous, promit Evy en se dégageant.

— Le médecin. Emmenez-moi, s'il vous plaît ! » Malgré ses efforts pour se contenir, sa voix trahissait sa faiblesse et son désarroi.

« On y va. » La voiture roulait déjà.

23

La salle de rédaction du quotidien new-yorkais *Daily News* était aussi vaste qu'une salle de bal, avec ce qu'il fallait de tables et de chaises pour ressembler à un entrepôt de matériel de bureau. Owen Duggan zigzagua entre les tables, dont quelques-unes étaient occupées par des hommes et des femmes qui lisaient le journal, parlaient au téléphone ou bien tapaient à la machine. Il avança, hésitant, dans la travée, jusqu'à ce qu'il repère celui qu'il cherchait. Il s'approcha du journaliste penché sur sa machine à écrire et lui tapa sur l'épaule.

« Salut, Varice. »

Vance Williamson leva les yeux de la feuille qu'il était en train de lire et considéra Owen à travers ses lunettes à monture d'écaille. Repoussant une mèche de cheveux cendrés de son front, il sourit faiblement.

« Tiens, Owen ! » Il accueillait son vieil ami comme si Owen revenait simplement de la machine à café, et non pas de sa lointaine île.

Owen ne fut nullement décontenancé par cet accueil tiède. Le flegme apparent du reporter spécialisé dans les affaires criminelles n'était qu'une façade. Un jour, du temps où ils travaillaient tous deux pour l'UPI, il avait déclaré à Vance, après un quatrième whisky, qu'il était « un type bien, malgré son pedigree ». Et, chose rare, Vance Williamson avait piqué un fard.

« Comment vont les affaires ? Tu cours toujours après les malfrats ? »

Vance lança son stylo sur le bureau et hocha la tête. « On ne s'ennuie jamais ici, tu le sais bien. Et toi, qu'est-ce qui t'amène en ville ?

— Un canular. »

Vance haussa ses sourcils blonds par-dessus sa monture d'écaille.

Owen s'adossa à un bureau vide. « J'ai reçu un coup de fil comme quoi on voulait me voir à *Life*. J'ai tout de suite pensé à mon reportage sur la vie des oiseaux…

— La vie des oiseaux, s'esclaffa Vance. Venant d'un homme qui a été le seul à photographier un règlement de comptes entre gangsters à Bensonhurst !

— Vous, les citadins, vous êtes tous pareils. Il vous faut de l'action. Mais il existe des choses bien plus intéressantes, tu sais. »

Vance secoua la tête en riant. « Tu te plais là-bas, hein ?

— Eh oui. Viens me voir un de ces jours. Avec ta chérie du moment, quelle qu'elle soit.

— C'est Barbara.

— Barbara ? Toujours elle ? Tu vieillis. »

Vance haussa les épaules. « Elle ne se lasse pas. Que veux-tu que j'y fasse ? Donc, tu as fait le voyage exprès, et à la dernière minute, ils ont décidé de ne pas publier ton reportage ?

— Pas du tout. Ils n'ont jamais téléphoné. Ils n'étaient au courant de rien.

— Bizarre.

— N'est-ce pas?

— Moi, en tout cas, ça me fait plaisir de te voir. Quel déjeuner préfères-tu? Liquide ou solide?

— Un peu des deux, je pense. La matinée a été longue.

— Laisse-moi juste finir mon papier. J'en ai pour cinq minutes. »

Owen acquiesça d'un signe de la tête et attendit, perdu dans ses réflexions, que son ami termine son travail.

« OK, dit Vance en se levant. Allons-y.

— Tiens, tant que j'y suis… Il y a quelque chose qui me chiffonne. Tu peux peut-être m'aider à y voir clair.

— Qu'est-ce que c'est? » Le journaliste poussa sa chaise sous le bureau.

« C'est à propos d'une femme qui vient d'arriver dans l'île. Elle travaille au journal. Je suis sûr de l'avoir déjà vue. À mon avis, elle a dû être impliquée dans un procès. Il se peut même que je l'aie photographiée. Enfin, elle était sur le point de m'en parler quand nous avons appris une mauvaise nouvelle qui a tout court-circuité. J'ai comme l'impression qu'elle a un gros secret, et ça me tracasse bigrement car je n'arrive pas à me souvenir.

— Quelle était cette mauvaise nouvelle?

— Ah, Jess Herlie. Le rédacteur en chef du journal local. Il s'est noyé dans un accident de pêche.

— Ça alors ! Dommage. Tu l'aimais bien, me semble-t-il.

— C'est vrai. C'était un chic type.

— Et elle, quel est son nom ?

— Margaret Fraser. Toi qui es spécialisé dans les crimes, peut-être t'en souviens-tu.

— Margaret Fraser. Bien sûr, je vois très bien qui c'est.

— Ah oui ? Comme ça, sans chercher ? » Owen n'en croyait pas ses oreilles.

« Je serais ravi de passer pour un génie à tes yeux, mais la seule raison pour laquelle je suis aussi bien informé est qu'elle est sortie de prison il y a un mois à peine et que je viens de lire un article sur elle. Elle a été mêlée à un meurtre. Ça fait plusieurs années déjà. Quelque part dans le nord de l'État. Son amant. Un amant marié, je crois.

— Ahurissant, fit Owen. Ça me dit quelque chose. Je savais bien que je la connaissais.

— Mystère résolu. » Vance ferma sa mallette d'un coup sec et enfila sa veste. « Allons manger. »

Owen le suivit vers la sortie, ruminant ce qu'il venait d'apprendre. « Je pourrais peut-être jeter un œil sur les coupures de presse, après le déjeuner.

— Tu ne seras sans doute même pas en état de marcher, et encore moins de lire », répliqua le journaliste en riant.

Les sourcils froncés, Owen s'arrêta entre deux bureaux. « Crois-tu qu'il serait possible de les consulter maintenant ? »

Vance haussa les épaules. « Bien sûr, si tu y tiens. On va descendre aux archives. »

« Au nom du Père, du Fils et du Saint-Esprit », entonna précipitamment le père Kincaid. Mais la bénédiction se perdit dans le brouhaha de la foule. Le prêtre se signa et se tourna vers le couple âgé, les parents de Jess, qui se tenaient, stoïques, à côté de lui, les seuls apparemment à suivre la fin de l'office.

L'assistance en profita pour se disperser afin de discuter des étranges événements de la matinée.

Grace Cullum repéra Jack Schmale et Prendergast marchant côte à côte, chacun absorbé dans ses pensées. Elle poussa ses fils en direction de son mari et leur emboîta le pas. Les talons fins de ses escarpins noirs s'enfonçaient dans le gazon boueux.

« Jack », cria-t-elle.

Schmale fit signe à son jeune collègue de continuer et attendit Grace qui le rattrapa, hors d'haleine.

« Alors, qu'en dites-vous ? » l'apostropha-t-elle avec indignation.

Jack secoua la tête. Les gouttelettes de pluie ricochaient sur la garniture plastique de sa casquette de policier. « À mon avis, elle a été sacrément bouleversée par la mort de Jess.

— Bouleversée, mon œil ! Il y a quelque chose qui cloche chez elle. Elle n'est pas nette.

— Elle est bizarre, c'est vrai.

— Bizarre ? Je dirais plutôt louche, moi. C'est comme l'accident de Jess. J'ai du mal à croire qu'il s'est noyé comme ça. » Et elle ponctua ses paroles d'un claquement de doigts.

« Grace, Grace. Nous pleurons tous la disparition de Jess.

— Qui vous parle de pleurer, Jack ? Écoutez, cette femme débarque ici soi-disant à la demande de Mr. Emmett. Ça fait près de quinze jours, et nous n'avons toujours pas de nouvelles de Mr. Emmett.

— Je sais, opina-t-il avec lassitude.

— Et maintenant, Jess, conclut Grace d'un air docte. Elle se conduit comme une folle à son enterrement. J'en ai assez de tenir ma langue là-dessus.

— Elle n'a fait de mal à personne, Grace… et certainement pas à Jess. Elle semblait l'aimer beaucoup.

— Ces gens-là ne raisonnent pas, rétorqua Grace impatiemment. Après tout, que savons-nous d'elle ? Dès son arrivée ici, les choses ont mal tourné. Ça, je le sais. Et je trouve que vous feriez mieux d'intervenir.

— Evy a l'air de rechercher sa compagnie.

— Evy n'est qu'une enfant. Elle n'a même pas assez de jugeote pour s'abriter quand il pleut. »

Jack scruta le ciel bruineux, puis regarda Grace qui le toisait avec défi. « Et que dois-je faire, selon vous ? Il n'y a pas encore eu de crime, à ma connaissance.

— Je ne sais pas, moi. Prenez des renseignements sur elle. Vérifiez ses empreintes digitales. Si ça se trouve, elle est recherchée dans six États par le FBI. Franchement, les gens de cette île se comportent comme si le reste du monde n'existait pas.

— Allons, Grace. Vous êtes vous-même îlienne. Vous savez ce que c'est.

— Quoi ? Sommes-nous censés servir de refuge aux criminels ?

— Grace, ne vous laissez pas emporter. Je me renseignerai sur elle auprès de la police de l'État. On verra bien si elle a un casier. Encore qu'il semble curieux d'entamer une telle procédure contre une si charmante personne.

— Oh, je vous en prie !

— Auriez-vous quelque chose au bureau sur quoi je pourrais relever ses empreintes ?

— Ça peut se trouver, répliqua Grace avec une sombre détermination. Allons-y tout de suite. J'ai les clés.

— D'accord, d'accord. »

Le cimetière s'était vidé, à l'exception de Charley Cullum qui se tenait à l'écart, s'efforçant de calmer ses deux garnements de fils.

« On peut toujours essayer, dit Jack. Mais je ne vois pas bien ce que vous espérez découvrir. »

« Mon Dieu, regardez-moi ça », souffla Owen en parcourant les dossiers que la documentaliste avait sortis à son intention. Debout à côté de lui, Vance lisait par-dessus son épaule. « Douze ans de prison. Sur une simple présomption.

— Elle a l'air complètement flippée sur ces photos.

— Écoute ça. « La mère de l'inculpée s'est présentée au tribunal le jour du verdict, accompagnée d'une religieuse, sœur Dolorita des Anges. Au journaliste qui lui demandait ce qu'elle pensait de sa fille, Alma Fraser a répondu : “C'est la volonté de Dieu. Elle doit payer pour tout le mal qu'elle a fait." Sa propre mère ! Pff... »

Owen secoua la tête et continua à feuilleter les coupures de presse.

« Tu as fini ? demanda Vance avec un coup d'œil à sa montre.

— Je pense que oui. » Owen entreprit de ranger les articles dans le dossier. Soudain, il s'interrompit et en tira un de la pile. Au fur et à mesure de sa lecture, son visage s'allongea, et un pli profond lui creusa le front. « Bonté divine, Vance », chuchota-t-il.

Vance, qui signait déjà le registre de sortie, se tourna vers son ami. « Quoi ? Qu'as-tu déniché ?

— Minute », lança Owen impatiemment. S'emparant de toute la pile, il passa en revue les coupures de presse et en mit quelques-unes de côté. Les yeux agrandis, il remuait les lèvres. Vance l'observait avec curiosité.

« Eh bien ? »

Owen agita un article sous son nez. « Il n'y a que cette photo. Lis la légende.

— « L'épouse de la victime, lut Vance docilement, avec sa mère, Harriet Robinson, et sa fille Evelyn... »

Owen posa la main sur son bras. « Harriet Robinson, dit-il lentement, habite dans l'île. Avec sa petite-fille, Evy. La petite travaille au journal. Elle a changé de nom et porte maintenant celui de sa grand-mère. Mais c'est bien elle, Vance.

— Oui. Et alors ? »

Le visage plutôt sanguin d'Owen était d'un jaune cireux. « Ce n'est donc pas une coïncidence. »

Fronçant les sourcils, Vance se dandina d'un pied sur l'autre. « Sûrement. Mais pourquoi cette Margaret Fraser serait-elle venue s'installer là où vit la fille du mort ? »

Owen avait l'esprit en effervescence. Il pensait à ce qu'il avait appris par Jess… et par Maggie. Il pensait à Evy. Qui se conduisait comme si elle ne se doutait pas le moins du monde de l'identité de Maggie. « Impossible, décréta-t-il tout haut.

— Quoi donc ?

— Elle avait beau être très jeune à l'époque, cette fille ne peut pas ignorer qui est la femme qui a tué son père.

— Evidemment.

— Il y a anguille sous roche, Vance. Quelque chose ne tourne pas rond. Y a-t-il un téléphone par ici ?

— Là-bas. Vas-y. »

Owen se rua sur l'appareil et, après un rapide détour par les renseignements, appela l'île. Il composa plusieurs numéros. Celui de Maggie d'abord. Le téléphone sonnait dans le vide. Il appela alors le poste de police. Pas de réponse. Maggie était censée sortir de l'hôpital le jour même. Impatiemment, il refit son numéro. « Décroche, marmonnait-il, fébrile. Décroche ce maudit téléphone ! »

24

Une lumière grise et froide baignait la petite chambre dans la maison des Thornhill. Sous cet éclairage morne, les rayures et les roses pastel du vieux papier mural apparaissaient décolorées. Les contours fanés des fleurs étaient à peine perceptibles, telles des esquisses au crayon, et seules les taches d'humidité au plafond ressortaient avec netteté.

La table de nuit et la commode en noyer étaient massives, mais nues, sans fleurs ni brosses à cheveux ou flacons de cristal.

Les branches dénudées cognaient contre la vitre ; leurs ombres mouvantes dansaient sur les fins rideaux de coton partiellement tirés. Dans la semi-pénombre, les rideaux, à l'origine blanc cassé, semblaient gris aussi.

Le carillon du séjour égrenait dans le silence les heures de l'après-midi, cependant que l'obscurité ambiante laissait croire qu'il était beaucoup plus tard.

Le grand lit qui occupait le milieu de la pièce était complètement défait. Dans un coin, on apercevait la toile rayée et les boutons gris du matelas avachi. Le désordre des draps témoignait du sommeil agité de la dormeuse.

Assise au bord du lit, les bras croisés, Maggie fixait, hagarde, l'étroite ouverture entre les rideaux. Sa tête, cotonneuse, lui faisait mal. D'un doigt hésitant, elle effleura ses paupières gonflées. Que s'est-il passé ? Vaincue par la douleur, elle s'était évanouie dans la voiture d'Evy. C'était la dernière chose dont elle se souvenait.

Lentement, elle se mit debout. Ses jambes flageolantes la portaient à peine. Elle voulait voir à quoi ressemblaient ses yeux. En même temps, ça lui faisait peur. Au moins, j'ai retrouvé la vue, pensa-t-elle.

Un miroir ovale était accroché au-dessus de la commode. Elle s'en approcha pour se regarder. Au dernier moment, elle se pencha vers le cordon du lampadaire et alluma. La lumière lui transperça les yeux comme un poignard. Tremblante, elle éteignit précipitamment. Des larmes s'étaient formées aux coins de ses paupières bouffies. Le premier choc passé, elle les rouvrit avec précaution. S'appuyant sur la commode, elle s'examina dans la glace.

Au début, la grisaille qui régnait dans la pièce lui brouilla la vue, mais peu à peu, elle réussit à distinguer ses traits. Elle étouffa une exclamation. Ses yeux, deux fentes, disparaissaient dans un visage boursouflé. Ses pommettes étaient d'un rouge violacé. Interdite, elle se rappela la douleur lancinante qu'elle avait éprouvée à l'enterrement. Était-ce un genre de crise de nerfs ? Elle avait déjà entendu parler de ces choses-là.

Elle se regarda à nouveau. Elle avait toujours la mantille noire sur la tête, mais comme elle avait dû bouger, celle-ci était toute de guingois. Maggie essaya de défaire les épingles qui la maintenaient en place, mais elles s'accrochaient à sa chevelure cuivrée. Elle laissa retomber sa main et se cramponna au bord de la commode pour laisser passer la vague de nausée.

Où est Evy ? Étaient-elles allées à l'hôpital ? Avait-elle fait venir un médecin ? Maggie n'en avait pas le moindre souvenir. Elle contempla ses pieds : elle ne portait que des bas. « Où sont mes chaussures ? » demanda-t-elle tout haut en parcourant du regard le plancher nu de la chambre.

Elles doivent être sous le lit. Péniblement, elle se baissa. Tout à coup, il lui semblait important de les retrouver. Appuyée sur les coudes, elle scruta l'obscurité sous le lit. La poussière la fit éternuer. Elle se redressa brusquement, et sa tête heurta le sommier. À la sensation de douleur se mêla un agacement dépité. « Je veux mes chaussures », déclara-t-elle, vexée. Elle allait se baisser à nouveau pour chercher à tâtons sous le lit quand elle entendit du bruit.

Ça venait du dessus. Un cliquetis, comme une bille roulant sur les lattes inégales du plancher. Elle s'assit et dressa l'oreille.

Tout était silencieux dans la maison. Retenant son souffle, Maggie attendit. *C'est ton imagination.* Elle se pencha et promena la main sous le lit.

Le cliquetis se répéta.

« Qui est-ce ? s'écria-t-elle. Evy, c'est vous ? »

Elle se releva avec effort et regarda le plafond. Un frisson glacé la parcourut. *C'est une souris,* se dit-elle. *Rien d'autre.* Comme pour démentir cette hypothèse rassurante, un raclement se fit entendre dans le silence.

Maggie en eut la chair de poule. Elle frotta ses mains gelées et se dirigea en rasant le mur vers la porte. Un éclat de bois traversa son bas et se ficha dans la plante de son pied. Elle grimaça, mais se retint de gémir. Il n'y avait plus de bruits au grenier. Tout était redevenu calme.

Après un moment d'hésitation, elle dépassa à pas de loup la salle de bains et franchit le seuil du séjour. Les rideaux étaient tirés, et la pièce était plongée dans l'obscurité. La main de Maggie s'attarda au-dessus de l'interrupteur d'une lampe, mais se souvenant de son expérience cuisante dans la chambre, elle préféra ne pas allumer et s'efforça de se repérer dans le noir. Le tic-tac de la vieille horloge rythmait le silence. Dehors, le vent hurlait sans répit.

« Il y a quelqu'un ? » appela-t-elle d'une voix chevrotante. Elle n'obtint pas de réponse.

La porte qui donnait accès au grenier se trouvait entre le séjour et la cuisine. Il faisait plus clair dans la cuisine. Maggie se rappela y avoir vu une torche dans un tiroir. Elle prit une profonde inspiration et traversa la pièce en direction de la lumière. À mi-chemin, elle fut surprise par un bruit mat au-dessus de sa tête. Elle sursauta et se cogna le tibia contre le pied d'une chaise. La chaise tomba à la renverse, heurtant le canapé. Maggie se saisit la jambe. Les larmes jaillirent de ses paupières gonflées. Elle ravala le juron qui lui montait aux lèvres.

Lorsque la douleur se fut apaisée, elle se hâta de

gagner la cuisine. Se précipitant vers la fenêtre, elle regarda dehors. Sa Buick noire était seule dans l'allée. La voiture d'Evy avait disparu. Maggie se retourna. Son regard tomba sur le tiroir supérieur du meuble à côté de l'évier. Elle l'ouvrit. La torche était là. Elle pressa le bouton en priant silencieusement. La lumière dessina un cercle jaune sur le linoléum usé. Elle soupira de soulagement et l'éteignit. Ses yeux firent le tour de la cuisine et se posèrent sur le téléphone. Peut-être devrait-elle appeler pour demander de l'aide. Mais, dans son désespoir, elle se rendit compte qu'elle n'avait personne à qui téléphoner. Owen était absent. Grace lui raccrocherait au nez. *La police? Pour leur dire quoi? Qu'il y a du bruit dans mon grenier?* Les deux flics avaient assisté à la cérémonie le matin même. Ils l'avaient entendue hurler. Et Evy? Evy qui avait promis de rester et qui, finalement, l'avait abandonnée.

Ce n'est rien, pensa-t-elle. Probablement quelque petit animal égaré là-haut. *Tu n'as qu'à aller voir*, se dit-elle, agacée. En regardant autour d'elle, elle remarqua la gamelle de Willy par terre. Elle n'avait pas eu le cœur de l'enlever. Elle frissonna et ouvrit un autre tiroir ; elle tâtonna à l'intérieur jusqu'à ce qu'elle tombe sur un couteau à découper avec un manche en bois piqueté. Le serrant dans sa main moite, elle alla vers la porte du grenier et, après une brève hésitation, la poussa. La porte céda facilement, et l'escalier sombre se profila devant elle.

« Il y a quelqu'un là-haut? » cria-t-elle, s'efforçant sans grand succès de prendre un ton autoritaire. Il n'y eut pas de réponse. Elle se sentit stupide. *Tant pis,* pensa-t-elle. *S'il n'y a personne, on ne saura pas que tu rases les murs avec un couteau à la main en parlant toute seule.* Brandissant la lame et la torche devant elle, Maggie entreprit de gravir les marches.

L'escalier était vieux et craquait à chacun de ses pas. Ses pieds chaussés de bas glissaient sur le bois rugueux. Elle éclaira le sommet des marches, mais n'entrevit que des vieux cartons et une peinture à l'huile sans cadre appuyée contre une poutre. Un morceau de toile d'araignée se prit dans le faisceau de lumière.

Arrivée en haut, elle scruta les profondeurs de l'antre obscur qui coiffait la maison des Thornhill. À première vue, il n'était peuplé que d'objets inanimés que l'on avait entreposés là. Ce n'était pas un grenier particulièrement rempli. Les Thornhill semblaient affectionner le dépouillement jusque dans leur manière de conserver les biens de ce monde.

Maggie promena la torche autour d'elle pour s'assurer que personne n'était tapi dans un coin sombre. Il y avait là des cartons, une étagère de livres, des robes et des gilets qui dépassaient de leurs housses en plastique, ainsi que quelques meubles disséminés à travers le grenier. Elle s'avança d'un pas plus ferme, tout en faisant courir le rayon de lumière devant elle. La plupart des objets étaient entassés le long des murs ou bien dans les recoins. Cependant, en plein milieu du grenier, tout à fait à part, trônait une chaise à dossier droit.

Maggie l'éclaira et, se rapprochant avec curiosité, la balaya des pieds jusqu'au siège, et du siège au dossier. Puis elle inspecta à nouveau les coins. Soudain, un mouvement au fond attira son attention. D'un geste brusque, elle dirigea la lumière droit devant elle. Et se figea devant le spectacle qui s'offrait à ses yeux.

Au-dessus de la chaise, se balançant doucement dans l'air confiné, pendait une corde avec un nœud coulant au bout.

Un coup sur son poignet frappé par-derrière éjecta le couteau de la main tremblante de Maggie : il rebondit et atterrit au pied de la chaise. Quelque chose de froid se planta dans le creux de ses reins.

Elle poussa un cri et fit volte-face. La torche illumina le visage de son agresseur. Les ombres qu'elle projetait sur ses pommettes donnaient à la tête d'Evy une apparence de crâne, mais ses yeux étincelaient d'une énergie farouche. Elle braqua le pistolet qu'elle serrait dans sa main blanche sur Maggie. Ses veines bleues saillaient sous l'effort.

« Recule, gronda-t-elle.

— Evy, souffla Maggie. Mais que faites-vous?

— Donne-moi ça ! » Evy lui arracha la torche qu'elle jeta brutalement. Celle-ci roula sur le sol inégal, auréolant d'une clarté vacillante les deux femmes qui se faisaient face. Sans cesser de viser Maggie, Evy fit un pas en arrière et alluma la lampe-tempête posée sur une table. Le globe rouge baigna le grenier sombre d'une lueur diabolique.

« Voilà qui est mieux », dit la jeune fille.

Maggie fixait ses traits convulsés avec une stupéfaction incrédule. La peur au goût âcre de bile lui monta à la gorge. Elle eut un haut-le-cœur. Comme pour conjurer cette abominable sensation, elle se mit à secouer la tête.

« Ne faites pas ça, Evy. Quoi que vous puissiez croire… »

Evy pointa le canon de l'arme sur sa poitrine. « Grimpe sur la chaise, ordonna-t-elle d'une voix calme, mais menaçante.

— Non, Evy, écoutez-moi…

— Allez, grimpe ! »

Maggie recula, levant les mains en un geste d'apaisement. « Evy, supplia-t-elle, on pourrait en parler, non? Si on allait en discuter en bas?

— Remue-toi !

— Oui, oui. » La simple vue du pistolet l'emplissait d'une peur panique qui l'électrisait jusqu'au bout des doigts. Le regard dur et lointain, Evy agita son arme. Un muscle tressautait au-dessus de son œil droit.

Continue à parler, se dit Maggie. *Tout doucement*. « Je vous en prie, Evy, dites-moi pourquoi vous êtes en colère. Il doit sûrement y avoir un malentendu.

— La ferme ! Il n'y a pas de malentendu. Tu cherches à t'en tirer, voilà tout. Eh bien, ça ne marchera pas cette fois. »

Elle est folle, pensa Maggie dans un fulgurant éclair de lucidité. « Je ne cherche pas à m'en tirer. Je voudrais seulement vous parler. Je ne comprends rien à ce qui se passe. »

Evy éclata d'un rire strident, douloureux. « Je sais très bien ce que tu manigances. Tu t'en es déjà sortie une fois. Tu les as tous bernés. Mais moi, je ne suis pas dupe. Je suis au courant de tout.

— Au courant de quoi? De quoi parlez-vous? »

Maggie dut faire appel à tout son sang-froid pour garder un ton calme et posé.

« Je sais ce que tu as fait, éructa Evy. Tu l'as tué. »

Oh, mon Dieu ! Jess. Elle est devenue folle à cause de lui. Maggie repensa à leur conversation à l'hôpital, à l'accusation voilée d'Evy. Son instinct l'avait avertie que celle-ci lui reprochait la mort de Jess, mais trompée par ses marques d'amitié, elle n'en avait pas tenu compte. Elle baissa les yeux sur le pistolet, puis les planta dans le regard haineux de la jeune fille.

« Oh non, je vous le jure. Je n'ai rien à voir là-dedans.

— Arrête de mentir, glapit Evy. Tu ne t'en tireras pas avec des mensonges. Tu as tué mon père.

— Votre père ? » Maggie eut l'impression de recevoir un coup à l'estomac. Quoi ? Jess ? Lui aussi avait peut-être des secrets... mais comment était-ce possible ? Evy ne s'était-elle pas plutôt laissé emporter par son imagination ? Tandis qu'elle la regardait, une étrange et terrible idée se fit jour dans l'esprit de Maggie : elle eut la vision brouillée d'un autre visage, depuis longtemps perdu de vue. « Jess ? murmura-t-elle néanmoins. Comment pouvez-vous dire que Jess était votre père ? » Mais alors même qu'elle prononçait ces mots, elle reconnut, avec une certitude irréfutable, l'identité de la jeune fille qui se tenait devant elle.

« Jess ? fit Evy, méprisante. Non, Jess me gênait, c'est tout. Cet imbécile s'était amouraché de toi. J'ai dû me débrouiller pour qu'il ne vienne pas mettre son nez dans mes affaires. »

Roger. Il avait une fille.

« Vous êtes la petite fille de Roger, articula Maggie avec effort, avant de saisir à retardement le sens de ses paroles. « Oh, non. Pas Jess. Vous l'avez tué ?

— Monte sur la chaise, ordonna Evy.

— Oh ! » Un sanglot gonfla la poitrine de Maggie. Elle s'efforçait de se rappeler l'enfant dont elle avait entendu parler mais qu'elle n'avait jamais vue. « Lynnie, chuchota-t-elle. Evelyn. Mais que vous est-il arrivé ?

— Je ne vais pas attendre éternellement. Ou tu grimpes là-dessus, ou je te flanque une balle dans la tête. » Les muscles de son cou saillaient. Tirée de sa torpeur par l'expression intense d'Evy, Maggie se tourna et posa la main sur le dossier de la chaise.

« Comment avez-vous… comment avez-vous su que c'était moi ? » L'énormité de la coïncidence la dépassait. Elle avait l'impression que son cerveau allait exploser. « Vous saviez que je devais venir ici ? »

— C'est moi qui t'ai fait venir. » Les yeux d'Evy étincelaient d'une haine triomphante. « Les lettres, c'était moi. Pas Emmett. Il n'en a jamais rien su. »

Cette révélation fit chanceler Maggie. Elle s'appuya sur la chaise.

« Dépêche-toi, s'écria Evy. Monte. C'est fini maintenant. »

Maggie posa un pied puis l'autre sur la chaise. Elle se redressa péniblement et regarda la jeune fille, se demandant comment l'atteindre. « Evy, implora-t-elle, je vous en prie, écoutez-moi. J'ignore ce que vous savez exactement, mais je n'ai pas tué votre père. Vous êtes trop jeune pour vous en souvenir. Tout s'est passé comme je l'ai dit à la police. Il s'agit d'une horrible méprise.

— Je sais ce qui est arrivé.

— Non. Vous croyez le savoir. C'était il y a douze ans. Je ne peux que vous dire la vérité. J'étais à peine plus âgée que vous aujourd'hui. J'étais amoureuse de votre père. Ce n'était pas bien, j'en ai conscience, mais je ne l'ai pas tué. Jamais je ne lui aurais fait de mal. Il faut me croire. » Les mots se bousculaient, lourds de détresse.

« Tais-toi, croassa Evy. Je hais ta voix. Je sais, moi, ce qui s'est passé.

— Non, Evy. Je vous le jure.

— Enfile le nœud. » Evy agita le pistolet. « Tu vas te pendre. J'ai tout prévu. Tout le monde va penser que tu t'es pendue par remords. »

Maggie effleura la corde qui glissa tel un serpent le long de sa main. « Ne faites pas ça. Ça ne sert à rien.

— Allez ! » Evy pointa son arme.

Maggie déglutit avec effort et prit le nœud avec les deux mains. Malgré sa répulsion, elle abaissa la corde rêche sur sa tête en l'écartant de son cou. « Evy, dit-elle. Vous n'étiez qu'une enfant. Vous ne pouvez pas savoir ce qui s'est réellement passé.

— Oh, que si ! » Evy hocha la tête, et son regard devint vitreux. « Je suis la seule à tout savoir. J'ai vu des choses ce soir-là. On ne m'a jamais rien demandé, mais j'ai vu des choses.

— Quelles choses ? Qu'avez-vous vu ?

— Je n'en ai jamais parlé. Personne n'est au courant. Sauf moi. » Sa voix se fit plus sourde. « Je dormais. J'étais enrhumée. J'étais au lit avec un rhume. J'ai fait un cauchemar et je me suis réveillée. J'avais peur. J'ai appelé, mais personne n'est venu. Je n'ai pas arrêté de pleurer et d'appeler, mais… Alors je suis partie à la recherche de maman. Mais elle n'était pas là. Elle n'était nulle part. Elle avait dit qu'elle ne me laisserait pas, or je ne la trouvais pas. Papa n'était pas là non plus. J'étais toute seule. Soudain, j'ai entendu la porte d'entrée s'ouvrir et j'ai couru me cacher dans la penderie. Au début, j'avais peur, puis j'ai regardé. Et c'est alors que j'ai vu… » Elle se tut.

Maggie n'arrivait pas à détacher les yeux du visage tourmenté de la jeune fille. « Vu quoi ? murmura-t-elle.

— Elle avait encore le couteau à la main. Elle parlait toute seule. Il y avait du sang partout. Sur son manteau, sur ses gants. Elle s'est déshabillée et a mis ses vêtements dans le lave-linge, mais il y en avait toujours. Dans ses cheveux. Sur sa figure. » Evy s'interrompit comme si elle revivait la scène, puis reprit sur un ton monocorde : « Elle ne savait pas que je l'observais. Quand elle a eu le dos tourné, j'ai couru me remettre au lit. Aux hommes qui sont venus cette nuit-là, elle a dit qu'elle était restée tout le temps près de moi. Et elle n'a pas cessé de m'embrasser devant eux. Mais moi, je l'avais vue. J'avais vu le sang. »

Lentement, Evy leva la tête et regarda la femme qui se tenait debout sur la chaise, le nœud sur les épaules. « J'ai vu le sang », répéta-t-elle, comme en transe. Sous la mantille noire, elle vit briller des cheveux d'or pareils à un champ de tournesols.

L'espace d'un instant, elle avait oublié l'arme qu'elle avait à la main. D'un geste prompt, Maggie ôta la corde de son cou et, de toutes ses forces, lança son pied en avant.

Le pistolet valsa et alla atterrir dans l'escalier. Brutalement tirée de sa rêverie, Evy poussa un cri de bête. Maggie voulut sauter de la chaise, mais, chaussée uniquement de bas, elle glissa et tomba lourdement sur les genoux. D'abord étourdie par la chute, elle repéra soudain le couteau qu'elle avait emporté au grenier. Elle rampa sur les planches. Le manche était à quelques centimètres de ses doigts. Sa main se referma sur lui.

Brusquement, le talon de la bottine d'Evy lui écrasa les jointures.

Elle hurla de douleur et, instinctivement, lâcha le couteau qui roula hors de sa portée. Aussitôt, Evy plongea pour s'en emparer. Maggie tomba à la renverse, pressant sa main meurtrie contre sa poitrine. Evy pivota et lui fit face, la pointe de la lame braquée sur elle.

« Non, chuchota Maggie. C'est votre mère. Pas moi. Vous l'avez vue vous-même. »

Evy fit un pas vers elle. Ses yeux pâles luisaient d'une fureur indicible.

Le vieux loquet se détacha du chambranle, et la porte s'ouvrit à la volée en claquant contre le mur. Sous le choc, Jess s'effondra sur le sol, étourdi par l'air frais qui lui emplit les poumons.

Pendant quelques instants, il resta couché face contre terre, à bout de souffle, luttant pour reprendre sa respiration. Puis, à la hauteur de son visage, il aperçut une paire de pantoufles et des chevilles aux veines bleues, grotesquement tordues sur le marchepied d'un fauteuil roulant. Péniblement, il roula sur le côté afin de pouvoir lever la tête. La vieille femme le regardait fixement. Ses yeux délavés étaient grands ouverts. Son menton tremblait irrésistiblement.

Il s'humecta les lèvres et essaya de parler. « Harriet », chuchota-t-il.

Comme en réponse, l'infirme toussota faiblement.

« Elle est partie ? »

La vieille femme contempla le visage cireux aux yeux enfoncés, hérissé d'une barbe naissante. Elle voulut hocher la tête, mais ne réussit qu'à la remuer légèrement.

« Harriet, murmura-t-il d'une voix rauque. Il faut que vous m'aidiez. » Comment ? il n'en savait rien. Désemparé, il scruta le visage fripé et mélancolique. Elle portait, comme toujours, ses vêtements de nuit ; la chemise à rubans offrait un contraste grotesque avec le regard tragique, la bouche affaissée aux coins. Jess nota qu'elle avait un plateau fixé aux bras du fauteuil et, sur le plateau, un verre de liquide orange avec une paille. Il le considéra pensivement, puis leva les yeux sur elle, se demandant si elle était capable de le comprendre.

« Harriet, fit-il sur un ton pressant. Il faut que je me débarrasse de ces liens. Si vous arrivez à faire tomber votre verre, à le briser, je pourrai m'en servir pour les trancher. Pouvez-vous faire ça ? Croyez-vous que ce soit possible ? »

Elle le dévisagea longuement.

Elle n'a pas compris un mot de ce que j'ai dit.

Son regard se posa sur le verre. Elle ferma les paupières. Tout son corps trembla, dans un ultime effort pour bander ses muscles et les mettre en mouvement. Elle tenta de soulever le bras. Il bougea d'un pouce sur l'accoudoir, puis s'immobilisa.

« C'est bon, l'encouragea Jess. Faites tomber le verre. Par ici. Juste à côté de moi. » Il l'observait avec appréhension. Il était impossible de dire si elle allait réussir. Ou combien de temps cela lui prendrait. Le verre pouvait se briser d'un moment à l'autre, et il n'avait aucun moyen de se protéger le visage. Il grimaça, s'efforçant de garder les yeux entrouverts. « Allez-y », cria-t-il.

La vieille femme haletait maintenant, mais ses membres refusaient d'obéir. Jess la regardait se tordre avec un désespoir croissant. « Essayez au moins ! »

Elle rouvrit les yeux. On y lisait un vague mélange de tristesse et de peur. Lentement, elle baissa la tête.

« S'il vous plaît, chuchota Jess. Faites un effort. »

D'un mouvement brusque, elle projeta la tête en avant. Son menton tendu heurta le verre.

Jess se tassa sur lui-même. Le verre vola en éclats. Un tesson lui effleura l'oreille, un autre lui érafla la mâchoire. Il ouvrit les paupières. Le jus d'orange formait une mare gluante sur le sol. Il y avait des morceaux de verre partout. Il fixa la vieille femme. « Bravo. »

Même ses yeux étaient incapables de sourire. Impassible, elle le regarda rapprocher ses mains ligotées d'un tesson luisant.

25

« J'en étais sûre étais sûre ! » Une expression triomphante se peignit sur le visage empourpré de Grace.

Jack Schmale contemplait le télex qu'il venait juste de recevoir, avec l'extrait de casier judiciaire de Margaret Fraser. Il fronça les sourcils. « Comment ça ?

— Depuis le début, j'avais comme un pressentiment. Il y avait quelque chose de louche chez elle. Mr. Emmett, tu parles ! Mr. Emmett n'a pas l'habitude d'embaucher des criminels.

— Je me demande ce que notre amie Maggie Fraser sait de son absence.

— Oh, mon Dieu, Jack ! Croyez-vous qu'elle l'ait tué ?

— Ce n'est pas ce que j'ai dit, Grace. Nous ne savons pas s'il est mort. Mais ç'aurait indiscutablement été gênant pour elle si Bill Emmett avait débarqué au journal en déclarant qu'il n'avait jamais entendu parler d'elle et qu'elle n'avait rien à faire ici. »

Grace blêmit. « À moins qu'elle ne se soit arrangée pour qu'il ne revienne pas. C'est une meurtrière, Jack. Qui assassine de sang-froid.

— Pas vraiment. Apparemment, il s'agit d'un crime

passionnel. Elle a tué son amant. Ce n'est pas tout à fait pareil.

— Que ce soit prémédité ou non, quelle importance? Nous avons une criminelle dans l'île. Et deux morts.

— Allons, du calme, Grace. Vous savez très bien que Jess s'est noyé accidentellement, et nous n'avons aucune preuve de la mort de Mr. Emmett. Je suis allé fouiner chez elle. Je n'ai rien trouvé de suspect.

— Rien de suspect! Sa dernière conquête gît au fond de l'océan. Nous venons de découvrir à l'instant qu'elle a trucidé un de ses anciens amants. Sans parler de la disparition de Mr. Emmett. Tout semble la désigner.

— Je ne vais pas vous contredire, Grace. Ça se présente plutôt mal.

— Plutôt mal? Qu'avez-vous l'intention de faire, Mr. Schmale?

— Je pense que je vais aller la voir.

— Oh, Seigneur! souffla Grace tout à coup.

— Qu'y a-t-il?

— Evy… Evy est seule là-bas avec elle. Dans l'état d'esprit où elle est, cette femme est capable de tout. »

Jack se leva et décrocha sa casquette du portemanteau. « J'y vais.

— Je viens avec vous. »

Il l'arrêta d'un geste. « Écoutez, Grace…

— Cette enfant est seule là-bas avec une folle assoiffée de sang, et c'est en partie ma faute. Si j'avais insisté davantage… Si j'avais suivi mon intuition, il n'y aurait rien eu de tout ça. Ah, mon Dieu! S'il arrive quelque chose à la petite, je ne sais pas ce que je ferai. »

Sans discuter, Jack enfila son imperméable.

« Je vous accompagne. » Grace courut derrière le policier qui ouvrait déjà la porte.

La voiture de police était garée juste devant le poste. Jack en fit le tour à la hâte et s'installa derrière le volant. Lorsque Grace le rejoignit, le moteur tournait déjà.

« Sale temps, marmonna-t-il en mettant le dégivrage en marche pour essayer d'y voir clair.

— Dépêchez-vous. » Grace tira un mouchoir de son sac et essuya nerveusement le pare-brise.

« Laissez-lui le temps de chauffer.

— On ne peut pas attendre.

— D'accord. » Plissant les yeux, Jack entreprit de reculer. « Seulement, je n'y vois pas grand-chose. » Comme pour lui donner raison, l'arrière de sa voiture cogna le pare-chocs de la voiture de Grace garée juste derrière lui.

« Attention, cria-t-elle. Charley vous tordra le cou si vous abîmez notre voiture toute neuve. »

Jack déboîta et remonta la grand-rue. Quelques minutes plus tard, ils étaient sur la route qui menait hors de la ville. Il alluma les feux de croisement pour tenter de percer le rideau de brouillard. Seul le crissement des essuie-glaces troublait le silence.

Grace se mordait la lèvre, mais finalement, n'y tenant plus, elle demanda : « Vous ne pouvez pas rouler plus vite ?

— Les routes sont mauvaises aujourd'hui.

— J'espère qu'il n'est rien arrivé à la petite. »

Scrutant anxieusement la chaussée à travers le pare-brise, Jack appuya sur l'accélérateur.

La pointe du couteau oscillait devant le visage de Maggie. Elle n'osait pas la quitter des yeux. Elle essaya de reculer, mais Evy avança sur elle, la défiant de son arme.

Tout à coup, Evy se jeta sur elle. Maggie fit un bond de côté, mais l'extrémité du couteau lui entailla la lèvre. Elle entendit la lame lui heurter les dents. Le sang jaillit de la plaie, éclaboussant ses vêtements. Evy frappa à nouveau.

Sans se préoccuper de sa blessure, Maggie se baissa et l'attrapa par le poignet. Prise au dépourvu, Evy perdit l'équilibre et s'écroula lourdement sur le sol. Maggie tenta de la désarmer. Furibonde, Evy mordit la main qui agrippait la sienne.

Maggie poussa un cri : les dents d'Evy lui avaient transpercé la chair jusqu'à l'os. Se dégageant, elle lui assena un coup sur le menton. Evy bascula en arrière et lâcha le couteau qui disparut entre deux planches du grenier. Se relevant, elle le chercha des yeux.

« Il n'est plus là », cria Maggie en la saisissant par les jambes. Les deux femmes s'empoignèrent, roulèrent sur le plancher, se cognant aux cartons et renversant la chaise. Soudées dans une mortelle étreinte, elles s'efforçaient chacune d'immobiliser l'autre. Soudain, avec un cri guttural, Evy libéra son bras et donna à Maggie un violent coup de coude dans l'estomac qui lui coupa le souffle. Affaiblie, Maggie lâcha prise. Evy la repoussa et se traîna en direction de l'escalier.

Reprenant ses esprits, Maggie se rua sur elle et la ceintura alors qu'elle allait atteindre la troisième marche. Evy se retourna, et Maggie se retrouva face au canon du pistolet.

« Recule. » Maggie rampa en arrière.

« Maintenant, nous allons voir ce que nous allons voir. » La jeune fille pointa le pistolet sur elle. « Debout. »

Hors d'haleine, Maggie se releva péniblement.

« Remets la chaise à sa place et monte dessus. » Evy haletait entre les mots.

« Evy, non !

— Allez, vite ! » Et Evy arma le pistolet avec un déclic qui glaça le sang de Maggie.

Son regard alla du visage impitoyable à la corde qui se balançait sous la poutre. Il n'y avait rien à faire pour la dissuader. Du coin de l'œil, elle aperçut une lampe avec un pied métallique qui se trouvait à moins d'un mètre d'elle. Sans réfléchir, elle plongea en avant pour s'en emparer.

« Ne bouge pas ! hurla Evy devant sa tentative désespérée. Tu vas voir ! » Visant Maggie à la tête, elle pressa la détente.

Il y eut un déclic, suivi d'un silence. Incrédule, Evy fixa l'arme inutile dans sa main. Momentanément paralysée, Maggie saisit la lampe et la lança de toutes ses forces en direction d'Evy.

Le bord de la lampe atteignit celle-ci au menton. Elle chancela et tomba dans l'escalier. Soudain, une déflagration assourdissante secoua le grenier silencieux. La jeune fille roula jusqu'en bas de l'escalier, rebondissant lourdement sur les marches.

D'abord clouée au sol par le bruit, Maggie courut vers l'escalier et regarda en bas.

Evy gisait au pied des marches, une jambe dépassant dans le couloir. Avec précaution, Maggie descendit jusqu'à la forme inerte recroquevillée tout en bas. Le cœur battant, elle empoigna la jeune fille par l'épaule et la retourna sur le dos.

Sous le choc, les yeux pâles d'Evy étaient restés écarquillés. Sa bouche entrouverte s'était définitivement figée en une grimace de douleur. Son visage livide était entièrement dépourvu de couleur. Sa main inanimée serrait toujours le vieux pistolet. Une énorme tache cramoisie s'étalait sur le devant de son pull, là où la balle destinée à Maggie s'était logée dans sa poitrine.

Accroupie sur une marche au-dessus d'elle, Maggie enfouit la tête dans ses mains. « Oh, mon Dieu ! » Trop hébétée pour bouger, elle se balança un moment en gémissant. Elle ressentit une douleur aiguë dans la poitrine et s'examina, terrifiée à l'idée qu'elle aussi pourrait, inexplicablement, se mettre à saigner. Mais elle ne vit que des traces de sang coulant de sa lèvre ouverte. Finalement, elle se releva et, flageolante, se força à enjamber le cadavre. D'un bond maladroit, elle atterrit dans le couloir.

Elle s'agenouilla à côté de l'escalier et se laissa aller contre la porte du grenier. Oppressée, l'estomac noué, elle ferma les yeux et essaya de respirer profondément.

Evy. C'était donc Evy, depuis le début. Willy. Et Jess. Mais elle était morte maintenant. C'était terminé. Une bouffée de soulagement envahit Maggie.

Il faudrait appeler à l'aide, pensa-t-elle. Elle jeta un coup d'œil en direction de la cuisine et secoua la tête. Elle avait l'impression que ses genoux étaient cloués au plancher. *Rien ne presse. Evy est morte.*

Elle l'avait tuée. Un instant, le soulagement le céda à l'horreur devant ce qui s'était passé. Même si ce n'était pas elle qui avait appuyé sur la gâchette, elle avait porté le coup qui avait provoqué la mort d'Evy.

Elle rumina brièvement ce constat avant de se reprendre. *Tu n'avais pas le choix. C'était de la légitime défense. Cette fille a voulu te tuer. Te tuer pour se venger de quelque chose que tu n'as pas fait. C'était sa mère.* À cette pensée, Maggie ne put s'empêcher de gémir. C'était la femme de Roger qui l'avait tué. La femme qu'il s'était juré de ne jamais quitter. Elle ravala un rire amer, mais déjà les larmes coulaient sur ses joues. Douze ans de prison. Douze ans d'expiation à la place de quelqu'un qui devait être mentalement dérangé. Tout comme sa fille.

Elle tourna la tête vers l'endroit où le pied d'Evy dépassait dans le couloir. Lentement, elle se remit debout. Chancelante, les lèvres serrées, elle s'arrêta devant le corps ensanglanté qui gisait au pied de l'escalier.

Elle était mauvaise. Elle méritait la mort. Mais sa colère fut de courte durée. Elle imagina Evy enfant. Une enfant innocente dont la vie avait été brisée par des forces qu'elle ne maîtrisait pas. Pendant des années, la jeune fille solitaire avait vécu avec ses secrets et sa peine. *Je sais ce que c'est.* En cet instant, elle éprouvait une compassion sincère pour la morte.

Penchée sur le corps inanimé, Maggie retira le pistolet

des doigts crispés et joignit les deux mains froides en un geste de repos. *Peut-être que maintenant, tu connaîtras enfin la paix.*

Le claquement d'une portière la tira de ses pensées. Elle entendit un bruit de course sur le chemin, puis des pas précipités sur la terrasse. Maggie soupira, soulagée. Quelqu'un était là qui pourrait l'aider. Elle se retourna. La porte s'ouvrit brusquement, et Jack Schmale fit irruption dans la maison, revolver au poing, Grace sur ses talons.

Il scruta le couloir et vit Maggie debout au-dessus du cadavre d'Evy, un pistolet à la main. Toutes deux étaient couvertes de sang. L'instant d'après, Grace les aperçut aussi. « Oh, mon Dieu, hurla-t-elle.

— Lâchez ça », cria Jack, pointant son arme sur Maggie.

Elle le regarda, interdite.

« Je le savais, gémissait Grace. Nous arrivons trop tard. Vous l'avez tuée. »

Maggie contempla le pistolet, puis le corps au pied des marches. Elle venait de comprendre. Désemparée, elle secoua la tête.

« Non, vous vous trompez. C'est un accident. Elle voulait me tuer. Elle avait apporté son pistolet. Il était à elle. Elle a essayé de me tuer.

— Mais oui, bien sûr, fit Jack, conciliant. Donnez-moi ça, et nous en reparlerons calmement.

— Nous sommes au courant de tout, affirma Grace d'une voix perçante. Vous avez fait de la prison. J'avais dit à Jack que ça finirait mal. Mais vous ne vous en tirerez pas comme ça.

— Je ne voulais pas… je n'ai pas eu le choix, protesta Maggie.

— On vous pendra, nous sommes témoins. Cette fois, vous allez payer.

— Taisez-vous, Grace », gronda Jack.

Mais son avertissement venait trop tard. Car, en écoutant Grace, Maggie prit soudain conscience de la situation qui était la sienne. Personne n'allait la croire. Elle avait déjà purgé une peine de prison pour meurtre, or on venait de la surprendre une arme à la main, devant le cadavre d'une fille du coin, connue et aimée de tous. Une fille qu'elle avait d'ailleurs menacée en public. C'était sans espoir. Elle était condamnée. Elle regarda Grace.

« Vous voyez, s'exclama triomphalement cette dernière. Elle sait que j'ai raison. Ce sera la chaise électrique pour elle. On ne tue pas impunément les jeunes filles innocentes. Vous pouvez me tuer aussi, si vous voulez, mais cette fois, vous ne vous en sortirez pas.

— Ne l'écoutez pas, dit Jack à Maggie. Vous aurez un procès équitable. Si vous me rendez ce pistolet, je tâcherai de vous aider.

— L'aider ! suffoqua Grace. Mais, Jack, c'est une criminelle. »

À nouveau, Maggie baissa les yeux sur Evy. Une vague de désespoir la submergea. *Tu as gagné. Finalement, tu l'as eue, ta revanche. Je ne retournerai pas en prison. Je n'y survivrai pas. Je préfère mourir.*

Lentement, elle leva le pistolet.

« Non ! » hurla Grace.

Maggie appuya le canon sur sa tempe et, l'air

impassible, contempla l'homme et la femme qui se tenaient dans l'entrée.

« Ne faites pas ça, s'écria Jack. Donnez-moi cette arme. Vous auriez tort de faire ça. Accordez-vous une chance. »

Maggie en rit presque. Une chance. Elle secoua la tête et resserra les doigts sur la crosse.

« Laissez-la, dit Grace. Elle ne mérite pas de vivre. Pas après ce qui est arrivé. Allez-y, ne vous gênez pas. »

Maggie mit le chien en position de l'armé et ferma les yeux. *Fais vite,* se dit-elle.

« Maggie... *non !* »

Ce cri déchirant lui fit rouvrir les paupières. Elle vit Jess, barbu et dépenaillé, se frayer un passage entre Grace et le policier.

« Miséricorde ! » s'écria Grace.

Bouche bée, Jack restait sans voix.

Maggie cilla devant l'apparition en face d'elle. Son regard rencontra les yeux bruns de Jess. « Je sais ce qui s'est passé, Maggie. Moi aussi, elle a tenté de me tuer. Ne les écoute pas. »

Maggie pressait toujours le pistolet contre sa tête. « Où ? Comment ?

— Elle m'avait enfermé dans sa cave. Avec le cadavre d'Emmett. Elle l'a assassiné. Elle était complètement folle, Maggie. Je sais tout maintenant.

— Tu es vivant », souffla-t-elle. Un sourire triste apparut dans ses yeux. « Dieu soit loué. » Elle abaissa son arme.

« Nous sommes en vie tous les deux. C'est fini. Nous n'aurons plus de problèmes. »

Le sourire de Maggie s'évanouit. Elle secoua la tête. « On va me mettre en prison. Je ne veux pas y retourner. Je ne peux pas. J'ai déjà été incarcérée une fois. Je ne t'en ai jamais parlé.

— Ça n'a pas d'importance, répondit-il faiblement.

— Tu n'as pas compris. J'ai déjà été en prison. Je t'ai menti. Ils vont dire que c'est moi !

— Non. Je leur expliquerai, pour Evy. Je veillerai à ce que tu ne sois pas inquiétée. N'as-tu pas confiance en moi ? »

Elle regarda son visage las et angoissé. Ses yeux s'embuèrent. *Il est vivant. Tu n'es plus seule. Tu as quelqu'un à qui tu peux faire confiance. Enfin. Il était temps.*

Tout doucement, elle posa le pistolet sur une marche. Hésitante, elle sourit à Jess qui lui rendit son sourire et essuya la sueur de son front pâle.

« Tu n'es pas bien, dit-elle. Assieds-toi. » Elle se précipita pour le soutenir et le guider vers la chaise la plus proche. Il s'y effondra et mit un bras autour de son cou. Elle enfouit le visage dans son épaule. À travers la chemise, elle sentait ses côtes et sa chair flasque.

« Ouf ! » lâcha Jack bruyamment. Il s'approcha de l'escalier et ramassa le pistolet. Grace le suivit timidement. Le téléphone sonna dans la cuisine. « J'y vais », dit Jack. Personne ne lui prêta attention.

Grace contemplait le corps d'Evy comme s'il s'agissait de quelque étrange objet de musée. Elle se baissa et, d'une main mal assurée, repoussa deux ou trois mèches de cheveux du front glacé. Puis, se redressant, elle secoua la tête. Un petit sanglot lui échappa.

« Tout est rentré dans l'ordre, Owen, tonnait Jack dans la cuisine. Oui. Je sais, c'est terrible. On vous racontera tout à votre retour. Au fait, nous avons une bonne surprise pour vous. » Il regarda Jess affalé sur la chaise, les bras enveloppant Maggie agenouillée à côté de lui. « C'est à propos de Jess. »

« Je dois avoir une odeur d'enfer, murmura Jess, désolé, en caressant la joue de Maggie.

— Non, de paradis », répondit-elle en resserrant son étreinte.

REMERCIEMENTS

À chaque moment décisif, Jane Rotrosen, Sandi Gelles-Cole et Jackie Schwartz m'ont apporté aide et encouragements. Tous, je les en remercie du fond du cœur.

Composition et mise en pages réalisées
par Text'oh! - 39100 Dole

Achevé d'imprimer par GGP Media GmbH, Pößneck
en juillet 2008
pour le compte de France Loisirs,
Paris

Nº d'éditeur: 52722
Dépôt légal: mai 2008
Imprimé en Allemagne